KB105114

칠마선문(七魔仙門) 5

허담 新무협 판타지 소설

초판 1쇄 찍은 날 § 2023년 3월 17일
초판 1쇄 펴낸 날 § 2023년 3월 24일

지은이 § 허담
펴낸이 § 서경석

총괄팀장 § 황창선
편집책임 § 김우진
디자인 § 스튜디오 이너스

펴낸곳 § 도서출판 청어람
등록번호 § 제387-1999-000006호
등록일자 § 1999. 5. 31
어람번호 § 제2-2917호

본사 § 경기도 부천시 부일로 483번길 40 서경B/D 3F (우) 14640
편집부 § 서울특별시 구로구 디지털로 272 한신IT타워 404호 (우) 08389
전화 § 02-6956-0531 팩스 § 02-6956-0532
http://www.chungeoram.com
E-mail § chungeorambook@daum.net

ⓒ 허담, 2022

ISBN 979-11-04-92482-8 04810
ISBN 979-11-04-92472-9 (세트)

도서출판 청어람

허담

新무협 판타지 소설

5

七魔仙門

칠마선문

FANTASTIC ORIENTAL STORY

七魔仙門
칠마선문

목차

제 1장

—

바닷가의 목수(木手)

철썩철썩!

발해만 북쪽의 작은 포구, 하난의 밤은 오늘도 을씨년스러운 파도 소리에 휩싸여 있었다.

겨울이 지난 지 오래지만, 그래도 해가 지면 바다는 차가운 바람을 일으키고 두꺼운 파도를 일으켰다.

그 파도 소리가 가깝게 들리는 곳에 노련한 배 중개인 왕산의 점포가 있다. 그리고 지금, 점포 안에서 때 아닌 실랑이가 벌어지고 있었다.

"대협님들, 제발 내 말대로 하시오. 이 하난은 작은 포구입니다. 인근에도 큰 포구가 없소이다. 큰 바다인 황해를 가로질러 산동까지 갈 만한 배는 절대 구할 수 없어요. 그러니까 내가 소개해 주는 상선을 타고 가시구려. 청진이나 산동에 닿으면 원하는 배를 구할 수 있을 것이오."

"그럴 거면 애초에 왕 대인을 찾아오지 않았소. 객잔 주인이 왕
대인이라면 근방 포구들을 수소문해 황해를 건널 수 있는 크기의
배를 찾을 수 있을 거라 해서 온 것인데……."

부리가 퉁명스럽게 말했다.

"나라고 특출난 재주가 있겠소이까. 보다시피 하난dms 작은
포구일 뿐이오. 황해를 건너온 상선들이 하루 이틀 쉬어가는 포구
지 배를 만들거나 거래하는 곳이 아니란 말이오."

상인 왕산이 답답하다는 듯 말했다.

그러자 듣고 있던 무광이 물었다.

"낮에 보니 해안가 백사장에 제법 큰 배들이 올라와 있던데 그
배들은 무엇이오?"

"아이고, 그 배들은 폐선들이오. 더 이상 쓸모가 없어서 버린
배란 말이오. 겨우겨우 바다를 건너와 더 이상 탈 수 없게 된 배
들을 그렇게 버리고 간 것이오."

"고쳐 쓸 수는 없소?"

"…고쳐요?"

왕산이 어이없다는 듯 무광을 보며 되물었다.

"안 되겠소?"

"아니, 고쳐 쓸 수 있으면 왜 그 배들을 버리고 갔겠소. 재물이
라면 처자식도 파는 사람들이 상인들인데. 그런데 대체 왜 그렇게
배를 사려고 고집하시오? 상선을 타고 가는 게 훨씬 편할 텐데?"

왕산이 물었다.

그러자 무광이 대답했다.

"우리 식솔이 제법 되오. 조용히 식구들끼리 바다를 여행하고 싶어 그렇소. 상선은 번잡하기도 하거니와 우리 같은 무인들을 불편해할 것이고……."

"에이, 상선에 타는 무인이 어디 한둘 인 줄 아시오? 그런 걱정은 마시오. 물론… 좀 시끄럽기는 하겠지만……."

"곤란하군. 큰 항구로 가야 하나……."

무광이 말꼬리를 흐렸다.

순간 왕산의 눈가에 조급한 기운이 스치고 지나갔다. 자칫하면 이 젊은 손님들에게서 어떤 이득도 취하지 못할 것 같았기 때문이었다.

바다를 건널 배를 사겠다는 건 이들에게 적지 않은 재물이 있다는 뜻. 상인으로서는 어떻게든 은자를 받아낼 거래를 만들어내야 한다.

"그… 굳이 배를 고쳐서라도 쓰겠다면 방법이 아주 없는 것도 아니긴 한데……."

왕산이 말꼬리를 흐렸다.

"고칠 만한 배가 있소?"

부리가 얼른 물었다.

"보통 목수들이 고칠 수 있는 배는 없소. 다만, 목귀 노인이라면 고칠 수 있는 배가 폐선 중에 한두 척은 있을 것이오. 다만… 목귀 노인이 그 일을 맡을지는 모르겠소."

"목귀(木鬼)? 어떤 사람이오?"

부리가 되물었다.

"뭐, 말 그대로 나무를 다루는 데 귀신같은 재주를 가진 사람이오. 몇 달 전까지만 해도 이곳에서 배를 수리해 줬는데, 그의 손이 닿은 배는 마치 새로 만든 것처럼 튼튼하게 변했소. 그래서 그를 찾는 상인들이 적지 않았는데, 그는 은자가 필요할 때만 가끔 일을 해서 일을 맡기는 것이 무척 어려웠소. 그런데 그마저도 얼마 전부터는 아예 손을 놓더구려. 참… 아까운 재준데."

상인 왕산이 진심으로 아쉬워했다.

"그런 그가 우리 일을 맡아주겠소?"

부리가 퉁명스럽게 물었다.

그러자 왕산도 퉁명스럽게 대답했다.

"그야 대협들 몫 아니겠소?"

"쩝… 그렇긴 하네. 사형, 아무래도 어려울 것 같죠?"

부리가 무광을 보며 물었다.

그러자 무광이 잠시 생각에 잠겼다가 왕산에게 물었다.

"그가 있는 곳이 어디요?"

*   *   *

콰아아!

거친 파도가 만들어낸 물안개가 이슬비처럼 내린다. 가뜩이나 하늘도 우중충하고 공기는 스산해서 해안가 절벽 위를 걷는 일행은 잔뜩 옷을 여밀 수밖에 없었다.

그러다 한순간 일행이 걸음을 멈췄다.

장벽(障壁)처럼 이어지던 해안 절벽이 잠시 쉬어가려는 듯 느슨해지면서 초승달 모양의 작은 해안을 품고 있는 구릉이 눈에 들어왔다.

"저곳인 것 같아요."

가장 앞에서 걸음을 옮기던 시월이 손을 들어 해안가 한쪽을 가리켰다.

구릉 아래 해안의 서쪽 끝, 다시 절벽이 시작되는 지점에 작은 오두막이 있었다.

해안가에 널린 돌들을 이용해 지은 오두막이어서 그런지 검은 빛이 돌았고, 절벽 그늘에 가려 보통 사람들 눈에는 잘 띄지 않는 오두막이었다.

하지만 무인의 눈이 그 오두막을 보지 못할 리 없었다.

"사는 곳부터가 괴팍해… 설득하기 어려울 수도 있겠어요."

부리가 가장 뒤에서 걷고 있는 무광을 돌아보며 말했다.

시월과 무광 그리고 부리는 하난 포구의 상인 왕산이 말한 목귀라는 목수를 찾아가는 중이었다.

일단 목귀라는 목수를 설득한 후에야, 수리할 배를 살 수 있기 때문이었다.

목수는 하난 포구로부터 하루는 족히 걸어야 하는 외진 해안가에 살고 있었다. 부리의 말처럼 사는 곳부터가 범상치 않았다.

"그래도 설득해 봐야지. 금자는 충분하니까."

무광이 말했다.

"그냥 큰 항구로 가서 배를 구하는 것이 낫지 않을까요?"

부리가 되물었다.

"지금쯤이면 월문이든 마련이든 우릴 찾는 자들이 적지 않을 거야. 큰 항구로 가면 번거로운 일이 벌어질 수 있다."

무광이 담담하게 말했다.

"싸움을 걸어오면 싸우면 되죠. 무서울 게 뭐 있나요?"

부리가 말했다.

무공을 회복한 이후에는 월문이든 마련이든 두려워하지 않는 칠랑들이었다.

"어리석은 소리하지 마. 우리 사형제들은 겨우 일곱이야. 반면 마련과 월문이 동원할 수 있는 무인의 수는 수백 수천이다. 그 모두를 감당할 수 있을 것 같으냐?"

무광이 꾸짖듯 말했다.

"물론 그런 숫자가 몰려오면 어렵겠죠. 하지만 그런 인원을 동원하는 동안 우린 뭐 가만있나요? 그 전에 사라지면 되죠."

"한 번 표적이 되면 쉽게 벗어나기 힘든 곳이 무림이다. 그러니 가급적 그들의 눈에 띄지 않는 게 좋아."

"영원히 그렇게 살 수는 없잖아요?"

부리가 투덜대듯 말했다.

"안 될 것도 없지. 세상의 눈을 피해 우리 사형제들만의 삶을 살면 안 될 게 뭐냐?"

"에이! 그건 너무 재미없는 일이죠. 나는 오두막에 사는 사람처럼 살기는 싫어요."

부리가 턱으로 해안가 오두막을 가리키며 말했다.

"나중에야 어떻게 되든, 일단 지금은 조심해야 할 때야. 일단 화노께서 말씀하신 곳에 도착해서 우리 칠선문이 안전하게 살아갈 곳을 마련한 이후에나 강호에 나가 보든 해야지."

"알았습니다. 아무튼 일단 나무 다루는 귀신을 설득해야 한다,

이 말이죠? 가죠!"

부리가 시원하게 말하고는 절벽 아래로 위태롭게 이어진 길을 따라 앞서서 걸음을 옮겼다.

*　　　　*　　　　*

쾅!

"아버지!"

오두막 문이 박살나면서 투박한 검을 든 노인이 튕겨 나와 백사장에 나뒹굴었다.

그러자 그를 따라 달려 나온 십대 후반의 소녀가 노인을 부축했다.

"괜, 괜찮다!"

딸의 부축을 받은 노인이 비틀거리며 일어나면서 부들거리는 손으로 검을 다시 들어 올렸다.

"계속 반항하겠다는 거냐?"

부서진 문 안쪽에서 살기와 조롱이 뒤섞인 목소리가 흘러나왔다.

뒤를 이어 검은 무복을 입은 자가 도를 어깨에 메고 걸어 나왔는데, 머리띠 밖으로 나온 머리카락이 거친 바람에 휘날려 얼굴이 제대로 보이지 않았다.

"향로만 놔 주시오. 그럼 순순히 따라 가겠소!"

노인이 애원하듯 말했다.

그러자 검은 무복의 사내가 고개를 저었다.

"그럴 순 없지. 네 죄는 너무 커서, 네놈 하나로 그 벌을 다 받을 수 없다. 네 딸년도 함께 그 죄 값을 치러야 한다. 그게 궁주님의 명이다."

"대체 내가 무슨 죄를 지었다는 것이오?"

노인이 소리쳤다

"궁주님의 배를 훔쳐 도주한 놈이 죄가 없다는 것이냐?"

"그때는 이미 본궁이 창해문과의 싸움에서 패해 궁주께서도 뭍으로 도주를 하셨고, 본궁은 완전히 와해되어 버렸지 않았소. 그래서 모두가 각자 살길을 찾아 떠나야 했소. 그런데 왜 그게 나만 죄가 된다는 것이오?"

"그냥 도망만 갔으면 괜찮은데, 네가 감히 용선을 훔쳐 타고 도주를 했으니 죄가 되는 것이다. 용선은 오직 궁주님을 위해서만 움직여야 한다는 것을 알지 않느냐? 너도 용선을 타고 도주한 것이 죄라는 걸 알기에 지금껏 숨어서 십오 년 동안 도망을 다닌 것 아니냔 말이다! 이래도 너에게 죄가 없느냐?"

"당시 궁주께선 배를 버리고 뭍으로 가셨으니 용선을 그대로 두면 어차피 적의 손에 들어갈 상황이었소. 그런 용선을 타고 도주한 게 왜 죄요?"

노인이 인정할 수 없다는 듯 소리쳤다.

그러자 검은 무복의 사내가 물끄러미 노인을 바라보다 낮고 소름끼치는 목소리로 말했다.

"후후후, 그래 좋다. 네놈의 그 변명이 모두 사실이라고 하자. 그런데 왜 궁주께서 다시 세상에 나오신 것을 알고도 찾아오지 않았느냐? 그게 이미 수년 전의 일인데 말이야. 오히려 몸을 숨기고 살기 위해 항구에서 배 수리하는 일도 더 이상 하지 않았다지? 그건 곧 네놈이 본궁의 문도가 되기를 거부한 것 아니냐?"

사내의 질문에 노인이 제대로 대답을 하지 못했다.

"변명할 말이 없지?"

"난 그저 딸과 함께 조용히 살기를 바랐을 뿐이오. 본궁에 해가 될 일은 한 적이 없소."

"후후후, 궁주님의 수하이길 거부한 것 자체가 바로 죄다. 그리고 그 죄 값은 너와 네 딸이 함께 치러야 한다. 그게 궁주님의 명이다!"

쿵!

검은 무복의 사내가 강하게 발로 땅을 구르는 순간 그의 몸이 독수리처럼 허공으로 날아오르더니 그대로 노인과 그 딸을 덮쳤다.

"향로야. 도망가! 어서!"

노인이 딸을 밀치면서 날아오는 검은 무복의 사내를 향해 검을 휘둘렀다.

캉!

두꺼운 도와 허름한 검이 충돌한 결과는 즉시 드러났다.

노인이 휘두른 검은 상대의 도를 막아내지 못하고 충돌하는 순간 반으로 부러져 버렸다.

"네놈이 감히 나 팽적을 상대로 반항을 해!"

쾅!

노인의 검을 두 동강 낸 팽적이란 사내가 발을 들어 그대로 노인의 가슴을 걷어찼다.

"억!"

노인이 고통스러운 비명을 지르며 허공을 날아가 다시 한번 백사장에 고꾸라졌다.

"아버지!"

도주하라는 노인의 말을 듣지 않고 소녀가 노인에게 달려가 다시 노인을 부축했다.

이번에는 노인도 다시 일어나지 못했다.

"향로야… 널 어찌할꼬……."

피를 흘리며 말하는 노인에게서 처절한 좌절감이 느껴진다.

그러자 그를 단번에 고꾸라뜨린 팽적이란 자가 큰 소리로 외쳤다.

"네 딸년 걱정은 말거라. 궁주께 말씀드려 내 첩으로 삼을 것이니. 밝은 곳에서 보니 제법 곱구나. 그리고 넌 다시 궁주의 배를 만들면 된다. 물론… 얼마간 고통은 겪을 것이다. 용선을 타고 달아난 벌은 받아야 하니까. 그나마 반반한 네 딸년 덕에 네가 살아남는 것이다."

"차라리 날 죽여라!"

소녀가 팽적이란 자를 향해 소리쳤다.

"내 말을 듣지 않으면 네 아비는 본궁으로 끌려가 세상에서 가장 고통스러운 죽음을 당할 것이다. 그래도 좋다면… 네 소원대로 널 죽여주마!"

팽적이란 자가 냉혹한 목소리로 말했다.

그러자 소녀가 차마 대답을 하지 못하고 원한 가득한 시선으로 팽적을 노려봤다.

그런데 그때, 갑자기 백사장 저쪽에서 누군가의 목소리가 들려
왔다.

"거, 싫다는 사람을 왜 그렇게 괴롭히나. 사내답지 못하게!"

*　　　*　　　*

"웬 놈들이냐?"

사내 팽적이 차가운 살기를 뿜어내며 소리쳤다.

백사장을 걸어오는 세 사람의 기세가 남다르다는 것을 눈치챈
팽적에게서 긴장감이 느껴진다.

그를 따라온 수하들이 일곱이나 있지만, 시월과 그 사형제들이
흘려 내는 기운이 고수의 그것이라는 것을 알아챘기 때문이었다.

"그러는 당신은 누구요?"

부리가 팽적에게 물었다.

그러자 팽적이 날카로운 눈으로 부리와 그 뒤에 서 있는 시월과
무광을 살피다가 애써 흥분을 가라앉힌 목소리로 말했다.

"이 일은 본궁의 일이니 본궁과 관련이 없는 자라면 어서 이곳
을 떠나라. 괜히 아까운 목숨 버리지 말고."

"…어리석은 사람이군. 아무것도 하지 않고 돌아갈 생각이었다
면 뭐 하러 애써 이곳까지 왔겠소. 어르신, 어르신이 목귀십니까?"

부리가 소녀의 부축을 받고 있는 노인에게 물었다.

"그렇소만… 소협들은 누구시오? 날 어찌 알고……?"

노인이 일단 위기에서 벗어났지만, 전혀 모르는 사람들이라 경
계심을 갖고 물었다.

"하난 포구의 중개상 왕산 대인의 소개로 왔습니다. 배 수리를 부탁하고 싶어서요."

부리가 덤덤하게 말했다. 마치 팽적이라 불린 자가 이 자리에 없는 것 같이 행동하는 부리다.

"아, 왕산 그 사람이······."

"몇 년 동안 배 수리 일을 하지 않았다고 들었습니다만, 저희들이 좀 급해서 말이죠. 어떻게 도와주실 수 있으시겠습니까?"

부리가 물었다.

"그것이······."

목귀라 불린 노인이 위급한 상황에서도 태연하게 배 수리를 부탁하는 부리의 태도에 현실감이 들지 않는지 슬쩍 팽적이란 자를 바라봤다.

그러자 팽적이란 자가 기다렸다는 듯 입을 열었다.

"그는 우리 궁의 사람이다. 그가 너희들의 배를 수리할 일은 없으니, 죽기 전에 어서 이곳을 떠나라! 마지막 경고다!"

팽적의 경고에 부리가 팽적을 힐끗 한 번 바라보고는 다시 목귀 노인에게 말을 건넸다.

"저자의 말은 신경 쓰지 마세요. 어르신께서 배를 수리해 주시겠다면 저희가 따님과 함께 모시고 가겠습니다."

"···그게··· 가능하겠소?"

목귀 노인이 지푸라기라도 잡는 심정으로 되물었다.

"물론 가능합니다. 대신 저희도 수고를 좀 해야 하니까. 배 수리비를 얼마간 깎아주시는 것으로······."

"우리 부녀를 구해준다면 배 수리쯤은 공짜로라도 해 드리겠소!"

목귀 노인이 소리쳤다.

비록 목수이기는 하지만 그 역시 어느 정도 검을 다룰 줄 아는
사람이어서 시월 일행이 평범한 무인이 아니라는 것을 알아챈 것
이다.

"이것들이 지금 무슨 짓거리들을 하고 있는 거야? 네놈들은
이곳에서 한 발도 움직일 수 없다. 이렇게 된 이상 모두 죽여주
마!"

팽적이 분노를 참을 수 없는지 협박을 하며 손을 들어 올렸다.

그러자 그의 수하 일곱이 재빨리 시월 일행을 포위했다.

"네놈들은 상대를 잘못 골랐어. 우린 위대하신 적해검마님이
이끄시는 해룡마궁 사람들이다. 감히 해룡마궁의 행사를 방해했
으니 죽음으로 그 대가를 치러야 한다."

팽적이 살기를 쏟아내며 말했다.

"해룡마궁이라면! 삼십육마의 난 때 창해문에 대패한 후 바다
를 버리고 뭍으로 도주했다는 바로 그 마졸들이군."

부리가 퉁명스럽게 말했다.

"이놈! 감히 본궁을 모욕하고도 살아남을 수 있을 거라 생각하
느냐?"

"젠장, 이미 죽이겠다고 지껄여 놓고 무슨 소리를 하는 거야. 사
형, 저놈은 내가 맡을 게요."

부리가 검을 들어 팽적을 가리키며 말했다.

그러자 무광이 고개를 저었다.

"그는 내가 맡지. 사제는 다른 자들을 처리해."

무광이 앞으로 나서며 말했다.

"아니, 그게 무슨 말이에요? 저놈 말고는 다 별 볼 일 없는 것들인데."

"그래서 하는 말이야. 이 사형이 허접한 자들이나 청소하고 있어야겠어? 그런 일은 당연히 사제들이 맡아야지."

무광이 말을 하고는 부리를 지나쳐 팽적에게로 다가갔다.

그러나 부리가 어이없는 표정을 짓다가 시월에게 물었다.

"사제, 사형은 원래 저런 사람이 아니었잖아? 왜 남의 싸움을 가로채고 그러시지?"

"그에게 흥미가 생기신 것 같아요."

시월이 해룡마궁의 마인 팽적을 가리키며 말했다.

"그렇게 대단한 잔가? 대사형이 흥미를 느낄 만큼?"

"평범해 보이지는 않아요."

"음… 사제 눈에도 그렇게 보인단 말이지? 그럼 더 아까운데……."

부리가 입맛을 다셨다.

강자를 상대하는 것이야말로 무인을 흥분시키는 최고의 일이기 때문이었다.

"그래도 어쩔 수 없죠. 대사형이 하자는 대로 할 수밖에요. 정싸움이 그리우시면 이들 모두를 혼자 상대하든지요. 전 부녀를 지킬게요."

시월이 목귀와 그 딸을 보며 말했다.

"그럼 그렇게 해. 혼자서 이자들을 상대하는 것도 나름 의미가 있지."

부리가 고개를 끄떡이고는 검을 들고 자신들을 포위한 해룡마궁의 마인들을 향해 걸어갔다.

"놀아 보자고!"

부리가 조금의 망설임도 없이 적을 향해 뛰어들었다. 그러자 해룡마궁의 마인들도 부리를 향해 살기를 뿜어내며 도검을 휘두르기 시작했다.

"우리도 시작합시다."

싸움을 시작하는 부리를 지켜보던 무광이 시선을 돌려 팽적에게 말했다.

"어린놈들이 겁이 없구나."

"어려도 워낙 힘든 시절을 겪어 웬만한 일에는 큰 두려움이 없소이다."

"그럴 만한 재주도 있는지 보겠다."

팽적이 도를 들어 올리며 말했다.

"실망시키지 않을 것이오."

무광이 검으로 팽적을 겨누며 대답했다.

"조심하시오. 그자는 독이 묻는 비도를 숨기고 있소!"

무광이 마인 팽적과 싸움을 시작하려할 때 딸의 부축을 받아 겨우 앉아 있던 노인이 소리쳤다.

그러자 옆으로 다가온 시월이 한쪽 무릎을 꿇으며 말했다.

"걱정 마세요. 비도라면 사형도 일가견이 있으시니까."

과거 무광에게 비도술을 배웠던 시월이다. 십전의 무인이 될 거란 평가를 받는 무광은 그중에서도 특히 검술과 비도술에 탁월한 재능을 가지고 있었다.

"그래도 조심해야 하오. 워낙 간악한 자라서……."

"걱정 마시고, 일단 치료부터 하시죠. 상처에는 이 금창약을 쓰시고 내상을 입은 것 같은데 이 신단을 복용하세요. 대단한 의원께서 만드신 것들이니 효과가 좋을 겁니다."

시월이 화노가 만들어준 약재들을 목귀의 딸에게 건넸다.

"감사합니다."

소녀가 얼른 약재를 받아들고 목귀를 치료하기 시작했다.

그 모습을 잠시 지켜보던 시월이 몸을 일으켜 검을 빼들고 목귀와 그 딸을 지키기 시작했다.

또한 여차하면 무광이나 부리의 싸움에 뛰어들 생각도 하고 있어서 두 싸움 모두 주의 깊게 지켜보는 시월이었다.

＊　　　　＊　　　　＊

양쪽에서 벌어지는 싸움의 양상은 무척 달랐다.

무광과 팽적의 싸움은 팽팽한 긴장감 속에 한 수 한 수에 생사가 교차하는 날카로움이 돋보였고, 부리와 해룡마궁 마인들의 싸움은 거칠고 요란했다.

부리는 일곱 명의 적들에게 둘러싸여 있으면서도 전혀 뒤로 밀리지 않았다. 오히려 양떼를 사냥하는 호랑이처럼 적들에게 포위되었음에도 활발하게 적을 공격하고 있었다.

하지만 역시 혼자서 일곱을 상대하는 것은 쉬운 일이 아니었다.

부리의 매서운 공격에 해룡마궁의 마인들이 연신 뒤로 밀려났지만, 한 사람이 밀려나면 다른 사람이 공격하는 방식으로 부리와의 싸움을 팽팽하게 이끌고 있었다.

"사형 도와줘요?"

좀체 싸움을 끝낼 기회를 잡지 못하는 부리에게 시월이 소리쳤다.

"끼어들지 마! 이 싸움은 내 거야!"

부리가 화가 난 목소리로 대답했다.

"그러다가 날 저물겠어요!"

시월이 다시 소리쳤다.

"걱정 마. 이제부터 끝낼 테니까!"

대답을 한 부리가 갑자기 한 명의 적을 향해 쭉 몸을 밀고 나가며 검을 뻗었다.

"엇!"

벼락같은 부리의 공격에 놀란 해룡마궁의 마인이 다급하게 도를 휘두르며 뒤로 물러났다.

순간 부리가 밀어내던 검을 그대로 손에서 놓아 버렸다.

팟!

퍽!

"악!"

부리의 손을 떠난 검이 마치 비도처럼 날아가 그대로 해룡마궁 마인의 가슴에 박혔다.

가슴에 검이 꽂힌 해룡마궁의 마인이 비명을 지르며 그 자리에 쓰러졌다.

순간 사방에서 해룡마궁의 마인들이 검을 던져 버린 부리를 향해 달려들었다.

"이놈! 죽여 버리겠다."

"사지를 찢어 물고기 밥으로 던져 주마!"

손에 검이 없는 부리를 충분히 죽일 수 있다고 생각한 마인들이 살기를 뿜어내며 부리에게 도검을 뻗었다.

순간 부리가 갑자기 모래사장을 차고 허공으로 치솟았다.

"기다리고 있었다. 요놈들!"

허공으로 떠오른 부리가 어느새 양손에 화살 두 개를 뽑아들더니 손에 든 두 개의 화살을 벼락처럼 던졌다.

쐐액!

부리의 손을 떠난 두 개의 화살이 선두에서 부리를 공격하던 두 마인의 심장을 향해 날아갔다.

퍼퍽!

"악!"

"윽!"

비명과 함께 두 마인이 가슴에 화살이 박혀 쓰러졌다. 워낙 가까운 거리에서 던진 화살이라 미처 피할 새가 없었던 것이다.

갑자기 두 동료가 죽어 버리자 그들의 뒤를 따라 부리를 공격하던 네 명의 마인이 겁에 질린 듯 뒤로 물러났다.

"흥! 너희들 간악한 마인 놈들은 누구도 살려 보내지 않아!"

부리가 다시 두 개의 화살을 양손에 뽑아 들고 적들을 향해 달려들었다.

파팟!

부리의 화살이 마치 협검(狹劍)처럼 마인들을 찔러갔다.

차차창!

마인 넷이 한 명의 부리를 당해내지 못하고 연신 뒤로 밀렸다. 그러다가 결국 또 다른 마인의 한 명의 옆구리에 화살이 박혔다.

"악!"

옆구리에 화살이 꽂힌 마인이 비명과 함께 그 자리에 고꾸라졌다.

그러자 남은 해룡마궁의 마인들이 완전히 전의를 상실했다.

전의를 상실한 무인이 선택할 길은 둘 중 하나다. 도주 또는 항복, 마인들은 그중 도주를 선택했다.

자신들의 우두머리인 팽적이 무광과 어려운 싸움을 이어가고 있음에도 불구하고 해룡마궁의 마인들은 백사장을 가로질러 도주하기 시작했다.

"빌어먹을 놈들, 비겁하기 짝이 없군. 하지만 오히려 그게 네놈들의 실수다."

부리가 등에 메고 있던 작은 철궁을 꺼내들며 중얼거렸다.

그러고는 손에 세대의 화살을 꺼내들더니 거의 동시에 세대의 화살을 날렸다.

쐐애액!

시위를 떠난 세 대의 화살이 달아나는 해룡마궁의 마인들 등을 정확하게 꿰뚫었다.

"악!"

"컥!"

화살을 맞은 마인들이 비명을 지르며 백사장에 나뒹굴었다.

그러고는 더 이상 일어서지 못하고 그대로 숨이 끊겼다.

"이 빌어먹을 놈들!"

수하들이 모두 죽자 당황한 팽적의 입에서 욕설이 터져 나왔다. 하지만 무광은 팽적의 욕설을 무시하고 그를 향해 강하게 검을 내리쳤다.

쾅!

수하들의 전멸에 당황하고 있던 팽적이 다급하게 도를 들어 무광의 검을 막았지만, 결국 중심을 잃고 주르륵 뒤로 밀려났다.

무광이 물러나는 팽적을 재빨리 따라 붙었다.

그런데 그 순간 갑자기 팽적이 도(刀)를 던져 버리더니, 품속에서 비도를 꺼내 무서운 속도로 무광을 향해 던졌다.

*   *   *

쐐액!

비도가 허공을 가르며 소름끼치는 파공음을 만들어냈다.

자신에게 실린 힘을 이기지 못하고 꿈틀거리며 날아온 비도가 무광의 심장을 파고들었다. 앞서 노인이 경고한 독이 묻은 비도다.

무광이 비도를 향해 검을 뻗었다.

마치 날아오는 비도를 검 끝으로 막으려는 사람 같았다.

지잉!

무서운 속도로 날아온 비도가 무광의 검신 중간에 걸리며 강렬한 마찰음을 만들어냈다.

순간 무광이 몸을 왼쪽으로 숙이면서 가볍게 검을 들어 올렸다.

창!

방향이 틀어지면서 비도가 허공을 향해 치솟았다.

"죽어랏!"

첫 번째 비도가 실패하자 해룡마궁의 마인 팽적이 다시 두 개의 비도를 연이어 던졌다.

순간 무광이 백사장을 박차고 허공으로 몸을 날렸다.

쐐액!

팽적이 날린 두 개의 비도가 아슬아슬하게 무광의 발밑을 지나갔다.

순간 무광이 앞서 자신의 검에 튕겨져 허공에 떠올랐던 비도를 재빨리 낚아챘다. 그리고는 그 비도를 팽적을 향해 되던졌다.

팟!

무광의 손을 떠난 독이 묻은 비도가 그 주인이었던 팽적이 던졌던 것보다 더 빠른 속도로 날아갔다.

"헉!"

도를 놓고 비도에 승부를 걸었던 팽적이 자신을 향해 날아오는 비도에 대응할 방법을 찾지 못하고 다급한 음성을 토하며 급히 옆으로 몸을 굴렸다.

하지만 비도는 그런 팽적의 등을 긁듯이 스치고 지나갔다.

"윽!"

등을 긁고 지나가는 비도의 충격에 팽적이 신음을 흘렸다.

하지만 등에서 일어나는 고통은 그에게 일어날 일을 생각하면 아무것도 아니었다.

문제는 등에 입은 상처가 아니라, 그 상처를 통해 그의 몸에 들어올 독이었던 것이다.

"빌어먹을!"

팽적이 백사장에 주저앉은 채 욕설을 내뱉으며 급히 품속에서 고약(膏藥)을 꺼냈다. 아마도 자신의 비도에 묻은 독을 해독하는 약인 듯 했다.

고약을 싸고 있던 기름종이를 벗겨낸 팽적이 약을 으깬 후 급히 등 뒤로 손을 돌려 상처에 바르려 했다.

하지만 그의 손은 상처가 난 곳까지 닿지 않았다. 그가 아무래 애를 써도 고약을 상처에 바를 수 없었다.

그러자 그가 당황한 기색으로 무광을 바라봤다.

묘한 상황이다. 지금 자신을 살릴 수 있는 사람은 오직 무광밖에 없었다.

그의 수하들은 모두 죽거나 백사장에 쓰러져 사경을 헤매고 있었다.

목귀도 있었지만 자신이 갖은 수모를 주고 끌고 가려 했던 자가 해약을 발라 줄 리 없었다.

이미 독기가 등 안으로 들어오고 있었다.

등에서 타는 듯한 고통이 느껴지고 등을 넘어 그의 어깨까지 뻣뻣하게 굳어가고 있었다.

"사, 살려주시오!"

급기야 팽적의 무광에게 사정을 했다.

"내게 한 말인가?"

무광이 어이없는 표정으로 되물었다.

"제발… 고약을 상처에 발라주시오. 내 은혜는 절대 잊지 않겠소."

팽적이 엎드려 비는 듯한 자세로 말했다.

그러자 목귀가 소리쳤다.

"대협! 절대 그자를 살려줘선 안 되오. 그자는 해룡마궁 마인들 중 잔악하기로 유명한 해룡삼마의 일인이오. 해룡삼마는 은혜를 원수로 갚는 자들. 지금까지 그들에게 죽은 사람의 숫자가 수백이 넘을 것이오. 그런 자를 살려두면 훗날 큰 화가 닥칠 것이오."

"이 빌어먹을 늙은이! 입 닥쳐라. 대협… 내 분명히 약속하리다. 날 살려주면 반드시 은혜를 갚을 것이오."

목귀에게 욕설을 내뱉은 팽적이 다시 무광에게 사정했다.

"…해룡마궁이 언제 다시 바다에 나왔나? 이제 다시 바다에서 터전을 마련하겠다는 것인가?"

무광이 팽적의 간청을 뒤로 하고 해룡마궁의 행보에 대한 질문을 먼저 던졌다.

"그, 그건… 먼저 약을 발라주시오. 그럼 내가 알고 있는 모든 걸 말해주겠소."

팽적이 흥정을 하려는 듯 말했다.

그러자 무광이 미련 없이 몸을 돌리며 말했다.

"당신이 만든 독이고, 당신이 만든 상황이니, 해결도 당신이 해야겠지. 해룡마궁의 소식 따위 사실 그리 궁금하지도 않으니까."

"대, 대협! 말하겠소. 맞소! 해룡마궁은 다시 바다에 나왔소. 발해만과 연한 추저협에 성을 쌓고 비밀리에 세력을 키우고 있소. 전선(戰船)도 이미 십여… 커컥! 대… 대협 제… 제발……!"

말을 하다 말고 결국 독 기운이 퍼진 팽적이 백사장에 쓰러졌다.

그러면서도 눈은 여전히 등을 돌리고 있는 무광을 바라보고 있었다.

하지만 무광은 팽적을 돌아보지 않았다. 대신 그는 시월 옆으로 다가와 목귀의 상태를 살폈다.

"어떻습니까?"

적이 아닌 사람에게 무광은 덤덤하지만 신뢰감을 주는 말투를 가진 사람이다.

그런 무광의 태도에 목귀와 그의 딸은 마음이 놓이는지 굳었던 표정을 풀었다.

"난 괜찮소! 대협! 이 은혜, 평생 잊지 않겠소이다."

목귀가 무광에게 머리를 조아리며 말했다.

"은혜랄 것까지야 있나요. 저희들도 어르신이 필요해서 나선 것인데. 우리 일을 부탁하려 하기 때문이니 너무 고마워할 필요 없습니다."

"일이라면 좀 전에 말했던 배를 수리하시려는……?"

목귀가 물었다.

"그렇습니다. 황해를 건너 산동 부근으로 갈 배를 구하려는데 하난 포구에서는 구할 수가 없더군요. 그래서 이곳에 버려진 폐선 중 하나를 골라 수리해 볼 생각입니다만… 목귀 어르신이면 그 일을 할 수 있을 거라고 왕 대인이 말하더군요."

"음… 물론 시간을 들이면 배를 고칠 수는 있을 것이오. 하지만, 그 시간이 적지 않을 것인데……."

노인 목귀가 말을 흐렸다.

시월 등이 원하는 시간에 배를 수리할 수 있을지 자신할 수 없다는 뜻이었다.

"얼마나 걸릴지는 폐선들을 살펴봐야 아시겠지요?"

무광이 물었다.

"아무래도……."

목귀가 고개를 끄떡였다.

"그럼 일단 하난 포구에 함께 가시죠. 그곳에서 폐선들을 둘러보고 일정을 맞춰 보시지요?"

"알겠소이다. 그렇게 합시다."

목귀가 더 이상 망설이지 않고 대답했다.

"그럼 준비를 하고 나오십시오. 그동안 우리는 이곳을 정리하도록 하지요."

무광은 해룡마궁의 마인들이 너부러져 있는 해안가를 보며 말했다.

팽적은 이미 자신의 독에 중독되어 목숨이 끊긴 듯 보였다.

"그럽시다. 향로야, 들어가서 짐을 꾸리자."

노인 목귀가 말하자 소녀가 그를 부축해 오두막으로 향했다.

그 모습을 지켜보던 무광이 시월과 부리에게 말했다.

"죽으면 모두 같은 인간들이니 이들의 무덤이라도 만들어 주자."

"예. 사형!"

시월과 부리가 얼른 대답했다.

*   *   *

하난 포구로 목귀를 데리고 돌아온 이후 칠선문의 사형제들은 그를 데리고 포구 주변에 버려진 폐선을 둘러보는 것으로 거의 모든 하루 일과를 보냈다.

하지만 목귀조차도 고쳐 쓸 만한 폐선을 쉽게 찾지 못했다.

그렇게 삼 일이 지나자 칠선문의 사형제들은 배를 수리해 큰 바다로 나가는 것을 포기해야 하지 않을까 생각하기 시작했다.

물론 폐선 중 한두 척은 목귀가 고칠 수 있다고 했지만, 역시 문제는 시간이었다.

목귀는 적어도 한 달 이상의 시간을 요구했는데 칠선문의 사형제들은 하난 포구에서 한 달 이상 머물고 싶지 않았다.

자칫 무림인들에게 자신들의 정체가 알려지면 월문과 마련에서 무슨 짓을 할지 모르기 때문이었다.

그런데 배를 고쳐 황해를 건너려던 계획에 차질이 생겨 곤란해하는 사형제들에게 노인 목귀가 갑자기 특별한 제안을 했다.

"칠선문의 문도가 되고 싶단 말입니까?"

무광의 말에 늦은 저녁을 먹고 객방에 흩어져 앉아 앞으로의 일을 상의하던 사형제들이 일제히 무광과 노인 목귀를 바라봤다.

"그렇소. 어떻게 안 되겠소?"

"…그것이……"

무광이 갑작스러운 목귀의 부탁에 쉽게 대답을 하지 못했다. 지금까지 칠선문에 다른 사람을 들이는 것을 생각해 본 적이 없기 때문이었다.

그도 그럴 것이 칠선문은 예전부터 존재하던 문파가 아니라, 시월이 월문주를 혼란스럽게 만들 생각으로 갑자기 만든 문파여서 칠랑 자신들도 칠선문에 대해 하나의 문파란 생각을 크게 하지 않고 있었다.

그런 칠선문에 문도로 들어오겠다는 사람이 나타날 것이라고는 더더욱 생각지 못했던 무광이었다.

"역시… 어려운 일인 듯하구려. 하긴… 아무리 탈출했다고 해도 과거 해룡마궁에 있었던 나를 칠선문에 들이는 것은 불가한 일일 것이오. 왕 대인에게 들으니 칠선문은 이가검문을 도와 일월문을 물리친 정파의 신비 문파라고 했으니……"

"그런 말을 들으셨습니까?"

"어제 왕 대인을 만났을 때 물어보니 넌지시 말을 하더이다. 그래서… 그럼 우리 두 부녀가 몸을 의탁할 만하다 생각해 내가 욕심을 내 보았소이다. 하지만 욕심은 욕심일 뿐이니 개의치 마시구려."

목귀는 애초에 가능성이 없는 일이라 생각했는지 칠선문의 문도가 되는 것을 쉽게 포기했다.

그러자 무광이 잠시 생각에 잠겼다가 사제들을 돌아보며 물었다.

"사제들은 어떻게 생각해?"

"…그, 그게 생각해 본 적이 없는 일이라서요."

부리가 말을 얼버무렸다. 반대한다기보다는 정말 생각해 본 적이 없던 갑작스러운 일이기 때문이었다.

그러자 무광이 이번에는 화노에게 물었다.

"어르신 생각은 어떠세요?"

"칠선문의 일을 왜 내게 묻느냐?"

화노가 반문했다.

"본문의 장로시니 당연히 여쭤 봐야지요."

"장로는 무슨… 코딱지만 한 문파에."

"아니, 무슨 말씀을 그렇게 하세요? 일월문을 물리친 칠선문인데."

곽부가 기분이 상한 듯 반발했다.

"그거야 시월이 화중마와의 비무를 통해 얻어낸 성과인 거지. 아무튼 그래도 내 의견이 필요하다면 난 찬성이다."

"어? 정말요? 이유는요?"

부리가 예상외라는 듯 되물었다.

"몇 가지 이유가 있는데 그 중에서 가장 중요한 것은 너희들에게 저 양반이 반드시 필요할 것 같기 때문이다. 내가 너희들을 데려가려는 곳에 터전을 마련하려면 뛰어난 목수가 반드시 필요하니까. 그리고 두 번째는… 가는 동안 나도 말동무가 필요하지 않겠느냐? 너희처럼 젊은 놈들은 나 같은 늙은이와 말 상대를 하기 싫어하니까."

"에이! 우리가 언제 그랬어요."

부리가 고개를 저으며 말했다.

"필요할 때야 날 찾지만 그렇지 않을 때는 너희끼리 떠들고 놀잖느냐? 솔직히 그동안 나 무척 심심했다. 그러니 나도 내 또래의 친구가 필요한 거지. 하지만 그것보다 더 중요한 이유가 있다."

"무엇입니까?"

무광이 신중한 표정으로 물었다.

그러자 화노가 정색을 하며 진지한 표정으로 대답했다.

"저 두 사람은 애초에 마도에 있을 사람들이 아니었단 거지. 늙은 내 눈으로 볼 때 두 사람은 보기 드물게 심성이 선하고 믿을 만한 사람들이란 생각이다. 누군가를 문도로 들이겠다고 생각하면 저 두 사람 말고 어떤 사람을 문도로 들이겠느냐?"

제 2장

—

용선(龍船)

　칠선문의 사형제들에게 화노의 의견은 생각보다 큰 의미를 지닌다.

　칠선문의 사형제들이 지금까지 살아남을 수 있었던 가장 큰 이유가 바로 화노의 도움 덕분이기 때문이었다.

　그래서 화노가 동의를 하는 순간 목귀와 그 딸의 칠선문 입문은 결정되었다.

　하지만 두 사람의 입문이 결정되었다고 모든 일이 끝난 것은 아니었다. 두 사람이 칠선문의 문도가 된 이상 시월 등 일곱 사형제의 과거를 그들도 알아야 하기 때문이었다.

　묻어 두어도 될 이야기들도 있지만, 월문과 맺은 악연은 꼭 알아야 할 일이었다.

　그 악연이 칠선문에 가져올 수 있는 위험이 너무 크기 때문이었다.

그래서 누군가 그 이야기를 목귀 부녀에게 해야 했는데, 시월 등 사형제들은 과거의 일을 입에 올리는 것을 내키지 않아해 결국 화노에게 그 일을 떠넘겼다.

화노는 자신에게 일을 넘기는 것에 짜증을 내면서도 어쩔 수 없이 목귀 부녀를 자신의 객방으로 데려가 두 사람에게 칠선문 사형제들의 과거사를 반 시진 가까이 설명해야 했다.

*   *   *

덜컹!

문이 열리면서 화노가 목귀 부녀를 데리고 다시 칠선문의 사형제들이 있는 객방으로 들어왔다.

목귀와 그의 딸은 화노의 이야기를 들은 직후라 그런지 얼굴이 조금 상기된 듯 보였다. 그들이 화노에게 들은 칠선문 사형제들의 과거가 결코 가볍지 않기 때문일 것이다.

"이야기는 다 하셨어요?"

화노와 두 사람이 들어오자 시월이 물었다.

"음, 내가 알고 있는 것은 다 말해주었다."

"두 분은 저희들 이야기를 듣고도 칠선문의 문도가 되고 싶으세요?"

시월이 미소를 지으며 목귀와 그 딸에게 물었다.

"그렇네."

목귀가 망설임 없이 대답했다.

"두렵지 않으세요? 화노 어른의 이야기를 들었다면 저희들의 적이 될 수도 있는 자들이 대단한 세력들이란 걸 아셨을 텐데. 마련은 이미 우릴 적으로 돌렸을 테고요."

시월이 물었다.

"두렵네. 해룡마궁에서 살았던 나로선 그들의 잔혹함을 누구보다 잘 아니까. 거기에 더해 십대천문이 된 대월문이라면… 참 무서운 상대들이지. 하지만 그들에 대한 두려움 보다 자네 사형제들에 대한 믿음이 더 강해졌네. 그래서 칠선문의 문도가 되는 것에 망설임이 없네."

목귀가 대답했다.

"뭐, 우리가 제법 대단하긴 하죠!"

시월 옆에서 곽부가 호탕하게 말했다.

"맞네. 자네들의 지난 이야기를 처음에는 믿을 수가 없었네. 어떻게 그런 고난 속에서 살아남을 수 있었는지. 하지만 그렇다고 화노님이 거짓말을 하시지는 않을 것이고. 그래서 생각했네. 그런 고난을 이겨낸 사람들이라면 앞으로 어떤 위험이 닥쳐도 이겨낼 거라고. 그리고 그런 사람들이야말로 우리 부녀를 지켜 줄 수 있을 거라고 말일세."

목귀가 진심을 담아 말했다.

그러자 듣고 있던 무광이 입을 열었다.

"그렇게까지 말씀해 주시니 고맙습니다. 그럼 이제 두 분은 정식으로 칠선문의 문도가 되신 것으로 알겠습니다. 음… 이럴 때는 작은 연회라도 벌여야 하는데 그러기에는 아쉽게도 밤이 너무 늦었군요."

무광이 진심으로 아쉬운 듯 말했다.

그러자 부리가 얼른 말했다.

"그래도 술은 몇 병 사올 수 있을 겁니다."

"그래? 그럼 사제가 나갔다 와."

"어… 그건 보통 막내들이 하는 일이죠."

부리가 시월과 곽부에게 시선을 돌렸다.

그러자 시월이 웃으며 자리에서 일어났다.

"알았습니다. 이 막내가 가서 사오도록 하죠."

"에이, 나이를 아무리 먹어도 사형제 순서를 바꿀 수는 없으니 답답한 일이다. 사제, 같이 가자."

곽부도 투덜거리며 일어나서 객방을 나서는 시월에게 따라 붙었다.

*　　　*　　　*

조촐한 잔치였다. 하지만 그 어느 환영식보다 따뜻한 온기가 흘렀다.

목귀와 그의 딸은 오랜만에 의지할 사람들이 생겼다는 생각 때문인지 제법 술도 마셨다.

그리고 술이 들어가자 지금까지 하지 않았던 자신들의 이야기도 술술 털어놓았다.

"그러니까 어르신 본명은 소사공이란 거죠?"

곽부가 확인하듯 물었다.

"그렇다니까. 그런데 내가 그 이름을 싫어해서 그동안 말하지 않은 거지. 내 부모님이 그런 이름을 지어서 내가 평생 배 모는 일을 하나 싶어서 말일세."

"에이, 그게 뭐 나쁜 일인가요?"

"나쁜 일은 아닌데 그 재주 때문에 해룡마궁에 잡혀 있었으니까……."

"뭐, 그렇게 따지면 그런데. 어? 그럼 향로 동생은 소향로가 되는 거네?"

곽부가 소녀 향로에게 물었다.

"당연한 걸 왜 물어? 바보도 아니고."

듣고 있던 부리가 핀잔을 줬다.

"아니, 무슨 말을 못하게 해요. 사형은… 참나……."

곽부가 부리의 타박에 투덜거렸다.

그 모습을 본 칠선문의 문도들이 한바탕 웃음을 터뜨렸다.

그리고 잠시 후 웃음이 가라앉자 목귀로 불리는 노인 소사공이 웃음기를 지우고 진지한 표정으로 입을 열었다.

"폐선을 돌아보는 일은 이제 그만하세."

"……?"

소사공의 말에 칠선문 사형제들이 그에게로 시선을 돌렸다.

"폐선을 수리하는 것 말고 배를 구할 방법이 있습니까?"

무광이 물었다.

"칠선문의 문도가 되었으니 내가 세상에서 가장 특별한 배를 선물하겠네."

"세상에서 가장 특별한 배라면?"

"내가 오랫동안 설계했고, 쉽게 구할 수 없는 좋은 자재를 써서 만든 배네. 바다에선 어떤 위험이 닥쳐도 헤쳐 나갈 수 있는 배지.

돛을 모두 펼치면 세상 그 어떤 배보다 빠를 걸세."

"그동안 그 배를 만드신 겁니까?"

부리가 놀란 표정으로 물었다.

"아니, 애초부터 내가 가지고 있던 배네."

"가만, 가만. 그렇다면 설마 그 팽적이란 놈이 말한……?"

"맞네. 과거 해룡마궁의 궁주를 위해 만든 용선이지. 지금껏 내가 가지고 있네. 물론 그때와는 모양이 제법 많이 변하긴 했지. 때가 되면 그 배를 타고 해동으로 갈 생각이었네. 해동까지 가면 해룡마궁의 마인들도 날 찾지 못할 테니까. 그런데 그러기도 전에 그 빌어먹을 놈들이 찾아온 거지."

소사공이 해룡마궁의 마인들을 생각하면 지금도 화가 나는 듯 욕설을 내뱉었다.

"그 배는 어디 있습니까? 어르신이 계시던 그 해안가에는 그렇게 큰 배를 숨길 만한 곳이 없을 것 같은데요?"

무광이 물었다.

"음, 사실 그 근처에 있네. 물론 오두막이 있던 백사장은 아니고. 내일 모두 짐을 챙겨서 용선이 있는 곳으로 가세. 배를 구했으면 이곳에 머물 이유가 없지 않은가?"

소사공이 말했다.

"알겠습니다. 그럼 내일 아예 이곳을 떠나도록 하지요."

무광이 고개를 끄떡였다.

*   *   *

북방 해안의 날씨는 맑은 날을 찾기 어렵다. 언제나 바다에서 일어나는 구름이 하늘에 떠 있기 때문이었다.

시월과 칠선문의 문도들은 잿빛 하늘을 머리에 이고 다시 해안가를 따라 이동했다.

그들의 모습은 목귀 소사공을 찾아갈 때와는 사뭇 달랐다. 누구나 할 것 없이 각자 등에 제법 큰 짐들을 지고 있었다.

시월과 사형제들을 말할 것도 없고, 가장 나이가 많은 화노와 가장 나이가 어린 소향로도 적지 않은 크기의 짐을 지고 있었다.

제법 많은 짐을 가지고 이동하는 것은 소사공이 말한 용선을 찾으면 그 즉시 바다로 나갈 생각이기 때문이었다.

바다로 나가면 황해 남쪽으로 횡단해 산동성 해안까지 쉬지 않고 이동할 예정이라서 한 달은 배에서 생활할 수 있는 양식과 물건들을 가져가고 있는 칠선문의 문도들이었다.

"아! 시원하다!"

부리가 바다를 향해 우뚝 솟아 있는 절벽 위에서 심호흡을 하며 말했다.

칠선문의 문도들이 어디를 가든 항상 변하지 않은 것이 있었다. 그건 선두에는 늘 부리가 선다는 것이었다.

선천적으로 뛰어난 오감을 타고난 부리는 특히 시력이 뛰어나서 선두에서 길을 여는 역할은 언제나 그의 몫이었다.

부리가 걸음을 멈추자 그의 곁으로 사형제들이 모여들었다.

"저곳이 동생이 살던 곳이야?"

어느새 소향로와 친해진 이화검이 소향로에게 물었다.

그녀의 손이 절벽 아래 해안가 깊은 곳에 위치한 오두막을 가리키고 있었다.

"네, 언니. 저기서 살았어요."

"저기서 얼마나 살았지?"

"한 오 년쯤 살았어요."

"심심했겠다. 근방에 마을도 없고."

"뭐… 그리 나쁘지는 않았어요. 조용히 책을 읽기에 좋았거든
요. 책은 아버지가 충분히 구해다 주셨고요."

"응? 서책을 즐겼어? 그건 몰랐네!"

이화검이 뜻밖이라는 듯 소향로를 돌아봤다.

목수의 딸로 태어난 소향로가 서책을 즐겼을 거라고는 생각지
못했기 때문이었다.

그러자 소향로가 대답을 하기 전에 소사공이 먼저 입을 열었다.

"자랑은 아니지만 향로는 나 같은 늙은이 딸로는 과분한 아이
라오."

"아버지는 또 그 소리! 그만하세요. 자식 자랑하면 팔불출 되
는 거 모르세요?"

소향로가 화를 냈다.

"흥, 그러거나 말거나. 네가 똑똑한 건 사실이니까. 서책도 두어
번 읽으면 모두 외워 버리잖아."

소사공이 소향로에 대한 자부심은 포기할 수 없다는 듯 말했
다.

그러자 칠선문이 사형제들이 소사공의 말에 관심을 보였다.

"어르신, 정말 향로가 그렇게 똑똑해요?"

곽부가 물었다.

"그렇다니까. 소위 말하는 천재들의 모습을 어렸을 때부터 드러냈지."

"와! 향로가 그렇게 대단한 사람인 줄 전혀 몰랐네. 향로, 대단하다!"

곽부가 탄성을 지르며 소향로를 바라봤다.

"그러지 마세요. 아버지 딸이니까 아버지 눈에만 그렇게 보이는 거예요. 아버지도 그만하세요. 나중에 실력이 드러나면 놀림 받겠어요."

"놀림을 받다니. 그럴 일 없을 거다. 오히려 시간이 갈수록 네 재능에 모두 놀라게 될 테니까."

소사공은 소향로에 대한 자랑만큼은 절대 물러서지 않았다.

"칠선문의 대협들은 모두 강호 일류 고수 분들인데 그에 비하면 제 재주는 아무것도 아니에요. 그런 분들에게 무슨 자랑이에요. 그만하세요."

소향로가 다시 한번 말했다.

"알았어, 알았어. 이제 그만 하지. 하지만 네가 누구보다 똑똑하다는 건 분명한 사실이야."

소사공이 자신의 생각을 굽히지 않고 기어코 한마디 더 말한 후 입을 닫았다.

소향로는 그런 소사공의 행동이 부끄러운지 조용히 뒤로 물러났다.

하지만 뒤로 물러난다고 칠선문 문도들의 관심에서 벗어날 수는 없었다. 그리고 그중에서 소사공의 말에 가장 관심을 보인 사람은 화노였다.

"서책을 좋아하기는 하지?"

화노가 뒤로 물러나는 소향로에게 물었다.

"…네. 좋아하긴 해요."

"음, 그럼 의서는 읽어 보았느냐?"

"의서요? 그런 건 아직……."

"그럼 내가 의서 몇 권을 줄 테니 읽어보겠느냐?"

"…네."

소향로가 기어들어 가는 목소리로 대답했지만 분명하게 대답했다.

화노는 칠선문 최고의 어른이어서 그의 관심을 받는 것은 반가운 일이었다.

더군다나 화노가 세상에서 보기 드문 의술의 대가임을 이미 알고 있는 소향로서는 더욱 기쁜 일이었다.

"좋아. 그럼 배에 도착하면 내가 의서를 몇 권 주마."

화노도 기분 좋은 표정으로 말했다.

그러자 시월이 두 사람의 대화에 불쑥 끼어들었다.

"그럼 더 이상 절 괴롭히지 않으실 거죠?"

남의 대화에 끼어드는 것은 평소의 시월에게선 보기 힘든 무척 생소한 모습이다.

"괴롭히긴 뭘 괴롭혔다고 그러느냐?"

"아무튼 이젠 제게 의서를 읽어 보란 말은 하지 마세요. 향로 동생이 저보다 훨씬 뛰어나 보이니까요."

"그건 그래. 향로는 너처럼 아둔하지는 않은 것 같다."

"그러니까 머리가 둔한 저는 의서에서 해방인 겁니다?"

"그러든지."

화노가 별 미련 없다는 듯 퉁명스럽게 말했다.

그러자 시월이 어리둥절한 표정을 짓고 있는 소향로에게 말했다.

"향로 동생, 고마워!"

"예……? 뭐가요?"

소향로가 되물었다.

"그런 게 있어. 아무튼 고마워! 사형들 그만 가시죠!"

시월이 기분이 좋은지 사형들에게 길을 재촉했다.

*　　　*　　　*

소사공 부녀가 살던 해안가 위쪽 절벽을 지난 이후부터는 소사공이 부리를 대신해 일행의 선두에 섰다.

그때부터는 부리가 모르는 길이기 때문이었다.

그런데 길잡이로 나선 소사공이 일행을 전혀 예상치 못한 방향으로 이끌었다.

배라면 당연히 해안에 접한 은밀한 곳에 숨겨져 있을 것인데, 소사공은 일행을 해안가에서 멀리 떨어진 숲으로 이끈 것이다.

시월과 사형제들은 소사공이 가는 방향에 대해 의문을 가지면서도 묵묵히 그를 따라갔다. 칠선문의 문도로 받아들인 이상, 그를 절대적으로 신뢰하기 때문이었다.

해안가에서 멀어져 얼마간 초지를 지난 소사공이 걸음을 멈춘 곳은 초지와 숲의 경계를 이루는 작은 야산 아래였다. 누가 봐도 도저히 배가 있을 만한 곳은 아니다.

"대체 여기가 어딥니까? 배는 어디에 있고요?"

결국 궁금증을 참지 못한 곽부가 소사공에게 물었다.

"아직 조금 더 가야 하네."

소사공이 웃으며 대답했다.

"이 산을 넘어서요?"

곽부가 다시 물었다.

"그건 아니고 저기 배가 있는 곳으로 가는 길 입구가 있네."

소사공이 수풀이 우거진 바위 군락 쪽을 가리켰다. 겉으로 보기에는 동굴 같은 것도 보이지 않은 곳이었다.

하지만 소사공은 자신이 지목한 곳으로 걸어가더니 거침없이 우거진 수풀을 헤쳤다. 그러자 산짐승들이나 드나들 법한 작은 동굴 입구가 모습을 드러냈다.

워낙 작은 동굴이라서 아이들이 아니라면 기어서 들어가야 할 정도였다.

"동굴을 기어서 가야 합니까?"

무릉이 조금 불편한 기색을 비치며 물었다.

무릉과 도원은 한 팔이 없어서 기어서 이동하는 것은 아무래도 불편했다.

"걱정 말게. 입구만 이렇고 안으로 들어가면 서서 걸을 수 있으니까. 자! 다들 들어가세."

소사공이 무릉과 도원을 안심시키고 앞서서 동굴 안으로 들어갔다.

그러자 망설이는 칠선문 사형제들이 보란 듯이 소향로가 아버지의 뒤를 따라 동굴 속으로 기어 들어갔다.

소향로까지 들어가자 칠선문의 사형제들도 더 이상 망설이고 있을 수는 없었다.

칠선문의 문도들이 그렇게 작은 동굴 속으로 하나 둘 모습을 감췄다.

동굴 안은 소사공의 말처럼 입구와 달리 사람이 허리를 펴고 설 수 있을 만큼은 넓었다.

대신 입구가 좁아서인지 빛이 거의 들어오지 않았다. 그래서 아무리 안력이 뛰어난 무인이라도 벽을 더듬지 않고는 앞으로 전진할 수 없었다.

하지만 그 문제도 금세 해결됐다. 미리 준비를 해 두었는지 소사공이 동굴 안에 있던 화섭자에 불을 붙였기 때문이었다.

동굴은 사람의 손길이 닿지 않은 천연의 모습 그대로였다. 그건 곧 이 동굴이 소사공이 만든 비도가 아니라 자연적으로 생긴 곳이란 뜻이다.

"이 동굴은 바다로 이어져 있네. 동굴 끝에 가면 기다리는 배를 볼 수 있을 걸세."

소사공이 동굴이 이어진 곳을 알려주고는 익숙하게 동굴을 따라 걷기 시작했다.

*　　　　*　　　　*

쿠오오!

어느 순간부터 파도가 밀어 대는 소리가 거대한 용이 우는 듯 들려왔다.

목적지를 모르고 동굴에 들어온 사람이라면 극한 두려움을 느낄 만한 소리였다.

하지만 소사공이 이끄는 칠선문의 문도들에게 그런 두려움은 없었다. 오히려 그들은 이 동굴 끝에서 만나게 될 바다와 배에 대한 호기심이 더 강해졌다.

그렇게 얼마를 걸었을까. 드디어 빛이 보였다.

소사공이 들고 있는 횃불이 더 이상 필요 없을 만큼 동굴 반대쪽에서 밝은 빛이 들어오고 있었다.

소사공도 그쯤에선 들고 있던 횃불을 동굴 한쪽에 던져 버리고는 걸음을 빨리했다.

철썩철썩!

출구가 가까워지자 좀 더 선명한 파도 소리가 들려왔다.

그리고 한순간 갑자기 동굴이 끝나면서 어둠이 사라지고 한 무더기의 빛이 들어왔다.

그 순간 어둠이 걷히며 드러난 광경에 칠선문의 문도들이 너나 할 것이 없이 탄성을 터뜨렸다.

"아!"

"와……!"

칠선문의 문도들 앞에 정말 한 마리 거대한 묵룡 같은 배가 나타났다.

온통 검은색으로 칠해진 배는 한눈에 봐도 쇠로 만든 것처럼 단단해 보여서 칠선문의 문도들이 기대했던 것 그 이상의 모습을 보여주고 있었다.

"어떤가? 내가 자랑할 만하지?"

소사공이 칠선문의 문도들을 돌아보며 물었다.

"정말 대단하군요. 생각보다 크지는 않지만 이렇게 단단해 보이는 배는 처음 봅니다. 마치… 쇠로 만든 것 같군요."

좀처럼 흥분하지 않는 무광이 탄복하며 대답했다.

"몇 군데에 쇠를 덧대어놓은 곳이 있긴 하네. 배의 중요한 기관이 있는 부위는 웬만한 공격으로는 파손되지 않을 걸세."

소사공이 대답했다.

그러자 이번에는 소후가 물었다.

"그런데 돛이 없는 것 같은데 어떻게 움직이죠?"

소후의 의구심처럼 갑판 위는 단단한 선실 지붕이 절반 이상을 차지하고 있을 뿐 어디에도 돛대가 보이지 않았다.

"돛이 없이 배가 움직일 수는 없지. 올라가 보면 알겠지만 이 용선은 필요할 때 돛대를 세울 수 있게 되어 있네. 평상시에는 갑판 한쪽에 돛대를 눕혀두고 있다네. 관리도 편하고 바다에서 적의 눈을 피할 때도 용이하지. 그리고 돛대 하나가 파손돼도 바로 다른 돛대로 갈아 끼울 수 있는 장점도 있고. 아무래도 해룡마궁 궁주를 위해 만든 배라서 다른 배들과는 많이 다르네. 일단 배 위로 올라가 보세. 그럼 조금 더 쉽게 이 용선에 대해 알 수 있을 테니."

소사공이 배 한쪽에 걸쳐진 줄사다리 쪽으로 이동하며 말했다.

배 위에 올라서자 아래에서 보던 것과는 또 다른 느낌이 들었다.

검은색 일색이던 배 안쪽에는 안락해 보이는 선실 서너 개가 붙어 있었다.

아마도 해룡마궁의 궁주가 탔던 배라 선실을 안락한 공간으로 만들어놓은 것 같았다.

"여행하기 좋은 배군."

배 안쪽을 돌아보던 화노가 고개를 끄떡이며 중얼거렸다.

외부의 단단함과 선실 안쪽의 안락함은 오랜 여행에도 사람들을 쉽게 지치지 않게 해 줄 것 같았다.

"본래는 훨씬 화려했지요. 하지만 그런 화려함이 영 마음에 들지 않아서 제가 이것저것 떼어내고 편하게 쉴 수 있는 공간으로 만든 겁니다."

소사공이 말했다.

스스로 늙었다고는 해도 소사공의 나이는 육십 전후, 반면 화노의 나이는 칠십을 바라보고 있어서 두 사람의 나이 차이가 십여 년은 되었다.

그래서 소사공은 다른 칠선문의 문도들에게는 말을 편하게 해도 화노는 어렵게 대하고 있었다.

"우리 칠선문의 문도들이 이용하기에 크지도 작지도 않고, 아주 적당한 것 같소."

화노는 배가 마음에 드는 모양이었다.

"그럼 오늘은 출발할 준비를 하면서 하룻밤 이곳에서 자고, 내일 새벽에 출항을 하는 게 어떻겠습니까?"

소사공이 물었다.

그러자 화노가 무광의 의견을 물었다.

"어떻게 생각하나?"

"소 어르신 말씀대로 하지요."

무광이 소사공의 의견에 동의했다.

칠선문에서 최 연장자는 장로의 지위에 있는 화노였지만, 실질적인 칠선문의 수장은 무광이라는 것을 모두가 묵시적으로 동의하고 있었다.

화노는 장로라 불리고 있지만, 스스로 칠선문보다 화의일맥의 전승자로서의 신분이 더 중요하다고 말하곤 했다.

그래서 칠선문의 행보에 대한 최종 결정은 언제나 무광의 몫이었다.

"그럼 그렇게 합시다."

무광이 동의하자 화노 역시 소사공의 의견에 동의했다.

"자, 그럼 지금부터는 모두 내 지시에 따라 일을 좀 해주게. 출항 준비를 제대로 하려면 생각보다 일이 많으니까."

소사공이 시월 등을 보며 말했다.

"알겠습니다. 어르신! 뭐든 시키십시오!"

곽부가 큰 소리로 대답했다.

*   *   *

과거 해룡마궁의 궁주 적해검마 임황이 타던 배는 당시에도 용선으로 불렸다.

혹자는 검은색 일색인 배의 외양 때문에 흑룡선이라고 했지만, 배를 만든 소사공은 칠선문의 문도들에게 배 이름이 용선이라고 말했다.

용선의 크기는 대선이라고 부르기에는 작았지만, 근해를 이동하는 상선들보다는 약간 크고 긴 모양을 하고 있었다.

반면 폭은 중선 정도여서 바다에서 속도를 내는데 유리한 날렵

한 모습이었다.

어느 바닷가라도 이렇게 큰 배를 숨겨 놓을 수 있는 곳은 찾기 힘들다. 그래서 소사공도 용선을 숨길 곳을 찾기 전에는 배를 타고 바다 이곳저곳을 떠돌았다고 한다.

그러다가 우연히 해안가 절벽이 두 겹으로 겹치며 형성된 이 은밀한 공간을 발견하고는 위태로운 입구를 통과해 이곳에 용선을 감출 수 있었다.

그리고 용선을 감춘 곳과 가까운 해안가에 오두막을 짓고, 정착하게 되었던 것이다.

더군다나 이 비밀 공간의 안쪽은 거대한 천연 동굴이 존재했고, 그 동굴을 따라 이동하면 칠선문 문도들이 처음 들어왔던 작은 야산의 동굴로 나가게 되어 있었으므로 용선을 숨기기에는 정말 안성맞춤이 장소였다.

그 비밀스러운 해안가 절벽 속 공간에서 칠선문의 문도들이 소사공의 지시에 따라 바쁘게 출항 준비를 하고 있었다.

동굴 안쪽에 흐르는 작은 샘에서 물을 길어다 식수통을 채우고, 일부는 동굴 밖으로 나가서 급하게 쓸 수 있는 땔감들도 준비해야 했다.

두어 달은 버틸 수 있는 식량을 하난 포구에서 미리 구해 가지고 왔기에 식량 걱정은 할 필요가 없었다.

대신 오랫동안 한 곳에 숨겨 두었던 배 곳곳을 살피고 기름기가 옅어진 곳에 방수를 위해 기름을 칠하는 일은 제법 적지 않은 시간이 필요했다.

그렇게 모든 일을 마치자 칠선문의 문도들은 누가 먼저랄 것도 없이 선실에 들어가서 금세 골아 떨어졌다.

그리고 그 잠은 새벽녘 그들을 깨우는 소사공의 목소리가 들릴 때까지 이어졌다.

*　　　　*　　　　*

"모두 일어나게! 떠날 시간이네!"

소사공의 목소리가 선실 밖에서 들려오자 칠선문의 사형제들이 마치 전쟁이라도 난 것처럼 벌떡 일어나 선실 밖으로 나왔다.

잠룡동에서의 수련 시절부터 자면서도 항상 긴장하는 버릇이 있던 그들이어서 언제 잠을 잤냐는 듯 생생한 모습으로 소사공과 화노가 있는 가장 앞쪽 선장실로 이동했다.

"이제 출발을 할 텐데 이곳을 벗어나 해안에서 멀어질 때까지는 노를 저어야 하네. 바다로 나가면 그때는 돛을 펼쳐 바람의 힘으로 이동하면 되고, 배 아래 노실에 들어가면 양쪽에 각각 열 명씩 스무 명이 노를 저을 수 있게 노들이 준비되어 있을 걸세. 하지만 우린 사람이 적으니 모두 조금 더 힘을 써 주게!"

"알겠습니다. 사제들, 가자."

무광이 사제들을 독려해 배 아래쪽에 만들어놓은 노실(櫓室)로 내려갔다.

그러자 이화검이 따라가며 소리쳤다.

"나도 가요."

"노를 저으려고요?"

시월이 걱정스러운 표정으로 물었다.

"당연하죠. 사람이 일곱이니 짝이 안 맞잖아요?"

이화검이 대답했다.

"제수씨는 그런 험한 일을 하면 안 되죠! 이곳에 남아 계세요. 노 젓는 일 같은 것은 저희 같은 놈들이 하겠습니다!"

부리가 배 아래로 내려가며 큰 소리로 외쳤다.

"그런 말씀 마세요. 칠선문에서는 남녀의 차별이 없답니다. 제가 여자라고 차별하시면 섭섭하죠!"

"아니, 차별하는 것이 아니라 워낙 귀한 분이라 하는 말이죠. 하하하!"

부리가 멋쩍은 표정으로 웃음을 터뜨렸다.

"무가의 여인은 여인이 아니란 말도 있잖아요. 아무튼 나도 함께 가요."

이화검이 고집을 부리며 시월을 지나쳐 노실로 내려갔다.

그러자 시월이 얼른 이화검을 따라갔다.

"준비됐습니다."

잠시 후 노실에서 무광의 목소리가 들려왔다.

그러자 소사공이 노인답지 않은 우렁찬 목소리로 소리쳤다.

"좋아. 그럼 출발하세!"

*   *   *

쿠웅!

"어이쿠!"

배가 절벽을 벗어나는 순간 거대한 파도가 밀려와 뱃전을 때렸다. 갑판 아래 노실에서 노를 젓던 시월과 사형제들의 몸이 허공으로 튕겨 올랐다 떨어졌다.

그래도 무인(武人)이어서 중심을 잃거나 넘어진 사람은 없었다.

"괜찮아요?"

이화검이 걱정된 시월이 자신의 뒤에서 노를 젓고 있는 이화검을 돌아보며 물었다.

"걱정 말아요. 이거 재미있는데요?"

요동치는 배 안에서 노를 젓는 일을 이화검은 재미있는 놀이처럼 받아들였다.

그때, 갑판 위에서 소사공의 목소리가 들려왔다.

"조금만 더 노를 저어 주게. 돛은 해안가를 벗어난 후에 세우겠네."

"알았습니다. 어르신!"

무광이 사형제들을 대신해 큰 소리로 대답했다.

그러고는 사제들을 향해 소리쳤다.

"사제들! 힘을 내자!"

"예, 대사형!"

시월과 사형제들이 일제히 대답을 한 후 다시 힘을 내 노를 젓기 시작했다.

쿠오오!

검은색 용선이 정말 승천하려는 용인 듯 새벽 바다의 거친 파도를 뚫고 대양을 향해 나아갔다.

용선은 한 번씩 파도를 넘을 때마다 해안가 절벽에서 훌쩍 멀어졌다.

그렇게 일각 정도 지나자 뱃전에 부딪히는 파도의 강도가 약해졌다. 대신 용선은 거대한 해류의 흐름을 타고 움직이기 시작했다.

그즈음 다시 소사공의 목소리가 들렸다.

"이제 됐네. 노를 거두고 갑판으로 올라오게."

소사공의 말에 온 힘을 다해 노를 젓던 칠선문의 사형제들이 한숨을 쉬며 노를 거둬들인 후 갑판 위로 올라갔다.

"수고들 하셨네. 역시 뛰어난 무인들이라 그런지 여덟 명이 젓는 노의 힘이 해룡마궁의 노꾼 스물이 젓는 것보다 낫군."

소사공이 노 젓기를 마치고 올라온 시월 등을 칭찬했다.

"이제 돛을 세웁니까?"

곽부가 아직 힘이 남아 있다는 듯 두 팔을 들어 근육을 만들어 보이며 물었다.

"그래야지. 하지만 힘으로만 되는 일이 아니니 향로의 도움을 받도록 하게."

소사공이 말했다.

"향로 동생에게요?"

곽부가 의아한 표정으로 되물었다.

"내가 말하지 않았나. 향로는 보기 드문 천재라고. 비록 힘이 부족해 직접 돛을 세울 수 없지만, 자네들에게 돛대를 세우고 돛을 펼치는 법을 자세히 가르쳐 줄 걸세. 향로야, 할 수 있지?"

"그럼요. 용선을 타고 다닐 때 아버지께 배운 것들인데요. 따라오세요, 오라버니들!"

향로가 망설이지 않고 칠선문의 사형제들을 갑판으로 불러냈다.

　　　　　*　　　　　*　　　　　*

　소사공은 결코 팔불출 아비가 아니었다.

　소향로는 돛대를 갑판 위에 세우는 것부터, 세운 돛대에 돛을 매달아 펼치는 것까지 능숙하게 설명했다.

　그녀의 지시에 따라 칠선문의 사형제들은 어렵지 않게 돛대를 세우고, 돛을 펼쳤다.

　그녀의 섬세한 가르침은 쉽고 간결해서 배에 대해선 문외한인 칠선문의 사형제들도 설명을 듣고 난 후에는 제법 유능한 선원이 된 것 같은 느낌이 들 정도였다.

　그래서 무광은 아예 며칠 동안 배와 바다에 대해 소향로에게 배워야겠다는 생각을 하게 되었다.

　"제가요?"

　용선과 바다에 대해 칠선문의 사형제들에게 가르쳐 달라는 무광의 부탁에 소향로가 놀란 눈으로 되물었다.

　"음, 향로 동생이 배와 바다에 대해 많은 것을 알고 있는 것 같아서. 사실 우린 초원과 육지에서만 살아서 바다에 대해 아무것도 모르거든."

　"하지만……."

　소향로가 칠선문의 사형제들을 시켜 돛을 세울 때와는 달리 부끄러운 표정으로 말꼬리를 흐렸다.

　"에이, 향로 동생, 좀 가르쳐 줘라! 어르신은 배를 몰아야 하니까 시간이 없으실 것 같은데. 우리가 빨리 배에 익숙해져야 어르신도 편하잖아."

부리가 소향로를 향해 소리쳤다.

"맞아! 향로 사부! 이제부터 사부로 모실게요! 하하하!"

곽부 역시 호탕하게 웃음을 터뜨렸다.

그런 칠선문 사형제들의 부탁에 얼굴이 발갛게 달아오른 소향로가 대답을 하는 대신 아버지 소사공이 있는 선장실로 도망쳐 들어갔다.

"하여간 짓궂기도 하셔요들! 그렇게 놀리듯 부탁하면 향로 동생이 승낙을 하겠어요? 조용히 설득을 해야지."

이화검이 웃음을 터뜨리고 있는 칠선문의 사형제들을 타박했다. 그러자 무광이 미소를 지으며 이화검에게 말했다.

"사제들이 좀 짓궂죠? 그래도 이렇게 농담을 주고받다 보면 향로 동생도 좀 빨리 우리에게 친숙해질 겁니다. 아무튼 우리는 사부가 꼭 필요하니 제수씨께 부탁을 해야겠군요. 우리 중에는 제수씨가 향로 동생과 가장 친하니 저희를 대신해 설득을 해주시겠습니까?"

무광의 말에 이화검이 얼른 고개를 끄떡였다.

"알았어요. 향로 동생은 제가 설득하죠. 하지만 향로 동생에게 뱃일을 배울 때는 지금처럼 장난을 치면 안 돼요!"

"물론이지요. 사제들이 뭔가를 배울 때는 무척 진지하죠. 어려서부터 버릇이 돼서요."

무광이 가벼운 미소를 지으며 대답했다.

*   *   *

이화검은 어렵지 않게 소향로를 설득했다.

소사공도 소향로에게 칠선문의 사형제들에게 뱃일을 가르칠 것을 권했기 때문에 소향로는 결국 칠선문 사형제들에게 배와 바다를 가르치는 사부가 되었다.

그런데 그녀가 칠선문 사형제들을 가르치기 시작하자 시월과 사형제들은 다시금 소사공이 왜 그렇게 자신의 어린 딸을 칭찬했는지 금세 깨달았다.

소향로는 바다와 해류, 그리고 배의 움직임에 대해 칠선문의 사형제들이 생각했던 것 이상으로 많은 지식을 가지고 있었다.

단지 배를 움직이거나, 해류를 읽는 법을 넘어서 세상에 존재하는 거의 모든 선박의 종류와 특징, 그리고 그 쓰임새를 알고 있었고, 간간히 강호에 회자되는 해전(海戰)에서 전선들이 어떻게 쓰였는지도 말해주곤 했다.

그럴 때면 칠선문의 사형제들은 마치 학당에서 스승에게 글을 배우는 학인들처럼 소향로 앞에 모여 앉아 그녀의 이야기를 들으며 시간 가는 줄 몰랐다.

하지만 소향로가 그렇게 재미있는 이야기만 해주는 것은 아니었다.

용선에 있는 기관들과 배에서 해야 할 일들을 가르칠 때는 누구보다 엄한 사부기도 했다.

하루에 몇 번씩 용선의 돛대를 세우고 거두기를 반복하면 고생에 이골이 난 칠선문의 사형제들조차도 녹초가 되기 일쑤였다.

하지만 어쨌든 그런 소향로의 가르침 덕에 칠선문의 문도들을 빠르게 능숙한 뱃사람이 되어갔다.

십여 일이 지나자 이제 칠선문의 문도들도 소사공을 대신해 조금씩 배를 몰기도 했다.

물론 큰 바다의 해류를 정확히 읽고 목적지를 정확히 찾아갈 수 있는 소사공처럼 노련한 뱃사람이 되기에는 한참 부족했지만, 소사공이 정해 준 방향으로 한두 시진 용선을 몰아 나가는 것은 문제없이 해낼 수 있게 되었던 것이다.

*   *   *

십여 일의 항해가 이어졌다.

망망대해에서 같은 일상을 반복하며 이어지는 십여 일의 항해는 처음에는 소향로의 매서운 가르침 덕분에 지루함을 덜 수 있었지만, 결국 배움이 주는 즐거움도 어느 순간부터 서서히 무뎌지기 시작했다.

그러자 갑자기 어느 순간 일행에게 참을 수 없는 무료함이 찾아 왔다.

소향로의 가르침은 계속되었지만, 말로 하는 가르침은 이제 더 이상 새로울 것이 없었다.

폭풍이 오거나 혹은 특별한 해류가 나타난다면 다를 테지만, 같은 모습의 바다가 이어지는 상황에선 더 이상 몸으로 경험할 것도 없어 보였다.

"아! 그 흔하디흔한 해적조차도 보이지 않는구나."

소향로의 가르침이 일찍 끝난 어느 날 오후, 돛이 만드는 그늘 아래 앉아서 무료한 시간을 보내던 곽부가 투덜거렸다.

"다행인 거지."

소후가 퉁명스럽게 대답했다.

"한바탕 싸움이라도 했으면 좋겠어요. 이대로 며칠 더 가다가는 정신이 이상해질 것 같아요. 차라리 뱃멀미를 해대던 처음 이삼 일이 그리울 정도라고요."

곽부가 고개를 저으며 말했다.

같은 풍경, 같은 일상이 반복되는 하루를 더 이상 견디기 힘든 모습이다.

"팔 년 동안 석실에 갇혀도 있었는데 이걸 못 참아?"

소후가 질책하듯 말했다.

"그거야 강제로 갇혀 있었던 것이잖아요. 오히려 그 경험 때문인지, 공가 늙은이 손에서 벗어난 이후에 잠시라도 갇혀 있는 느낌이 들면 견디기 힘들더라고요."

"바다는 넓고 자유로운 곳인데 뭐가 갇혀 있다고 그래요. 바다를 좀 즐겨 봐요."

칠선문 사형제들의 과거를 알고 있는 소향로가 조심스럽게 말했다.

"아니, 즐길 게 있어야 즐기지. 이건 뭐 매일 같은 풍경, 같은 생활인데."

곽부가 투덜댔다.

"그렇지 않아요. 같은 모습 같지만 바다는 매일 매일 모습을 달리해요. 해류도 그렇고 날씨도 그렇고… 바다의 색도 수심에 따라 달라진다고요. 눈에 보이는 물고기들도 다르고요. 그런 것들을 자세히 보게 되면 바다는 그 어느 곳보다 변화무쌍해서 지루할 틈이 없어요."

소향로가 제자를 가르치듯 조근조근 바다의 변화에 대해 말했다.

그러자 곽부가 손을 저었다.

"아이고, 그건 향로 동생처럼 섬세한 사람에게나 어울리는 일들이야. 나 같이 급한 성격을 가진 사람은 결코 즐길 수 없는 일들이라고. 그렇게는 반 시진도 못 버텨. 와! 말을 하고 보니 더 못 견디겠네. 이거 참 답답해서……."

그런데 그런 곽부의 투덜거림을 듣고 있던 무광이 불쑥 입을 열었다.

"그렇게 지루해?"

"대사형은 안 지루하세요?"

곽부가 되물었다.

"음… 나도 조금씩 지루해지려던 참이긴 해. 그래서 이 지루함을 벗어날 방법을 생각해 보았지. 뭘 하면 앞으로도 여러 날 남은 이 항해를 지루하지 않게 할 수 있을까 하고 말이야."

"그래서 방법을 찾으셨어요?"

곽부가 호기심을 보이며 되물었다.

"음, 이것저것 다 생각해 봤는데 결국 한 가지 방법밖에 없더라고."

"어? 그래요? 무슨 방법인데요?"

곽부가 반색을 하며 물었다.

곽부뿐 아니라 다른 사형제들 역시 일제히 무광에게 시선을 돌렸다.

그들도 지금의 일상이 점점 지루해지고 있었기 때문이었다.

그런데 그들의 호기심은 무광에게서 흘러나온 대답으로 인해 한순간에 곤욕스러움으로 변했다.

"우리 같은 무인에겐 역시 무공 수련이 가장 재미있는 일이지. 그래서 내일부터 무공들을 제대로 수련해 보면 어떨까? 사방이 막혀 갈 곳도 없고, 시간은 넘쳐나니까 무공을 수련하기 딱 좋은 시간이잖아? 내일부터 오전에는 각자 자신의 무공을 점검하고, 오후에는 번갈아가며 나와 비무를 한다. 잠룡동에서 수련할 때처럼 말이야. 어때? 재밌겠지?"

무광이 빙긋 미소를 지으며 사형제들을 바라봤다.

하지만 그와 달리 사형제들의 얼굴은 공포로 질려가고 있었다.

제3장

—

바다 위의 비무

파파팟!

물과 하늘밖에 없는 세상을 검이 가른다. 수평선이 또 하나 생긴 것 같았다.

"헛!"

부리가 헛바람을 토하며 재빨리 옆으로 몸을 굴렸다.

칙!

부리가 구르는 갑판 위를 무광의 검이 가볍게 스치고 지나갔다.

갑판에는 그렇게 만들어진 상흔들이 즐비했다.

무광이 무공 수련을 이유로 칠선문의 사형제들과 비무를 시작한 이후 생긴 검흔들이었다.

물론 오늘 새로 생긴 검흔이 아닌 어제까지 생긴 검흔들 위에는 기름칠이 말끔하게 되어 있어서 자세히 보지 않으면 잘 드러나지 않았다.

하지만 희미하게나마 보이는 거미줄 같은 검흔들은 그동안의 비무가 얼마나 격렬했는지 보여주고 있었다.

팡!

자신의 검을 피해 움직이는 부리를 향해 무광의 발이 날아갔다.

부리가 재빨리 옆으로 피하며 손에 든 검으로 무광의 다리를 잘라갔다.

순간 무광이 허공으로 차올린 발을 좀 더 높이 들어 올리면서 허공에서 제비를 한 바퀴 돌더니 벼락처럼 비도를 날렸다.

"억!"

갑작스레 나타난 비도에 놀란 부리가 다급한 음성을 토해내며 그대로 옆으로 몸을 날렸다.

쿵!

다급하게 날린 부리의 몸이 배의 난간에 부딪히고서야 겨우 멈췄다.

그런 부리를 향해 다시 무광의 검이 날아들었다.

"그만요!"

부리가 검을 버리고 두 손으로 머리를 막으며 소리쳤다.

순간 무광의 검이 부리의 머리 바로 위에서 뚝 멈추더니 대신 무광의 왼 주먹이 날아와 부리의 머리를 후려쳤다.

쾅!

"아이고! 나 죽네! 사형 뭐하는 짓이에요? 항복했잖아요!"

무광의 주먹에 맞아 다시 한번 갑판을 구른 부리가 벌떡 일어서며 소리쳤다.

그러자 무광이 부리가 놓아 버린 검을 들어 부리에게 건네며 말했다.

"무인은 언제든 손에서 검을 놓으면 안 되는 거야. 그리고 무슨 포기를 그렇게 빨리 해. 내가 볼 때 이삼십 초는 더 버틸 수 있었던 것 같은데."

"그래 봐야 더 맞기밖에 더하겠어요? 결과가 뻔한데."

"그게 수련이지. 그 와중에 네 부족함을 알아채고 그걸 극복할 방법을 찾아야 하는 거야. 그래서 비무를 하는 거 아니야!"

무광이 질책을 했다.

"아, 물론 맞는 말씀이기는 한데요. 그것도 하루 이틀이지 매일 그럴 수는 없잖아요? 지난번에 부러진 갈비뼈가 이제 겨우 붙었다고요."

부리가 투덜댔다.

"좋아. 오늘은 봐주지. 네 말대로 뼈가 붙은 지 얼마 되지 않았으니까."

무광이 겨우 비무의 끝을 선언했다.

그러자 부리가 검을 받아들면서 다시 투덜거렸다.

"어떻게 잠룡동에서보다 더 무섭게 비무를 하세요. 이러다가 누구 팔다리 하나 잘려 나가겠어요."

"우리의 적이 될 수 있는 자들이 그때보다 더 강하니까. 월문을 물론이고 마련의 마인들도 우리를 찾고 있을 거잖아."

"뭐… 그렇긴 하죠."

부리가 무광의 말을 인정했다.

"칠선문이 은거지문으로서 살아간다 해도 언젠가는 그들과 만날 수밖에 없다. 그런데 우리 칠선문이 십대천문처럼 거대 문파가 될 것도 아니잖아. 그럼 결국 우리 한 사람 한 사람이 강해지는 것 말고는 살아남을 방법이 없다. 시월만큼은 아니어도 각자 삼십 육마 한 명 정도는 상대할 실력은 되어야지. 그래야 우리 사형제 들이 그들로부터 진정으로 자유로워질 거야."

"물론 그렇긴 한데요. 그런데 그런 고수가 되려고 이렇게 거칠 게 비무를 하다가는 그 전에 죽을 지도 모른다고요."

부리가 다시 불평을 늘어놓았다. 부리가 불평할 만큼 무광의 비무는 거칠고 위험한 것이 사실이었다.

"후후, 난 전혀 걱정은 하지 않아. 왜냐하면 화노께서 계시니 까. 화노 어르신이 계시는 한 목이 잘리지 않는 이상 우린 죽을 일 이 없다. 그러니 걱정 말고 마음껏 비무를 하자고. 알았지?"

무광의 부리의 어깨를 잡아 흔들면서 물었다.

"아얏! 알았어요! 그러니 좀 놓고 말하세요. 어깨 부서지겠어 요."

"어깨가 부서져도 역시 화노님이 치료해 주실 거라니까?"

무광이 그답지 않게 농담을 했다.

"에이 참, 화노님을 만난 게 복인 줄 알았는데 이럴 때 보면 꼭 그렇지도 않은 것 같아요."

부리가 재빨리 무광의 손에서 벗어나며 투덜댔다. 그러고는 무 광에게 붙들릴 수 없다는 듯 서둘러 걸음을 옮겼다.

그러자 무광이 크게 한 번 웃고는 다른 비무 상대를 찾아 용선 의 갑판 위를 살피기 시작했다.

하지만 그의 사형제들은 모두 그와의 비무를 회피하기 위해 시선을 돌리거나 슬쩍 일어나 선실로 도망쳤다.

그런 사형제들을 보고는 무광이 눈살을 찌푸리며 소리쳤다.

"뭐냐? 모두 왜 이렇게 나약한 거야? 비무할 사람 없어?"

무광의 호통에도 칠선문의 사형제들은 누구도 비무를 하기 위해 나서지 않았다.

그런데 그때 문득 이화검의 목소리가 들려왔다.

"제가 할게요. 그 비무!"

이화검이 비무를 청하자 무광이 당혹스러운 표정으로 물었다.

"제수씨가요?"

"네. 그 동안은 사형제 분들의 비무를 구경하는 게 재미있어서 아무 말 안 했는데, 이젠 비무 구경도 지루하고 제가 직접 비무를 해보고 싶어졌어요."

"하지만 그건……"

"왜요. 전 안 되나요? 저 역시 칠선문의 문도인데요."

"그렇긴 하지만……"

"설마 나중에 문도가 된 사람이라 사형제분들과 차별하시는 건가요? 아니면 제가 여자라서요?"

이화검이 따지듯 물었다.

"그런 게 아니라. 제가 하는 비무는 보셔서 아시겠지만 무척 위험해서."

"걱정할 필요 없다면서요? 화노님이 계시니까요."

이화검이 빙그레 미소를 지으며 말했다.

그러자 멀리서 부리가 소리쳤다.

"제수씨 말이 맞아요, 사형! 제수씨도 엄연히 우리 칠선문의 무인인데 당연히 사형과 비무를 할 권리가 있지요. 거절하시면 안 되는 겁니다!"

"이 녀석!"

무광이 화난 표정으로 부리를 바라봤다.

그러자 그동안 무광과 비무를 하느라 곤욕을 치렀던 다른 사형제들이 일제히 이화검을 응원했다.

"제수씨 말이 맞습니다. 대사형! 비무를 해주세요."

"맞아요. 비무를 거절하는 것은 제수씨를 모욕하는 일입니다!"

사형제들이 일제히 자신을 응원하자 이화검이 기세등등한 표정으로 무광에게 말했다.

"보셨죠? 모두 같은 생각이잖아요. 이제 비무를 해주실 거죠?"

"…시월과 비무를 하는 게 훨씬 도움이 될 텐데요."

무광이 한풀 기가 죽은 말투로 말했다.

"저 사람은 마음이 약해서 안 돼요. 제게 필요한 비무는 역시 첫째 아주버님이 하시는 실전에 가까운 비무예요. 화검이 정식으로 비무를 청합니다."

이화검이 무광에게 포권을 하며 말했다.

그러자 무광이 한숨을 쉬며 대답했다.

"알겠습니다. 비무를 하죠. 하지만… 각오하셔야 합니다. 일단 비무가 시작되면 전 제대로 할 거니까요."

무광이 경고했다.

"그것이야말로 제가 바라는 바죠. 기대할게요."

이화검이 빙그레 웃으며 대답했다.

＊   ＊   ＊

카카캉!

날카로운 도검의 충돌음이 선실 안까지 생생하게 들려왔다.

망망대해를 마치 길을 아는 사람처럼 능숙하게 항해하는 소사공과 그의 옆에 앉아 말동무를 하고 있던 화노 두 사람도 어느새 갑판에서 벌어지는 비무에 빠져 대화를 멈춘 지 오래였다.

그러다가 소사공이 문득 입을 열었다.

"제가 무공에 대해선 천박하기 이를 데 없는 수준이라 알 수 없는 것이지만, 이 여협의 검법이 상당히 뛰어나, 무광 저 친구가 오히려 밀리는 듯 보이는데 제가 잘못 본 것일까요?"

비무의 상황만 놓고 보면 처음 비무를 시작했을 때부터 계속해서 이화검이 무광을 몰아치고 있었다.

특히 이화검의 가문인 이가검문의 독문검법 천추팔검(千秋八劍)은 그 이름처럼 오래 전에 만들어져, 세월이 흐르면서 이가검문의 고수들이 발전시켜 온 검법이라 그 깊이에서는 오히려 육마의 무공을 능가하는 면이 있었다.

또한 강호의 소문처럼 광풍처럼 거칠고, 호랑이처럼 사나운 검법이었다.

"이 여협의 검법이 뛰어난 것은 맞소. 본래 이가검문의 검법은 그 깊이 면에서 천하에 비교될 검법이 몇 없을 만큼 대단한 검법이오. 그건 이가검문의 역사가 오랫동안 이어진 것만 봐도 알 수 있소. 다만, 아무리 대단한 검법이라도 수련한 사람에 따라 큰 차이가 날 수 있으니 시대에 따라 힘이 부칠 때도 있었던 것이고…
하지만."

화노가 잠깐 말을 멈췄다.

"제가 잘못 본 것이군요."

화노의 말투에서 그의 마음을 읽은 소사공이 되물었다.

"무광이 계속 수세에 몰리는 것은 두 가지 이유 때문인 것 같소. 일단은 이 여협의 천추팔검을 자세히 알아보고 싶은 마음에서 계속 공격을 받아주는 것 같고, 두 번째는 역시 이 여협과의 비무가 부담스러워 조심하기 때문인 것 같소. 내가 볼 때 그동안 적어도 서너 번은 반격의 기회가 있었는데 그걸 그냥 흘려보내는 구려."

"역시 제 눈에 보이지 않는 것을 노사께서는 보시는군요."

소사공이 탄식하며 말했다. 자신의 무공이 부족한 것에 대해 자괴감이 느껴지는 목소리였다.

"그렇게 의기소침하실 필요는 없소. 사실 보통 무인들이 알아보기에는 무광의 무공이 워낙 특별한 것이니까."

화노가 위로하듯 말했다.

그러자 소사공이 다시 물었다.

"칠랑의… 에이, 이젠 칠랑이라 부르면 안 되는 건데. 저 사형제들의 무공은 어느 정도인 겁니까? 물론 시월이 삼십육마를 꺾었다는 말은 들었지만. 예전 월문에서 칠랑으로 활동할 때의 무공을 모두 회복한 겁니까?"

소사공의 물음에 화노가 고개를 끄떡였다.

"그 무공들을 모두 회복했고, 지금은 그 이상의 경지를 넘보고 있다고 할 수 있소. 그때보다는 확실히 강해졌을 거요."

"그렇군요. 역시 화노님이 도움을 준 덕분이겠지요?"

"물론 내 도움이 없었으면 이렇게 쉽게 몸을 회복하고 무공을 되찾지 못했을 것이오. 하지만 저 친구들의 무공이 칠랑 때보다 강해져 가는 것은 나 때문이 아니라 저 아이들 자신 때문이라오."

"…노력을 많이 한다는 뜻입니까?"

소사공이 되물었다.

"노력도 노력이지만, 저 아이들은 군자의 공천보에게 잡혀 있는 동안 몸은 자유롭지 못했지만, 머리로는 끊임없이 자신이 수련한 무공들을 참구했다고 하더구려. 그렇게라도 하지 않으면 그 답답한 세월을 견딜 수 없었을 것이오."

"음… 그렇겠군요. 뭐라도 할 수 있는 게 있었으니 팔 년을 석동에서 버텼을 테지요."

소사공이 고개를 끄떡였다.

"그 시절 참구했던 무공의 이치들이 몸과 내공이 회복되니 엄청난 힘을 발휘하는 것 같소. 이미 무공에 대한 이해가 자신들 무공의 원류가 된 삼십육마의 수준에 다다랐다고나 할까."

"삼십육마의 수준에요?"

소사공이 믿을 수 없다는 듯 화노를 바라봤다.

"물론 지금 당장 그들과 같은 고수가 되었다는 것은 아니오. 머리로 이해하는 것과 몸이 그 무공을 시현하는 것은 다른 문제니까. 하지만 멀지 않은 시간에 저 아이들은 그 경지에 도달해 있을 것이오."

"아… 그렇게 된다면……."

소사공의 얼굴에 반가운 표정이 떠올랐다.

"이제 안심이 되오?"

화노가 웃으며 물었다.

"…제 속마음을 읽고 계셨군요."

소사공이 겸연쩍은 표정으로 말했다.

"후후후, 읽고 말고가 있겠소. 겨우 열 명도 되지 않는 작은 문파에 자신과 딸의 운명을 맡긴다는 것은 누구든 불안한 선택일 수밖에 없는 일 아니겠소."

화노의 말에 소사공이 고개를 끄떡였다.

"화노님의 말씀대로입니다. 사실 향로가 너무 강하게 권해서 칠선문의 문도가 되긴 했지만, 늘 불안함이 있었지요. 제 눈으로 해룡마궁과 삼십육마의 무서움을 보았으니까요. 하지만 이젠 안심이 되는군요. 삼십육마와 같은 고수가 일곱이나 있는 문파는 강호에서 찾아보기 힘들 겁니다."

"후후후, 역시 향로의 총명함을 알 수 있구려. 향로는 이미 저 일곱 사형제의 잠재력을 알아챘다는 뜻이니까. 역시 화의일맥의 전인이 될만한 아이오! 하하하!"

화노가 갑판에서 비무를 지켜보고 있은 소향로를 보며 호탕하게 웃음을 터뜨렸다.

그러자 소사공이 머리를 조아리며 말했다.

"저로선 그저 화노님께 감사드릴 뿐입니다. 제 여식을 그리 귀엽게 보아주시니……."

"아니오. 오히려 내가 고맙소. 찾기 힘들 거라 생각했던 화의일맥의 전수자를 데려와 주었으니 말이오. 그래서 말인데, 이제 우리 노사니 화노님이니 하는 말은 그만합시다. 이 칠선문에서 우리 두 사람만 머리가 희였으니 오늘부터는 호형호제하는 것으로 합시다!"

화노가 키를 잡은 소사공의 손을 굳게 잡으며 말했다.

*   *   *

카캉!

갑판 위가 다시 소란스러워졌다.

이화검의 끊임없는 공격에 수비로 일관하던 무광이 어느 순간부터 뒤로 물러나지 않고 앞으로 전진하더니 이화검의 공격을 피하지 않고 검으로 모두 막아낸 것이다.

이화검이 갑작스러운 무광의 반격에 놀라면서도 재차 공격을 하려는데 무광이 손끝을 모아 빠르게 이화검의 이마를 찔러 왔다.

"흡!"

이화검이 마치 비도처럼 자신의 눈썹 사이를 찔러오는 무광의 수도(手刀)에 놀라 다급한 음성을 토하며 재빨리 뒤로 몸을 눕혔다.

순간 무광이 허공으로 떠올라 이화검을 날아 넘더니 급하게 몸을 틀어 자세를 바로 잡는 이화검의 얼굴 앞에 가만히 검을 드리웠다.

그러자 이화검이 당황한 듯한 표정을 짓다가 이내 자신의 검을 거두며 말했다.

"제가 정말 우물 안 개구리였네요. 많이 봐주셨는데도 이 지경이라니… 에이!"

이화검이 맥없이 끝나 버린 비무에 실망했는지 그 자리에 털썩 주저앉아 버렸다.

"제수씨 무공은 좋았습니다. 다만 실전 경험이 부족해서 가지고 있는 실력을 모두 쓰지 못하셨을 뿐이죠. 그리고, 제 실력이야 시월에 비하면 한참 모자라는 걸요."

무광이 가볍게 미소를 지으며 말했다.

"위로해 주지 않으셔도 돼요. 하지만 제 실전 경험이 부족한 건 사실이죠. 그러니까 앞으로도 계속 비무를 해주세요."

"그건……."

"설마 오늘 한 번으로 끝날 거라 생각하셨어요?"

이화검이 되물었다.

그러자 무광이 한숨을 쉬며 고개를 끄떡였다.

"알겠습니다. 종종 비무를 하도록 하죠. 사실 이가검문의 천추 팔검을 보면서 느낀 게 많습니다."

"그런가요? 조금이라도 보탬이 되었다면 다행이에요. 저만 배우는 것 같아서 죄송했는데……."

이화검이 활짝 웃으며 말했다.

"그런데 제가 고생하는 건 모두 시월 녀석 때문입니다."

"저와 비무를 해주시는 게 제 낭군님 때문이란 건가요? 그럼 좀 서운한데… 전 칠선문의 한 문도로서 첫째 아주버님께 비무를 부탁드린 건데요."

이화검이 실망한 표정으로 말했다.

"그런 뜻이 아닙니다. 사실 우리 중에 가장 무공이 뛰어난 사람은 누가 뭐래도 시월이죠. 그런데 저 녀석은 사형제들과 비무를 하지 않고 있잖습니까? 그래서 내가 사제들 모두와 비무를 하고, 이젠 제수씨와의 비무까지 모두 떠안게 되었다는 말이지요."

무광이 시월을 원망하듯 말했다.

그러자 이화검이 맞장구를 쳤다.

"듣고 보니 아주버님 말씀이 맞네요. 사실 저 사람은 평소엔 아주 게으른 편이죠."

이화검의 대답을 들은 무광이 갑자기 시월을 돌아보며 소리쳤다.

"시월! 들었지?"

"뭐… 제가 게으른 편인 건 인정합니다."

"좋아. 그럼 이제 너도 비무를 한다."

"예? 갑자기 무슨 말씀이세요?"

그동안 다른 사형제들은 무광과의 비무를 피할 수 없었지만 시월은 예외였다.

무광보다 무공이 뛰어난 시월이 굳이 무공 수련을 이유로 무광과 비무를 할 필요가 없었기 때문이었다.

"그동안 사제들과의 비무는 사제들의 무공을 수련하기 위한 것이었다. 물론 그 비무가 내게도 도움이 되기는 했지만 나보다 강한 상대와 하는 비무와 같을 수는 없지 않느냐? 이제 나도 강한 상대와의 비무가 필요하다. 그러니까 시월, 너도 이제는 나와 비무를 해야 한다. 알겠지?"

무광이 강요하듯 말했다.

그러자 시월은 어쩔 수 없이 느리게 고개를 끄떡였다.

"알겠습니다. 대사형께서 원하시면 그렇게 하죠."

"살살할 생각 말고!"

"대사형과의 비무를 어떻게 살살합니까?"

"그야 내 무공이 네게 한참 미치지 못하니까."

"그건 아니죠. 제가 대사형을 모르나요. 무공도 무공이지만 대사형께선 싸움에 관한한 타고나신 분인데… 오히려 제가 몸 걱정을 해야죠."

"후후후, 그렇다면 다행이다. 네 말대로 각오해야 할 거야. 난 무공이 아니라 싸움을 할 테니까."

무광이 시월과의 비무가 기대된다는 듯 웃음을 흘리며 말했다.

다음 날부터 시월과 무광의 비무가 시작되었다.

그리고 그 비무를 구경하는 것은 지루한 바다 여행 중에 칠선문의 문도들이 기다리는 가장 흥미로운 일과가 되었다.

*　　　　　*　　　　　*

"미친 사람들 같아요."

비무를 하다 다친 사람들을 치료하고 들어온 소향로가 고개를 저으며 말했다.

그녀로서는 무공을 수련하기 위해 하는 비무를 위험한 부상까지 입으며 해야 하나 싶은 모양이었다. 칠선문의 사형제들이 하는 비무의 치열함이 이해가 되지 않는 듯했다.

"많이들 다쳤느냐?"

언제나처럼 선장실에서 소사공과 담소를 나누고 있던 화노가 물었다.

"날이 갈수록 더 거칠어지는 것 같아요. 곽부 오라버니는 허벅지에 깊은 검상을 입어서 며칠 제대로 걷지도 못할 거예요. 부리 오라버니는 등에 큰 부상을 입었고요."

"음… 다행이구나, 게으름을 피우지 않으니."

화노가 말했다.

"다행이요? 스승님! 저러다 누구 한 사람 죽을 것 같은데 다행이라뇨?"

화의일맥의 공식 전수자가 된 소향로가 화노의 말에 동의할 수 없다는 듯 말했다.

"걱정 마라. 어떤 경우든 목숨을 잃는 경우는 없을 테니. 내가 있는 이상……"

"아무리 화의일맥의 의술이 뛰어나도 잘려 나간 팔다리를 다시 붙일 수는 없죠."

소향로가 대꾸했다.

"그 정도 절제는 할 수 있는 녀석들이고. 시월은?"

"시월 오라버니야 뭐 다칠 일이 없죠. 무광 오라버니하고만 비무를 하니까요. 그것도 무광 오라버니가 화를 낼 만큼 설렁설렁하는 것 같더라고요."

"역시 아직은 차이가 나는 건가?"

소향로의 말을 듣고 화노가 중얼거렸다.

"두 사람 실력이 그 정도나 차이가 납니까?"

듣고 있던 소사공이 놀란 표정으로 물었다.

"시월은… 좀 특이한 녀석이네. 나약함을 장점으로 만든 녀석이랄까. 살려고 죽어라 무공을 수련한 녀석이라서 다른 아이들의 치열함을 어릴 때부터 가졌던 아이라네. 날 찾아왔을 때는 그 정도가 더 심해서 마치 다른 사형제들의 목숨을 대신 사는 것 같았지. 그러니 얼마나 처절하게 수련을 했겠는가. 겉으로 보기에는 유약해 보여도 속은 전혀 그렇지가 않네. 그래서… 솔직히 나도 가끔 그 녀석이 무섭지."

"그렇군요. 역시 사람은 겉모습만 보고는 모르는 거군요. 하긴 화중마 백우양을 꺾은 사람인데. 그냥 마른 체구에 곱상한 얼굴 때문에 자꾸 그 사실을 잊게 되는군요."

소사공이 고개를 끄떡이며 말했다.

"아무튼 적이 아닌 것이 다행인 아이지. 특히 생존력이 남다른 아이라서 칠선문에는 정말 보배 같은 존재지."

"그러게 말입니다. 형님의 말씀을 들으니 우리 부녀가 칠선문을 선택한 것이 더욱 다행스럽게 느껴지는군요."

"후후, 하지만 아우님과 향로도 칠선문에 무척 많은 도움을 주고 있으니 너무 고마워 할 필요는 없네. 두 사람이 아니었다면 어디서 용선 같은 배를 구했을 것이며, 세상에서 가장 노련한 목수와 뱃사람을 얻을 수 있었겠나. 또 향로로 말할 것 같으면 저 거친 녀석들이 갖지 못한 총명함을 가졌으니 나중에는 오히려 칠선문에서 가장 중요한 사람이 될 걸세."

"형님도 참… 아무리 제자로 들이셨다지만 향로 이야기만 나오면 그렇게 칭찬을 하시니. 그러다 이 녀석이 교만해질까 걱정이 됩니다."

소사공이 소향로를 가리키며 말했다.

하지만 내심 기분이 나쁘지 않은 표정이다.

"걱정 마세요. 아버지, 제가 교만해지는 걸 스승님이 두고 보지 않으실 테니까요. 화의일맥의 의술을 배우는 일은 결코 호락호락하지 않아요."

"허허허! 역시 향로다. 이미 본맥의 의술과 내 성격을 정확하게 파악하고 있으니. 이렇게 똑똑하니 아우님은 향로에 대해 전혀 걱정할 필요가 없을 것 같네."

화노가 호탕하게 웃음을 터뜨렸다.

그런데 그때였다.

갑자기 수련을 마치고 뱃전에서 잠시 휴식을 취하고 있던 부리의 목소리가 들렸다.

"배가 보입니다!"

*　　　*　　　*

화노는 물론 소사공까지 키를 잠깐 소향로에게 맡기고 갑판으로 뛰어나왔다.

칠선문의 사형제들은 이미 뱃전으로 몰려들어 수평선 끝에 나타난 흰 돛의 배를 바라보고 있었다.

"누굴까요? 이 망망대해에……."

용선은 황해를 건너고 있었다. 이런 망망대해에서 다른 배를 만나는 것은 무척 드문 일이었다.

"배에 돛은 몇 개인가?"

소사공이 부리에게 물었다.

부리의 시력이 남달라 다른 사람이 볼 수 없는 것을 볼 수 있다는 걸 소사공도 알고 있었다.

"세 개인 것 같습니다."

부리가 대답했다.

"색은? 보이는 대로 흰색인가?"

"그렇습니다."

"혹, 깃발 같은 것도 보이는가?"

설마 하는 마음으로 소사공이 물었다. 자신의 눈에는 돛도 제대로 보이지 않는데 부리라 해도 깃발까지 볼 수는 없을 거라 생각한 것이다.

그런데 부리에게서 의외의 대답이 흘러나왔다.

"흰 천에 황금색으로 글씨를 써 놓은 것 같은데… 무슨 글씨인지는 모르겠군요."

"그게 보인단 말인가?"

소사공이 놀란 눈으로 부리를 돌아보며 물었다.

"어르신은 안 보이세요?"

오히려 부리가 저렇게 큰 깃발을 왜 보지 못하느냐는 듯 물었다.

"…설마 다른 사람들도 모두 보고 있는 건가?"

소사공이 칠선문의 사형제들을 돌아보며 물었다.

"글씨야 모르겠지만 깃발은 보이죠."

무릉이 대답했다.

"허… 내가 늙어서 눈이 나빠졌나?"

소사공이 자신의 눈에만 깃발이 보이지 않는 듯하자 눈을 비비며 중얼거렸다.

"이 녀석들은 어린 시절부터 시력을 높이는 수련을 해서 그런 거니 아우님 눈을 걱정할 필요는 없네."

화노가 옆에서 위로하듯 말했다.

"그렇다고 해도 제가 늙기는 늙은 모양입니다. 저도 바다에서 뱃사람으로 살아서 시력 하나는 자랑할 만했는데……."

소사공이 우울한 표정으로 대답했다.

그런데 그때 부리가 다시 입을 열었다.

"아무래도 금(金)자 같은데요. 깃발에 새겨진 글씨가… 시월, 어때?"

"저야 사형보다 눈이 밝지 못한데요."

"그래도 자세히 봐. 얼핏 형체는 보일 거 아니야."

"흠… 사형 말을 듣고 보니 정말 금(金)자 같긴 하네요."

시월이 부리의 말에 동의했다.

그러자 소사공이 고개를 끄떡이며 말했다.

"그렇다면 항주 금가장의 배일 가능성이 크군."

"항주 금가장! 거긴 십대천문이잖아요?"

곽부가 놀란 얼굴로 되물었다.

"맞네. 하지만 보통의 십대천문과는 다르지. 금가장의 무인들 중 무공이 뛰어난 자가 적지 않지만, 무력으로 보면 다른 십대천문에 비할 수 없지. 대신 육로와 해로를 통해 천하 각지로 상단을 보내 모아들인 재력으로 십대천문이 되었지. 금가장의 상선은 저렇게 금(金)자가 새겨진 흰색 깃발을 사용한다네. 세 개의 돛이 달린 것도 그렇고……."

"정말 금가장이라면… 어쩌죠?"

곽부가 무광에게 물었다.

"어쩌긴. 그냥 스쳐 지나는 거지. 설마 금가장이 우리에게 시비를 걸겠느냐?"

"그, 그렇겠죠?"

곽부가 되물었다.

무광의 말이 맞기는 하지만 십대천문 중에 월문이 있다는 사실 때문에 다른 십대천문에 대해서도 경계심이 생기는 곽부였다.

"이쪽으로 오는 것 같은데요?"

부리가 흰색 돛을 단 배를 보며 말했다.

"젠장, 그냥 지나쳐 갈 일이지 뭐 하러 이쪽으로 오는 거야. 어르신, 저 배를 따돌릴 수는 없나요?"

곽부가 소사공에게 물었다.

"물론 따돌리려면 할 수 있지. 이 용선은 세상에서 가장 빠른 배니까. 돛대를 모두 세우면 돛을 다섯 개나 달 수 있고. 그런데 굳이 도망치듯 피할 이유가 있나? 칠선문도 정파의 문파인데. 오히려 피하는 게 이상한 일 아니겠나?"

"그, 그건 그렇지만……."

곽부가 말꼬리를 흐렸다.

그러자 무광이 말했다.

"굳이 피할 이유는 없다. 다만 모두 말과 행동을 조심하도록 해."

*   *   *

세 개의 거대한 돛이 만들어내는 큰 힘에도 금가장의 상선은 생각보다 느리게 다가왔다.

그건 그만큼 몸집이 큰 상선이기 때문이었다.

짐작대로 배는 십대천문에 속하는 무가이자 강호 제일의 상가, 항주 금가장의 상선이었다.

금가장에선 사해로 대형 상선들을 보내지만 그중에서도 요동을 거쳐 해동까지 돌아오는 상선의 운용을 중요하게 생각했다.

북방과 해동에서만 구할 수 있는 질 좋은 모피나 인삼을 확보할 수 있기 때문이었다.

이번 상행에서도 제법 많은 물건을 확보했는지 거대한 상선이 깊게 수면에 잠긴 채 큰 물소리를 내며 칠선문의 용선 옆으로 다가왔다.

용선도 작은 배가 아닌데 금가장의 상선이 너무 커서 가까이 붙자 용선은 마치 소선처럼 보일 정도였다.

"잠시 멈추시오!"

용선 가까이 다가온 금가장의 배에서 우렁찬 목소리가 들린다.

뱃사람 중에는 먼 거리에서도 대화가 가능한 큰 목청을 지닌 자들이 섞여 있는데, 금가장의 배에서 소리를 지른 사람의 목소리는 특히나 크게 들렸다. 무공을 가진 자가 분명했다.

무광이 뱃전에서 상대의 부름에 호응했다.

"무슨 일이시오?"

배의 속도를 줄인 상태라 상대가 요구하지 않아도 용선은 어느새 금가장 상선과 십여 장 정도 거리에 멈춰서 있었다.

"우린 금가장의 사람들이오. 당신들은 어디 소속이오? 이 항로에선 본 적이 없는 배인 것 같아서 말이오?"

용선의 정체를 묻는 금가장 무사의 목소리가 자못 위압적이다. 마치 대답을 하지 않으면 곧 공격이라도 할 것 같은 느낌이었다.

불쾌하기 짝이 없는 질문이었지만 무광은 담담하게 대답했다.

"우린 칠선문의 사람들이오."

차분한 대답이지만 공력이 실린 무광의 목소리는 십여 장의 거리가 무색하게 금가장 상선에 탄 사람들 고막을 파고들었다.

순간 금가장의 상선 위에서 잠시 소란이 일어났다.

금가장은 상가이면서 의천무맹 십대천문의 일문. 세상에서 일어나는 거의 모든 일을 알고 있다고 해도 과언이 아니다. 당연히 칠선문의 이름도 알고 있을 것이다.

특히 황해와 인접한 지역을 크게 둘러 오는 길이기에 당연히 요동도 들렸을 터, 이가검문과 일월문의 싸움에서 칠선문의 활약을 알고 있는 것은 당연한 일이었다.

그런 칠선문의 문도들이 탄 배를 만났으니 아무리 십대천문의 문도들이라 해도 놀라지 않을 수 없었다.

"정말 십대천문의 대협들이시오?"

잠시 소란이 일던 금가장의 뱃전에 초로의 인물이 나타나 다시 물었다.

굴강해 보이는 몸집에 머리에는 영웅건을 두르고 있었고, 허리에 찬 도 역시 대도여서 마치 전선을 지휘하는 장수처럼 보이는 인물이었다.

"그렇소이다."

무광이 대답했다.

"하하하! 반갑소이다. 이 배는 금가장의 상선이오. 수일간 배 한 척 만나지 못해 지루하던 참이었는데 이렇게 칠선문의 대협들을 만나서 무척 반갑소이다."

"저 역시 금가장의 대협들을 뵙게 되어 영광입니다!"

무광이 초로의 인물에게 포권을 해보였다.

"난 금가장의 제일상단주 금겸환이라 하오. 젊은 대협께선 존대성명이 어찌 되시오?"

정중한 무광의 태도가 마음에 들었는지 금가장 제일상단주 금겸환이 물었다.

금겸환은 공적으로는 금가장의 오대상단주 중 가장 우두머리인 제일상단주였지만, 사사로이는 금가장의 장주 금겸선의 친동생이었다.

그래서 사람들은 금가장에 장주 아래 삼대 장로가 있다지만, 실질적으로는 금겸환을 금가장의 이인자로 생각하고 있었다.

"금 단주님이셨군요. 금 단주님의 명성은 익히 들어 알고 있습니다. 전 칠선문의 제자 무광이라고 합니다."

무광이 순순히 자신의 이름을 밝혔다.

비록 세상의 이목을 피해 용선을 타고 새로운 터전을 찾아가고 있었지만, 그렇다고 바다 위에서 만난 사람에게 자신의 정체를 숨길 이유는 없었다.

"아! 그렇구려. 역시 칠선문의 대협들은 소문대로 풍모가 대단하시오. 그런데⋯ 혹, 이가검문에서 화중마 백우양을 물리쳤다는 그 시월이라는 이름을 쓰는 젊은 영웅도 동행하고 계시오?"

아무래도 강호에서 칠선문이 언급되면 시월의 이름이 가장 먼저 나오게 된다.

시월이 화중마 백우양을 비무에서 꺾은 것이 칠선문의 이름이 무림에 알려진 가장 큰 이유기 때문이었다.

더군다나 시월은 그 이후 이가검문주의 딸 이화검과 혼인을 한 후 강호에서 홀연히 사라졌기 때문에 그에 대한 호기심은 궁금함을 넘어 신비함마저 주고 있는 상황이었다.

"사제, 단주님께 인사드려."

무광이 시월을 불렀다.

그러자 시월이 조금 머뭇하다 무광 옆으로 다가와 금검환에게 포권을 했다.

"칠선문의 제자 연시월이라고 합니다. 노사를 뵙게 되어 영광입니다."

"아! 소협이 바로 그 젊은 영웅이구려. 그런데 연 씨 성을 가지고 있었소? 강호에는 그냥 시월이라는 이름으로 알려졌던데……."

"어릴 때부터 이름만 쓰다 보니 그렇게 되었습니다."

시월이 담담하게 대답했다.

"그렇구려. 하긴 종종 그런 일이 있긴 하지. 그런데 생각보다 젊으시구려. 난 화중마 백우양을 꺾었다기에 그래도 서른은 넘은 줄 알았는데……."

금검환의 눈에는 시월의 모습이 생각했던 것과는 많이 다른 모양이었다.

체격과 얼굴은 왜소한 편이고, 나이마저 아직 이십대 중반으로 보이기 때문이었다.

이런 청년이 어떻게 삼십육마 화중마 백우양을 꺾었는지 의구심이 들 정도였다.

하지만 그 비무는 수백 명의 사람들이 지켜본 것이어서 과장되거나 거짓일 수는 없었다.

"운이 좋아 이겼을 뿐 가진 재주는 보잘것없습니다."

금겸환이 무슨 생각을 하고 있는지 알고 있다는 듯 시월이 담담하게 말했다.

그러나 금겸환이 속내를 들킨 것 같아 당황하면서 얼른 손을 저었다.

"아니, 아니오. 백우양을 운으로 꺾을 수는 없소, 그것도 일대일의 비무에서. 오해 마시오. 소협이 한 일을 믿지 못하는 것은 아니니까. 난 다만 소협의 나이가 생각보다 젊은 것에 놀란 것뿐이오."

"오해라니요. 그럴 일은 없습니다. 제가 나이가 어린 것은 사실이고 또 그 비무에서 약간의 운이 따른 것도 사실입니다."

시월이 가볍게 미소를 지으며 대답했다.

그런데 그 모습이 더더욱 화중마 백우양을 꺾은 사람답지 않게 소탈해 보였다.

그런데 그때 문득 칠선문의 문도들 뒤에 있던 이화검이 앞으로 나서며 금겸환에게 아는 척을 했다.

"금 단주님께 인사드려요. 이가검문의 화검입니다. 삼 년 전에 뵈었었죠?"

이화검의 등장에 금겸환이 눈을 크게 뜨고 이화검을 바라봤다. 그러고는 이내 너털웃음을 터뜨리며 말했다.

"하하하, 정말 화검 소저군. 소문에 칠선문의 사람이 되었다던데 그 소문이 사실이었구만. 이렇게 바다 위에서 만날 줄은 몰랐네. 정말 반갑군."

"저도 단주님을 이렇게 뵐 거라고는 생각지 못했어요. 그런데 항주로 돌아가시는 길인가요?"

"그렇다네. 이번에는 압록 인근까지 다녀오는 길이라 제법 긴 여행이었지. 그곳에서 이가검문의 소식을 들었네."

"그럼 이번 상행에선 본문에는 들르지 않으셨나요?"

"음, 그렇게 되었네. 일월문을 물리친 것을 축하드려야 하는데 일정이 촉박해서 이가검문에 갈 수 없었네."

"그렇군요. 본문에 들렸다 오시는 길이면 소식이나 들을까 싶었는데……."

이화검이 아쉬운 표정을 지으며 말했다.

그런데 그때 또 다른 인물이 등장했다.

"숙부님, 칠선문의 소협들과 화검 언니에게 저도 좀 소개시켜 주세요."

금겸환의 뒤쪽에 수수해 보이지만 질 좋은 비단으로 만든 경장 차림의 여인이 나타났다.

나이는 이십대 초반, 곱게 자란 티가 묻어나는 것이 서 있는 것만으로도 귀티가 흐른다.

이화검과 비교하면 이화검은 야생마처럼 생기가 넘치는 사람이었고, 여인은 집고양이처럼 고고한 면이 있었다.

"이리 오너라."

금겸환이 여인을 곁으로 불렀다. 그러고는 용선 위의 칠선문 문도들에게 여인을 소개했다.

"이 아이는 제 조카요. 지금 본가의 장주이신 형님의 딸이라오.

본래 상행에는 나서지 않는데, 이번에는 고집을 부려서 굳이 날 따라왔소."

"소협들께 인사드려요. 금송이라고 해요. 칠선문의 영웅들을 만나 뵙게 돼서 영광입니다. 사실 숙부께서 모습을 드러내지 말라 하셨는데 칠선문의 협사님들께는 꼭 인사를 드리고 싶어서요."

자신의 이름을 밝힌 금가장주의 딸 금송이 칠선문의 문도들을 향해 가볍게 고개를 숙여보였다.

"만나 뵙게 되어 반갑습니다. 칠선문의 무광입니다."

무광이 사형제들을 대신해 인사를 받자 다른 사형제들도 일제히 금송에게 포권을 해보였다.

그러자 금송이 얼른 다시 입을 열었다.

"화검 언니께도 특별히 인사드립니다. 화검 언니 이야기는 많이 들었어요. 이가검문에 여걸이 나타났다고들 하셔서 무척 궁금했어요."

금송이 이화검에게 친근하게 말을 건넸다.

그러자 이화검이 미소를 지으며 대답했다.

"나도 금가장의 금지옥엽에 대해선 종종 이야기를 들었어요, 만나서 반가워요."

이화검이 친근하게 대답하자 용기가 났는지 금송이 다시 질문을 던졌다.

"그런데 이 배는 칠선문의 것인가요?"

"그래요. 칠선문의 배에요. 좀 특이하죠?"

"네, 이렇게 생긴 배는 처음 봐요. 항주에서도 이런 배는 본 적이 없는데……."

"한 분의 뛰어난 목수님이 칠선문을 위해 특별히 만들어주었답니다."

이화검이 대답했다.

그 목수가 지금 배에 타고 있는 소사공이라는 것을 밝힐 수는 없었다. 혹시라도 그 소문이 해룡마궁의 귀에 들어갈 수 있기 때문이었다.

"이런 배를 만들 수 있는 분이라면 정말 뛰어난 목수가 분명할 거예요. 숙부님, 그렇죠?"

금송이 금겸환에게 물었다.

"맞다. 보통 실력으로는 만들 수 없는 배인 것 같구나. 사실은 이 배가 특이하게 생겨서 일부러 가까이서 보려고 다가왔던 것이오. 보통의 배였다면 그냥 지나쳤을 텐데… 그런데 그 덕분에 칠선문의 협사들과 인사를 하게 되었으니 운이 좋은 날이오. 하하하!"

금겸환이 호탕하게 웃음을 터뜨렸다.

그러자 금송이 다시 물었다.

"그런데 소협들께서는 지금 어디로 가시는 건가요?"

"딱히 목적지가 정해진 것은 아니지만, 일단 산동 지방을 여행할 생각입니다."

무광이 대답했다

"아… 그럼 동행하기 힘들겠네요. 우린 바로 항주로 가야 하니까."

금송이 아쉬운 듯 말했다. 그녀는 칠선문의 젊은 사형제들이 무척 마음에 드는 모양이었다.

"기회가 되면 항주에 한 번 오시구려. 금가장의 이름으로 초대

하겠소."

금겸환도 이대로 헤어지기 아쉬운지 무광을 보며 말했다.

"초대에 감사드립니다. 항주를 여행하게 되면 꼭 들리겠습니다."

무광이 포권을 해보이며 대답했다.

그러자 금견환이 마주 포권을 한 후 아쉬운 듯 말했다.

"시간이 있으면 배 위에서라도 식사를 한 끼 대접하고 싶지만 우리는 일정에 매여 있는 상인들이라 시간을 내기가 어렵구려. 미안하지만 이제 그만 가 봐야겠소이다. 만나서 정말 반가웠소. 즐거운 여행되시오."

"고맙습니다. 귀환길 평안하시기 바랍니다."

무광이 다시 한번 포권을 하며 작별을 고했다.

그러자 금겸환이 배 위의 선원들을 돌아보며 큰 소리로 명을 내렸다.

"출발한다. 속도를 올려 전속력으로 항해한다!"

제 4장

—

신비한 섬

"어떻게 보셨습니까?"

칠선문의 용선이 멀어지자 여전히 갑판 위에서 있던 금겸환에게 중년 사내가 물었다.

제일상단의 부단주 단기다. 이번 상행에서는 금겸환을 따르고 있지만 간혹 단독으로 상단을 맡아 운행하기도 하는 노련한 인물이었다.

"보통은 아니군."

칠선문의 문도들과 이야기를 나눌 때와는 다르게 냉정한 표정으로 금겸환이 대답했다.

"무림에 변수가 될까요?"

"글세… 무림이란 곳이 그리 호락호락한 곳은 아니지 않은가. 개개인의 능력이 아무리 뛰어나도 세력이 뒷받침되지 않으면 큰일을 도모할 수 없지. 저들이 칠선문의 전부라면 큰 변수는 되지 않을 걸세."

"월문과 껄끄러운 관계라던데요."

"월문은 참… 상대하기 까다로운 곳이지. 문주 백문보는 물론이고 천하십대고수로 꼽히는 월문신룡까지. 향후 무림은 아마도 그들이 주도하지 않을까 싶네."

"그런 월문과 불편한 관계라면 가까이 하지 않는 것이 좋겠군요."

"다시 만날 일이나 있겠는가? 그런 걱정할 일은 없네. 그리고 우리 금가장이 월문의 눈치를 볼 위치는 아니고……."

"그렇긴 하지요. 본장과 월문은 거리도 있으니까요."

"아무튼 재미있는 문파야. 앞으로 지켜보는 재미가 있겠어. 그런데… 오직 한 가지 요인만은 무림에 제법 영향을 미칠 수도 있겠군."

문득 금겸환이 말했다.

"그게 무엇입니까?"

"칠선문에 이가검문의 여식이 있다는 것. 그건 변수가 될 걸세. 두 문파가 완벽하게 결합을 한다면… 이가검문도 십대천문의 자리를 노릴 수 있겠지. 물론 이가검문주에게 그런 야망이 있는지 모르지만. 그 한 경우는 관심을 가질만 하네."

금겸환이 정색을 하며 말했다.

"이가검문! 하긴 혼천마의 일월문을 꺾었으니 당금 강호에선 가장 큰 주목을 받는 문파지요."

단기가 고개를 끄떡였다.

"흐음, 맹의 중심이 북방으로 가는가? 대월문의 성세에 이가검문의 부상까지. 기존의 강자인 모용세가도 건재하고 한동안 북방 무림이 무림의 판세를 주도하겠군. 다른 문파들은 마련의 발호에 모두 자중하고 있으니까."

금겸환이 멀어지는 칠선문의 용선을 주시하며 중얼거렸다.

*   *   *

그 시간, 용선 위에서도 칠선문 문도들이 모여 금가장에 대한 이야기꽃을 피우고 있었다.

물론 가볍게 인사만 하고 지나친 것이라 특별한 의미를 두고 하는 대화는 아니었다.

그저 금겸환이나 금송 같은 사람들에 대한 느낌이나 상선의 크기에 대한 놀라움, 그리고 금가장의 본거지인 항주 여행에 대한 기대 같은 것들이 주로 이야깃거리가 되었다.

그러다가 문득 화노가 용선을 둘러보며 입을 말했다.

"용선의 겉모습을 조금 바꿀 필요가 있을 것 같아."

"용선을요?"

무광이 되물었다.

"음, 금가장의 사람들이 용선의 특이함을 보고 다가왔다고 했잖느냐? 그럼 다른 사람들도 용선을 보면 관심을 보일 수 있으니까."

"하지만 이미 만들어진 배의 모양을 어떻게 바꿉니까?"

부리가 물었다.

"배의 골격이야 바꿀 수 없지만, 그래도 색과 겉모양은 좀 평범하게 바꿀 수 있지 않을까? 아우님, 어떻겠나?"

화노가 소사공에게 물었다.

그러자 소사공이 고개를 끄떡였다.

"자재만 있다면 어느 정도는 할 수 있지요."

"일단 용선의 색이 너무 검은 것 같은데……."

"그건 기름을 먹어서 만들어진 색이니 쉽게 바꿀 수 없습니다."

소사공이 고개를 저었다.

"그럼 당장 급한 대로 여분의 돛으로 선실 지붕을 덮어놓으면 어떨까요?"

시월이 물었다.

"그것도 한 방법이군. 멀리서 보면 검게 보이지는 않을 테니까."

소사공이 고개를 끄떡였다.

"그런 식으로 당장 변화를 줄 수 있는 것을 시도해보세. 이후에 자재를 구할 수 있으면 그때 제대로 손을 보고."

"알겠습니다. 그렇게 하지요."

소사공이 고개를 끄떡이며 대답했다.

그날 이후 용선의 모습이 조금씩 변하기 시작했다.

정확하게는 용선의 모습이 변한 것이 아니라, 칠선문의 문도들이 용선을 위장하기 시작했다고 해야 할 것이다.

시월의 의견대로 여분의 돛으로 선실 지붕을 덮어 검은색을 가렸으며, 선수와 선미에도 약간의 천을 덧대어 용선 특유의 색을 어느 정도 감추었다.

그러는 사이 길고 긴 항해도 어느새 거의 종착점을 향해가고 있었다. 어느 날 아침, 드디어 수평선 끝에서 검은 점들이 보이기 시작했던 것이다.

*　　　　*　　　　*

"섬이다!"

아침 일찍 일어나 갑판 위를 서성이던 도원이 소리쳤다.

그 소리를 들은 칠선문의 문도들이 잠을 떨치고 일어나 갑판으로 달려 나왔다. 그러고는 도원 곁으로 모여들었다.

"어디? 어딘데?"

무릉이 도원의 어깨를 짚으며 물었다.

그러자 도원이 하나뿐인 손으로 남서쪽 방향을 가리켰다.

"저기, 보이지?"

"어… 저게 섬인가? 부리 사형, 섬이에요?"

무릉이 자신의 눈으로는 확신할 수 없다는 듯 부리에게 물었다.

그러자 부리가 고개를 끄떡이며 대답했다.

"맞아, 섬이야. 그 뒤쪽으로도 서너 개가 더 보이네."

"와… 그럼 다 온 건가요?"

"일단 큰 바다 여행은 끝이라고 봐야겠지. 다만, 화노께서 가시려는 섬까지는 얼마나 더 걸릴지 모르지만."

무광이 대답했다.

그러자 곽부가 아직 갑판으로 나오지 않은 화노가 있는 선실을 보며 소리쳤다.

"화노 어르신! 섬이 나타났는데 얼마나 더 가야 해요!"

화통을 삶아 먹은 것 같은 곽부의 외침에 용선이 뒤흔들렸다.

그러자 선실 문이 열리면서 화노가 호통을 쳤다.

"이놈아! 귀 안 먹었다!"

"아, 전 아직 주무시는지 알았죠."

곽부가 여전히 큰 목소리로 대답했다.

"이렇게 소란들을 떠는데 어떻게 잠을 잘 수 있단 말이냐?"

화노가 아침의 찬 기운을 막기 위해 모포를 어깨에 걸치고 갑판으로 나오며 말했다.

"섬이 나타났어요! 당연히 소란을 피울 수밖에 없죠."

곽부가 소란은 당연하다는 듯 큰 소리로 말했다.

"귀 안 먹었다니까."

"이십여 일 만에 보는 섬인데 흥분하지 않게 생겼습니까? 그런데 목적지까지는 얼마나 더 가야 합니까?"

곽부가 다시 물었다.

"음… 섬이 나타났으니 이제 이삼 일만 가면 될 거다. 물론 용선이 제대로 속도를 내면 하루 반나절이면 갈 테지만 이곳에서부턴 사람들의 눈을 조심해야 하니 서둘 필요는 없지."

"여긴 창해문의 영역이겠죠?"

소향로가 물었다.

어려서 해룡마궁에서 살아서 산동 앞바다의 사정에 밝은 소향로였다.

"크게 보면 그렇기는 한데, 이곳은 워낙 뭍에서 멀리 떨어진 곳이라 꼭 그들의 영역이라고 할 수는 없다. 저 섬들 중 사람이 사는 섬은 없으니까."

"전부 무인도라는 건가요?"

부리가 물었다.

"음, 사람이 사는 섬들은 조금 더 뭍에 가까워져야 나온단다. 그래서 우리가 찾아가는 섬이 칠선문의 새로운 터전으로 괜찮다는 거야. 사람들의 이목을 피할 수 있으니까."

"어떤 곳인지 정말 궁금해요."

소향로가 말했다.

그러자 화노가 웃으며 대답했다.

"후후, 가보면 실망하지 않을 거다. 특히 우리 화의일맥에게는 보물 같은 섬이지. 북방에서 구할 수 없는 진귀한 약초들이 산재한 곳이니까."

"하하하! 그럼 보물섬으로 가는 건가요?"

곽부가 호탕하게 웃으며 물었다.

"너희들에게도 나쁘지 않을 거다. 겉모습은 볼품없을 테지만……."

화노가 대답했다.

*　　　　　*　　　　　*

용선은 드문드문 점처럼 떠 있는 섬들 사이를 빠르게 이동했다.

섬들이 가까워지자 갈매기들이 나타나 용선을 따라오곤 했다.

그렇게 이틀을 달리자 용선이 동쪽으로 항로를 틀었다.

뭍에서 멀어지는 방향이다. 그리고 그때부터는 줄곧 화노가 소사공 곁에 붙어 있었다.

여러 섬 중에서 그들이 가고자 하는 섬의 위치를 정확히 아는 사람은 오직 화노뿐이기 때문이었다.

그렇게 이동하던 어느 순간 갑자기 용선이 빠르게 움직이기 시작했다. 그런데 그건 바람이 세게 불거나 노를 저어서가 아니었다.

용선이 거친 해류가 흐르는 지역으로 들어섰기 때문이었다.

끼룩끼룩!

거친 해류를 타기 시작한 용선 주위로 지금까지보다 훨씬 많은 갈매기들이 모여들었다.

해류 주변에 먹잇감으로 삼을 만한 물고기 떼가 많다는 증거다.

철썩!

강한 해류가 용선에 부딪혀 갑판까지 파도가 올라왔다.

"으앗! 차거워!"

뱃전에 서 있던 부리가 파도를 피해 뒤로 물러났다. 그때부터 용선은 태풍을 만난 듯 위태롭게 움직였다.

그렇게 얼마를 달렸을까. 문득 용선 앞에 그리 크지도 작지도 않은 험준한 바위섬이 나타났다.

깎아 지르는 듯한 절벽이 오를 수 없는 높은 성벽처럼 섬 외곽을 둘러싸고 있는 바위섬이었다. 용선은 그 섬의 외곽을 따라 크게 회전하기 시작했다.

"설마… 여긴 아니겠지?"

거대한 병풍처럼 늘어선 절벽을 보며 부리가 중얼거렸다.

"에이! 이런 곳에서 어떻게 사람이 살아요. 온통 절벽과 바위뿐이데. 절벽 위에 나무도 한 그루 없잖아요?"

곽부가 고개를 저으며 말했다.

"그런데 어째 용선이 이 섬으로 들어갈 것 같은데……"

부리가 말꼬리를 흐렸다.

그의 말처럼 바위섬을 크게 돌아 섬의 남쪽에 도착한 용선이, 뱃머리를 바위섬 쪽으로 향하기 시작했다.

"화노 어르신! 설마 이 섬입니까?"

불안한 마음을 감추지 못한 곽부가 소사공 옆에 서 있는 화노에게 큰 소리로 물었다.

"그래. 이 섬이다."

"…예? 뭐라고요?"

곽부가 자신이 잘못 들은 게 아닌가 하는 표정으로 되물었다.

"여기가 목적지라고. 들어가는 길이 위험하니 모두 조심해!"

"아니, 여기서 어떻게 사람이 살아요?"

곽부가 이해할 수 없다는 듯 소리쳤다.

"기다려 봐. 조금 있으면 이 섬이 어떤 곳인지 알게 될 테니까. 그리고 지금부터는 말 시키지 마라. 섬 안쪽으로 들어가는 길이 무척 협소하고 위험해서 소 아우가 집중해야 한다."

화노의 경고가 끝나자 용선이 마치 바위섬에 부딪치기라도 하려는 듯 섬을 향해 돌진하기 시작했다.

"어어어!"

누가 먼저랄 것도 없이 칠선문의 문도들이 당황한 목소리를 내뱉었다.

그런데 갑자기 바위섬을 향해 돌진한 용선이 급하게 방향을 틀었다.

용선은 아슬아슬하게 절벽 바로 앞에서 좌측으로 방향을 꺾더니 그대로 이십여 장을 전진했다.

그러자 두 개의 절벽이 엇갈려 서 있는 지형이 나타났다.

멀리서 보면 두 개가 아닌 하나의 절벽으로 보이는 지형, 그리고 두 절벽 사이로 좁은 수로가 은밀하게 감춰져 있었다. 용선은 절벽의 측면을 따라 이동하다가 그 수로를 따라 들어갔다.

"이러다 배 부서지겠어요!"

말하지 말라고 했지만 좁은 절벽 사이 수로로는 용선이 도저히 들어갈 수 없다고 생각한 부리가 소리쳤다.

그러자 소사공의 목소리가 들려왔다.

"날 너무 무시하는군. 걱정 말게. 충분히 들어갈 수 있는 넓이니까."

자신 있는 소사공의 대답에 부리의 입이 닫혔다.

그리고 소사공의 장담처럼 용선이 겹치듯 서 있는 절벽 사이로 미끄러지듯 들어갔다.

양쪽 절벽과의 공간을 일장도 남기지 않고 용선이 전진했다.

다행히 절벽에 막혀 파도가 밀려들지 않아서 수면은 잔잔했다.

만약 섬 외부처럼 파도가 크게 일었다면 용선은 당장 절벽에 부딪혔을 것이다.

그렇게 위태롭게 절벽 사이를 뚫고 들어간 용선 앞에 갑자기 외부와 완전히 단절된, 전혀 상상하지 못했던 작은 해안가가 무릉도원처럼 펼쳐졌다.

*　　　　*　　　　*

"어쩌면 우리 부모님이 언젠가 우리가 이런 곳에 오게 될 거란 걸 알고 우리 이름을 무릉도원으로 지었나 보다."

사방이 절벽으로 둘러싸인 섬 안쪽으로 들어온 직후 무릉이 처음 내뱉은 말이다.

그만큼 화노가 칠선문의 새로운 터전으로 소개한 섬 안쪽의 풍경은 신비롭고 아름다웠다.

초승달 모양의 작은 해안은 바다가 아니라 아담한 호수를 품고 있는 것 같았고, 해안가로부터 섬의 정상까지 이어지는 비탈에는 동쪽에 치운 친 작은 숲과, 꽃들이 만발한 자연 화원이 형성되어 있었다.

다만 서쪽 방면은 바위로 이뤄져 있었는데, 그 모습이 섬 외부의 거친 절벽과 달리 아름답게 어우러져 있어서 전혀 황량한 느낌을 주지 않았다.

"이런 곳이 어떻게 존재하죠?"

거친 북방에서 평생을 살아온 이화검이 믿을 수 없다는 듯 중얼거렸다.

"아주 오래전 화의일맥의 선조 중에 한 분이 발견한 곳이지. 전설 같은 이야기에 따르면, 산동 연안의 섬을 돌며 약초를 찾아다니던 선조께서 폭풍을 만나 조난을 당했는데, 정신을 차리고 보니 이곳에 들어와 있었다더군. 그렇게 해서 이 섬은 우리 화의일맥의 역사에 들어온 것이지."

"전설조차 신비롭군요."

부리가 중얼거렸다.

"풍경도 풍경이지만 우리 화의일맥에게는 약초의 보고(寶庫)라고 할 수 있지. 특히 북방에서는 구할 수 없는 약초들이 이곳에 자생하고 있어서 화의일맥의 전수자들은 이삼 년에 한 번은 꼭 들려 약초를 채취하는 곳이다."

"그래서 저런 오두막이 있는 것이군요."

부리가 손을 들어 작은 숲의 경계에 소담하게 서 있는 오두막을 가리켰다.

"음, 이곳에 들리면 머무는 곳인데 칠선문의 식구들이 모두 지낼 수는 없으니 당분간은 용선에서 자야 할 거야. 숲이 작아 나무를 함부로 베어 쓸 수 없으니, 서쪽의 바위를 석재로 다듬어서 집을 지어야 할 거야."

"흐아… 한동안 바쁘겠군요."

곽부가 기지개를 켜며 말했다.

"그래도 이런 곳에 칠선문의 터전을 마련할 수 있다는 건 행운이다."

무광이 섬이 마음에 드는지 기쁜 표정으로 말했다.

"뭐, 그야 그렇죠. 그런데 어르신, 이 섬의 이름이 뭡니까?"

"어? 내가 지금까지 이름을 말해주지 않았나?"

"그냥 아는 섬으로 가는 거라고만 하셨잖아요."

곽부가 말했다.

그러자 화노가 대답을 했다.

"화의일맥에선 이 섬을 만화도라 부르지. 요동에 있는 만화원과 같이 본 일맥에 중요한 장소라는 의미에서. 또 섬에 꽃이 가득하기도 하고."

"만화도라… 섬에 딱 어울리는 이름이네요."

곽부가 고개를 끄떡였다.

"뭐, 이제부터는 칠선문의 섬이니 다른 이름으로 부르고 싶으면 그렇게 하고."

"만화도! 좋은데 왜 바꿔요."

부리가 말했다.

"그래도 칠선문으로서는 새로운 시작이니 바꾸고 싶으면 바꾸라는 거다. 나 신경 쓰지 말고, 그냥 쓰려면 그냥 쓰고."

화노가 퉁명스럽게 대답했다.

그때 무광이 조금 심각한 표정을 하며 물었다.

"화의일맥이 오랜 세월 다녀갔던 섬이라면 그도 알고 있습니까?"

"사형 말이냐?"

화노가 얼굴을 굳히며 되물었다.

"예."

무광이 대답했다.

군자의 공천보가 살아 있는지는 확신할 수 없었다.

하지만 그의 의술로 보건데 곽부에게 치명적인 부상을 입었다고 해도 어떻게든 살아 있을 확률이 컸다.

그런 군자의 공천보가 만화도의 위치를 알고 있다면, 만화도는 칠선문의 터전으로서 위험할 수도 있었다.

하지만 다행스럽게 화노는 고개를 저었다.

"아니, 사형은 이 섬을 알지 못한다. 이 섬은 지금까지 오직 화의일맥의 정식 후계자들에게만 그 위치가 전해졌다. 물론 세상 어딘가에 만화도라는 특별한 섬이 있다는 것을 알고는 있겠지만 이 섬의 위치는 알지 못하지."

"다행이군요."

무광이 안도의 한숨을 내쉬었다.

비록 군자의 공천보에게서 풀려난 지 제법 시간이 지났고, 곽부가 그에게 엄중한 부상을 입혀 도주하게 만들었지만, 팔 년 넘게 그에게 잡혀 있던 탓에 무광조차도 공천보에 대한 불안함이 늘 마음 한쪽에 자리 잡고 있었다.

"자! 일단 내려서 만화도의 땅을 밟아 보자!"

화노가 칠선문의 사형제들을 보며 말했다.

그러자 시월과 그 사형제들이 용선에서 사다리를 내리기도 전에 몸을 날려 해안가로 뛰어 들었다.

*   *   *

시월과 이화검은 어깨를 나란히 하고 만화도 정상을 향해 걸음을 옮겼다.

해안가에서 시작된 비탈은 칠부 능선까지는 기화이초가 만발했지만, 그 위쪽으로는 바다에서 만화도의 외곽을 보았을 때 느꼈던 그 황량한 모습을 하고 있었다.

그 즈음이 아마도 해풍의 영향을 직접적으로 받는 지점인 것 같았다.

공기도 달라졌다.

차고 강한 해풍이 밀려와 무공을 수련하지 않은 사람이라면 몸을 제대로 가눌 수도 없었다.

"이제야 이곳이 바다 한가운데라는 것이 실감나네요."

강한 해풍에 날리는 옷깃을 부여잡으며 이화검이 말했다.

"위험하니까 조심해요."

시월이 경고했다.

"걱정 말아요. 그래도 십 년 넘게 무공을 수련했는데 이 정도 바람에 날아가겠어요? 그리고 제 몸도 그렇게 가볍지는 않아요."

이화검이 농담을 던졌다.

하지만 그럼에도 불구하고 시월은 이화검의 손을 꽉 움켜쥐었다.

바위로 가득한 만화도의 정상은 가파르기 이를 데 없어서 발을 헛딛거나, 바람에 몸의 중심을 잃으면 아래로 굴러 떨어질 수 있었다.

이화검 역시 말은 자신 있게 했지만 시월의 손을 거부하지 않았다. 그녀의 몸이 계속해서 해풍에 흔들리고 있기 때문이었다.

그렇게 굳게 손을 잡은 두 사람이 다시 이십 여 장을 전진해 드디어 만화도의 북쪽 정상에 올라섰다.

후우웅!

정상에 올라서자 차원이 다른 강풍이 불어왔다.

시월이 팔을 둘러 이화검의 어깨를 감쌌다. 정말 이화검이 바람에 날려갈 것 같았기 때문이었다.

"이러니 나무와 풀이 자라지 못하지……."

이화검이 눈을 가늘게 떠 바람이 눈을 시리게 하는 것을 막으며 말했다.

"저리로 가요."

시월이 봉우리 한쪽에 우뚝 서 있는 거대한 바위를 가리켰다. 그 아래로 가면 바람을 막을 수 있을 것 같았다.

이화검이 시월의 손을 잡고 비틀거리며 바위 쪽으로 걸음을 옮졌다.

"후… 이제 좀 살 것 같네요. 여긴 그나마 아늑한데요?"

이화검의 말처럼 거대한 바위 아래는 제법 아늑했다.

더군다나 햇빛도 길게 들어와 온기가 느껴지기까지 했다.

"앞으로는 처음부터 이쪽으로 올라와야 할 것 같아요. 이 뒤쪽으로 오르면 바람도 세지 않을 테니까."

"그런데 어떻게 이렇게 다른 세상일 수 있죠?"

이화검이 시월의 말에 뒤를 돌아보다가 새삼스레 놀랍다는 듯 만화도 안쪽과 바깥쪽을 번갈아보며 말했다.

그녀의 말대로 섬 안과 밖은 전혀 다른 세상 같았다.

강풍이 불어 거대한 파도를 일으키는 섬 밖은 위험천만한 세상이었지만, 사방을 둘러싼 절벽이 바람을 막아내는 섬 안쪽은 숲과 기화이초 그리고 햇빛을 받아 눈부시게 반짝이는 백사장이 어우러진 선경이기 때문이었다.

"마치 우리 사형제 같군요."

시월이 미소를 지으며 말했다.

"무슨 말이에요? 사형제들 같다니?"

"마공을 수련했지만, 마음들이 다들 부드럽고 선하거든요."

"음… 정말 그럴까요?"

이화검이 반문했다.

"모두 착하잖아요?"

시월이 이화검의 반문이 의외라는 듯 되물었다.

"물론 모두 착하시기는 하죠. 하지만 여리지는 않죠. 싸움이 벌어지면 그 누구보다 독한 분들인 걸요?"

"싸울 때야 뭐……."

시월이 말꼬리를 흐렸다.

이화검의 말이 맞긴 했다. 애초에 월문에서 수련할 때부터 늑대의 심장을 갖게 길러졌고, 또 군자의 공천보에게 잡혀 팔 년이나 짐승처럼 살아온 칠선문의 사형제들의 내면에는 언제 폭발할지 알 수 없는 거친 야성이 잠들어 있었다.

그 야성은 마공 수련으로 만들어진 마기와는 다른 것으로, 그 어떤 것으로 없앨 수 없는 원초적인 힘이었다.

"무인에게 나쁜 것은 아니죠. 오히려 다른 사람들은 그 독함이 없어서 실수를 하니까요."

이화검이 비난하려 한 말이 아니라는 듯 말했다.

"그래도 가끔 그 야성이 어떻게 길러졌는지를 생각하면 우울해요."

시월이 말했다.

칠랑의 어린 시절과 팔 년의 감금 생활은 사실 보통 사람이라면 절대 견딜 수 없는 시간이었다.

"그런데도 평소에는 너무 밝아요. 참 이상한 분들이에요."

이화검이 고개를 갸웃하며 말했다.

마음속에 야수 같은 야성을 지니고 있으면서도 칠선문의 사형제들은 언제나 웃고 떠들었다.

그 유쾌함이 그들의 과거를 의심하게 할 정도였다.

"형제들이 함께 있으니까요."

시월이 대답했다.

"형제… 그렇군요. 아마 함께여서 그 어려움들을 견뎌냈을 거예요.”

“맞아요. 누구도 혼자서는 그 시간을 견디지 못하죠. 전 그런 사형제들에게 큰 은혜를 입은 사람이고요. 아마 평생을 갚으며 살아야 할 거예요.”

시월이 말했다.

“그 말은 저도 함께 잘하라는 말이죠?”

“아뇨. 그런 뜻은 아니에요. 사형들에게 빚을 진 건 저인데요. 화검 당신에게는 오히려 사형들이 무척 고마워하고 있어요. 이가검문이라는 명문의 사람이 우리 같이 위험한 문파의 사람이 되었으니까요. 그리고 화검이 칠선문에 오는 순간 칠선문은 완전히 다른 문파가 되었어요.”

“어떻게요?”

“우리가 기이한 존재가 아니라 보통의 삶을 살 수 있는 사람들이라는 생각을 하게 된 거죠. 그리고 또 화검이 와서 무림인들에게 우리 칠선문이 정파 일문이라는 확신을 주게 되었으니까요.”

“음, 듣고 보니 제가 칠선문의 위해 한 일이 제법 많군요. 그럼 이제부터 제가 그 은혜에 대한 대가를 받아야겠군요.”

“어떻게 받고 싶은데요?”

시월이 웃으며 물었다.

“이 섬을 내가 원하는 모습으로 꾸며 보려고요. 그럼 할 일이 아주 많을 거고, 그 일은 모두 당신과 아주버님들이 해야겠지요. 하하하!”

이화검이 남자처럼 호탕한 웃음을 터뜨렸다. 순간 시월이 앞으로 얼마간 무척 고단할 거란 생각이 들었다.

　　　　　*　　　　　*　　　　　*

　한동안 망치질 소리가 끊이지 않았다.

　돌을 다듬어 석재를 만들고, 나무를 베어 목재를 준비했다.

　화노의 말처럼 목재를 벨 때는 무척 신중해야 했다. 만화도의 숲은 넓지 않아서 그 안에서 자라는 나무들이 많지 않기 때문이었다.

　한 번 숲이 훼손되면 자생할 힘이 사라질 수도 있어서 칠선문의 문도들을 신중하게 베어낼 나무를 골랐고, 베어낸 나무는 소중하게 다듬었다.

　그 목재와 석재들로 세 채의 집이 만들어졌다.

　두 채의 집에는 칠선문의 문도들이 각자의 방을 만들어 거처를 마련했고, 다른 한 채에는 무공 수련장과 화노와 소향로를 위한 의방(醫房)이 만들어졌다.

　그렇게 살아갈 곳을 마련한 이후에는 산비탈에 작은 텃밭도 만들었다.

　요동에서 가져온 건량은 아직 남아 있었지만 신선한 채소도 필요하기 때문이었다.

　칠선문의 문도들은 처음부터 이 섬에 터전을 마련할 생각이었기에 요동에서 여러 가지 씨앗들도 준비해 왔다.

　그렇게 만들어진 밭에서 금세 싹이 돋고, 채소들이 자라기 시작했다.

　그리고 그 채소들이 찬으로 쓰일 만큼 자랐을 때, 칠선문의 문도들은 조금씩 만화도의 생활을 지루해하기 시작했다.

살아갈 터전을 만들 때는 하루하루가 바빠서 지루할 틈이 없었지만, 밭에서 채소까지 수확할 수 있게 되자 더 이상 바쁠 일이 없었다.

무공을 수련하는 것도 같은 일상의 연속이라 칠선문 사형제들의 지루함을 달래 주지 못했다.

특히나 시월과 달리 여섯 사형들은 군자의 공천보에게 잡혀 있던 팔 년의 세월 때문에 만화도에서만 살아가는 삶에 곧 지쳐가기 시작했다.

＊　　　　＊　　　　＊

어느 날 시월이 불쑥 수련실과 붙어 있는 화노의 의방을 찾아왔다.

그러고는 진지하게 섬을 나가는 문제에 대한 이야기를 꺼냈다.

"힘들어들 하느냐?"

사형들과 뭍으로 나가 봤으면 한다는 시월의 말에 화노가 물었다.

"예, 말은 안 하지만 그런 것 같습니다."

시월이 대답했다.

그러자 화노가 고개를 끄떡였다.

"그렇겠지. 팔 년이나 갇혀 지냈던 사람들인데, 사실 만화원 석동에서 지내는 한겨울 동안도 무척 힘들어 했었지. 그래서 틈만 나면 석동을 나가 폐장원에서 비무를 했지 않느냐. 다만 그때는 몸이 회복되지 않았으니 어쩔 수 없이 그곳에 갇혀 지냈지만, 지금은 견디기 힘들 거다."

"그런 면에서 보면 이 섬이 아름답기는 해도 사형들에게 좋은 터전인지 잘 모르겠습니다."

"걱정 말거라. 그 아이들에게 좋은 곳이니까."

"그럴까요?"

"사람의 기억이란 무서운 것이다. 네 사형들은 잠룡동과 석옥 두 곳에서만 살아왔다. 물론 잠룡동에 있을 때는 초원을 달리기도 했지만, 그래도 언제나 잠룡동이 삶의 중심이었지. 그렇게 한곳에서 오래 머문 사람들은 너른 세상에 쉽게 적응하지 못한다. 자유로움을 느끼는 것도 잠깐에 불과하고, 오히려 불안해하지. 세상에 대한 경계심이 워낙 강하니까."

"그럴 수도 있겠군요."

"이곳은 잠룡동이나 석옥과는 환경이 다르니까 답답해하기는 해도 마음에 안정을 줄 수 있을 거다. 이곳에서 살면서 조금씩 뭍으로 나가 세상과 섞이다 보면 언젠가는 아주 오랫동안 이곳을 떠나 있을 수도 있겠지. 하지만 그래도 언제든 돌아올 수 있는 만화도가 있다는 것에 안도감을 느끼며 살 것이다."

"무슨 말씀인지 알겠습니다. 하긴 어르신께선 의술의 대가이신데 그런 것을 다 고려해서 이 섬을 추천하셨겠지요."

"후후, 병의 치료는 마음을 먼저 보는 것이 순리라……"

"역시 천하제일의 명의세요."

"하하하! 그 말 사양치 않으마. 어쨌든 지루해한다고 모두 나갈 수는 없고. 한 서넛씩 교대로 나가보도록 해. 벌써 요동을 떠난 지

석 달 가까이 되어가니 식량이나 다른 물건들이 필요하기도 하고."

"알겠습니다. 대사형과 상의해 보겠습니다."

"음. 나갈 때는 너와 네 부인이 꼭 같이 가야 한다. 두 사람이 그나마 세상살이에 익숙하니까."

"알겠습니다."

시월이 대답을 하고 자리에서 일어나 의방을 나갔다.

시월이 나가자 소향로가 화노에게 물었다.

"스승님! 그럼 아직도 오라버니들이 완치되지 않은 건가요?"

"몸이야 다 나았지. 하지만 마음의 상처는 쉽게 낫지 않는단다."

"저는 말로만 들어서 오라버니들의 과거가 실감나지 않아요. 지금은 늘 웃고 떠들면서 지내니까요."

"그 웃음만큼 아픔도 깊을 거다. 그러니까 그 아이들을 잘 관찰해야 해. 그 아이들을 위해서도 그렇고, 향로, 네 의술을 위해서도 그렇고. 사람을 관찰해서 그 마음속에 숨겨진 감정을 읽을 수 있다면 그게 바로 명의다. 알겠느냐?"

"명심하겠습니다."

"그리고 비탈 위쪽에는 만화원에서 가져온 국화 씨앗을 좀 뿌려 보자. 아래쪽은 국화를 키우기에 너무 덥고, 위쪽은 해풍의 영향으로 기온이 낮으니 한 번 시도해 볼 만하구나."

"알겠어요."

"국화꽃이 피면 그 꽃으로 차를 만들 생각이다. 국화차는 사람의 마음을 안정시키는 효능이 있지. 그 아이들에게 좋은 차다. 물론 그 놈들이 마실지는 모르겠지만."

화노가 창밖으로 시월과 그 사형제들을 보며 중얼거렸다.

$$* \qquad * \qquad *$$

"에이!"

"아이고야!"

부리와 무릉이 동시에 탄식을 흘렸다.

두 사람 손에 짧은 나뭇가지가 들려 있었다.

그러자 곽부가 손을 펴며 소리쳤다.

"앗싸! 난 긴 거다! 하하하!"

"나도 운이 좋군."

소후도 긴 나뭇가지를 들어 보이며 말했다.

"도원, 너는?"

무릉이 쌍둥이인 도원에게 물었다.

"나야 당연히 긴 거지. 미안 하게 됐다."

도원이 씩 미소를 지으며 말했다.

그의 손에도 긴 나뭇가지가 들려 있었다.

"그래서 혼자 나가겠다고?"

무릉이 눈썹을 치뜨며 물었다.

"당연하지. 안 나갈 이유가 없잖아?"

"야. 내가 남아 있는데 너 혼자 나가겠단 말이냐?"

"싸울 때나 우리 두 사람이 같이 있어야 하는 거지. 여행하러 가는데 왜 꼭 같이 가야 해?"

도원이 되물었다.

"그래도 그건 형제의 정이 아니지."

"형제? 그럼 우리 사형제들 아무도 나가면 안 되지. 우리 모두 피를 나눈 것보다 진한 형제들이니까."

도원이 어깨를 으쓱하며 말했다.

"야! 내 말은 그게 아니잖아!"

무릉이 소리쳤다.

"설마 나에게 피는 물보다 진하다느니 그런 말 하지 마. 그렇잖아도 한시도 떨어지지 않고 붙어 있는 통에 아주 죽을 맛이었으니까."

도원이 손을 저으며 냉정하게 말했다.

그러자 무릉이 도원을 노려보며 경고했다.

"너, 나중에 후회하지 마!"

"걱정 마. 후회할 일 없으니까."

도원이 단호하게 대답했다.

두 사람의 말다툼에 미소를 짓고 있던 무광이 입을 열었다.

"좋아. 그럼 모두 결정된 거지? 나와 부리 그리고 무릉은 이곳에 남아 섬을 지킨다. 다른 사람들은 즐겁게 다녀와라."

"예, 대사형!"

"잘 다녀오겠습니다!"

제비뽑기로 뭍으로 여행을 갈 사람을 정한 칠선문의 사형제들의 희비가 엇갈리는 가운데 멀리서 소사공이 외쳤다.

"나가기로 결정된 사람은 오늘 정오까지 준비를 하고 배로 오게! 늦는 사람은 놔두고 갈 테니 늦지들 말고!"

*　　　　*　　　　*

"무량포요?"

거친 해류를 뚫고 나온 용선이 드디어 잔잔한 파도를 타기 시작하자 궁금함을 참고 있던 도원이 물었다.

"음."

"요동을 떠나면서 산동 일대의 성들과 항구들에 대해 알아봤었는데 그런 이름은 듣지 못한 것 같은데요?"

도원이 고개를 갸웃했다.

"그렇겠지. 세상엔 잘 알려지지 않은 포구니까. 하지만 아는 사람들에게는 무척 특별한 포구지."

"어째서요?"

"구하지 못할 물건이 없는 곳이니까. 필요하다면… 노예까지도 거래되지."

"어떻게 그런 곳이… 관의 통제를 받지 않나요?"

듣고 있던 이화검이 물었다.

그러자 소사공이 고개를 저었다.

"받지 않네. 관뿐 아니라 정사 양도의 무림 문파나 전통적인 상인들이나 흑상들의 통제도 없지. 또한 그들 모두가 무량포 시전에서 안전하게 거래할 수 있네. 말 그대로 만인을 위한 장터지. 다만 보름에 한 번, 이 박 삼 일 동안만 열린다는 게 흠인데, 그건 어쩔 수 없지. 그런 시장을 사시사철 매일 열면 관에서도 모른 체하기 어려우니까."

"어떻게 그게 가능하죠? 관과 정파 무림의 힘이 강성한 곳이 산동인데……."

"결국은 무량포의 야시장을 주관하는 신비대인 두란의 능력이라고 할 수 있네. 그가 포구의 질서를 잡아 큰 분란이 생기지 않게 하기에 관이나 무림 각파에서도 무량포에 간섭하지 않는 것이니까."

"그 이름도 처음 듣는 건데요?"

다시 도원이 말했다.

"무량포만큼이나 세상에 알려지지 않은 사람이지. 그의 얼굴을 보았다는 사람도 거의 없네. 하지만… 듣기로는 무척 무서운 사람이라고 하더군. 누구든 무량포의 법을 어기는 자는 반드시 그의 손에 죽임을 당한다고 하니까."

"뛰어난 고수인 모양이군요."

소후가 입을 열었다.

"그에 대한 소문도 다양하네. 누구는 직접 검을 쓰는 검의 고수라고 하고, 또 어떤 사람은 전혀 무공을 모르는 상인인데 데리고 있는 무인들이 무서운 살수들이라고도 하고……."

"그 정도 힘을 가진 사람이라면 무림 각파의 견제를 받을 수밖에 없지 않나요?"

소후가 다시 물었다.

"그 힘을 무량포 밖에서도 쓰면 무림 문파의 견제를 받을 테지만, 신비대인 두란은 오직 무량포의 반경 십 리 안에서만 그 힘을 쓰네. 그래서 관이나 무림 문파들도 그의 존재를 인정하는 것이고."

"그럼 상인일 가능성이 크겠군요."

시월이 물었다.

"그렇다고 봐야지. 아무튼 무량포로 가면 자네들 신분을 속이기 용이할 걸세. 정체를 묻는 사람이 없는 곳이니까. 그래서 마인들도 제법 많지만……."

"재밌는 곳이군요."

"후후, 살벌한 곳이기도 하지."

"혈사가 없다면서요?"

곽부가 물었다.

"혈사는 없어도 무림의 비밀스러운 정보를 얻으려는 자들도 많다네. 그런 곳일수록 은밀한 정보가 많이 거래되니까. 또 누군가에 대한 살인 청부도 용이하게 이뤄지지. 물론 청부를 받은 살수들도 무량포 권역을 벗어나서 살인을 하지만, 일단 그 안에서 자유롭게 청부를 받을 수 있으니까."

소사공이 말했다.

"아이고, 그 말을 들으니 살 떨리는 곳이긴 하네요. 그곳을 벗어나는 순간 죽을 수도 있단 뜻이잖아요?"

곽부가 손으로 목을 그으며 물었다.

"후후, 그렇지. 하지만 자네들이 죽을 일은 없지 않나? 누가 감히 자네들 목숨을 노리겠나."

소사공이 시월 등의 무공에 대해 강한 믿음을 드러냈다.

"뭐… 사제가 있는 한 우린 안전하다고 봐야죠."

턱!

곽부가 시월의 어깨에 손을 올리며 말했다.

철썩!

만화도를 떠난 지 두 번의 밤이 지난 아침, 새벽안개 속에 기이한 포구가 눈에 들어왔다.

가파른 비탈을 등지고 수십 개의 건물들이 늘어서 있었고, 포구 아래쪽으로는 북에서 남으로 길게 뻗은 백사장이 보였다.

건물들 앞쪽에 수십 척의 배가 접안 할 수 있는 접안대가 있었는데, 그곳에는 이미 적지 않은 배들이 정박해 있었다.

또한 새벽임에도 불구하고 불이 켜진 곳이 많아서 먼 곳에서도 포구를 볼 수 있었다.

"저곳이네. 이곳에서 소선으로 갈아타고 가게."

소사공의 말에 따라 시월 등이 용선의 옆구리에 매달려 있던 작은 배를 바다에 내렸다.

철썩!

한바탕 물보라를 일으킨 소선이 움직임을 멈추자 소사공이 다시 입을 열었다.

"포구로 바로 들어가지 말고 남쪽 해안가 끝에 배를 대고 들어가게. 그곳에도 배를 댈 만한 곳이 있으니까. 그곳에서부터 해안가를 따라 포구에 건물이 없는 상인들이 시장이 설 때만 이삼일 문을 여는 천막 주루들과 상점들이 있네. 그 천막들을 따라가면 자연스럽게 포구로 들어갈 수 있을 걸세."

"알겠습니다."

소후가 대답했다.

"그럼 즐겁게들 놀다 오게. 보름 후에 보세. 이곳에서 기다리지."

"예, 어르신! 조심해서 돌아가십시오."

소후가 대답을 하고는 먼저 몸을 날려 파도에 흔들리는 소선으로 내려섰다.

그러자 그 뒤를 따라 시월과 이화검 그리고 도원과 곽부가 차례로 배를 갈아탔다.

"가자 사제들!"

　사형제들이 소선에 옮겨 타자 소후가 즐거운 표정으로 말했다.

　시월이 노를 젓기 시작하자 소선이 빠르게 용선의 그늘에서 벗어나 무량포 남쪽 긴 백사장이 이어진 해안가로 향했다.

제 5장

—

재수 없는 재회

장사를 하는 사람들에게 아침은 분주한 시간이다.

손님이야 해가 뜨고 정오가 되어야 오겠지만, 그 전에 준비해야 할 일이 많기 때문이다.

특히 보름에 한 번 열리는 무량포 야시장에서 장사를 하는 사람들은 더더욱 그렇다.

늦게까지 손님을 받는 일이 대부분이라, 장사를 준비할 시간이 많지 않았다.

그래서 무량포 야시가 열리면 세 채의 큰 천막을 백사장 한편에 치고 천막 주루를 여는 초원루의 아침도 무척 분주했다.

"주변을 깨끗하게 정리해. 간밤에 손님들이 토한 오물도 다 치우고. 아니 뱉어낼 술을 왜 그렇게들 마셔대는지⋯⋯."

중년 사내가 주루에서 일하는 점소이들에게 일을 시키며 투덜거렸다.

천막 주루라고는 하지만 초원루의 규모와 명성은 무량포에 오는 상인들 사이에 제법 알려져 있었다.

기녀들이 많은 것은 아니지만, 일하는 기녀들이 하나같이 미색이 뛰어나고 가무에 재주들이 있어서 초원루만 찾는 단골들이 적지 않았다.

술과 음식도 천막 주루답지 않게 맛깔나기로 유명했다.

들리는 소문에 의하면 루주가 산동 제일성 제남에서 유명한 숙수를 데리고 왔다고도 했다.

"주루에서 술 먹고 토하는 사람이 없으면 금자를 어떻게 벌어?"

한 천막의 입구가 열리면서 비대한 초로의 노인이 모습을 드러내더니, 투덜대는 중년 사내를 타박했다.

"어? 벌써 일어나셨어요?"

중년 사내가 노인을 보며 꾸벅 고개를 숙였다.

"늙으면 잠이 없어져."

"그래도 어제 늦게까지 손님 접대를 하셨는데……."

"그거야 기녀들이 고생하는 거고. 청소는 얼추 마쳤나?"

"대충 끝나갑니다."

"음… 술과 음식이 떨어지지 않게 손 숙수와 이야기해서 미리 재료를 충분히 준비해. 술과 음식이 모자라 장사를 못하면 억울하니까."

"알겠습니다. 그런데 이렇게 장사가 잘되면 내년쯤이면 포구 안쪽에 상가를 하나 마련할 수 있지 않겠습니까?"

사내가 아침임에도 불구하고 제법 불빛이 보이는 무량포 포구를 바라보며 말했다.

재력이 충분한 상인들은 포구 안쪽에 건물을 짓고 상가를 마련해 장사를 한다. 반면 재력이 딸리는 상인들은 초원루처럼 길게 이어진 해안가 백사장에 천막을 치고 장사를 하는 곳이 무량포였다.

그래서 이렇게 천막 장사를 하는 사람들에게는 포구 안쪽에 제대로 된 상가를 마련하는 것이 큰 바람이었다.

"무리를 하면 올해 안에도 갈 수 있을 것 같지만… 에이."

"왜 그러십니까?"

갑자기 신경질을 내는 노인을 보며 중년 사내가 의아한 표정으로 물었다.

"정사양도의 무인은 물론, 상인들도 출신을 가리지 않고 몰려오는 곳이라서 혹 날 알아보는 사람이 있을까 그게 걱정이야."

"그거야 뭐… 이곳에서 장사를 한다고 사람들 눈을 피할 수 있는 것도 아닌데요. 그리고 북방에서의 은원은 대충 다 정리된 것 아닙니까?"

"그야 그렇지만 그래도 늘 찜찜한 구석이 있어……."

노인이 말꼬리를 흐렸다.

"어쩝니까. 그런다고 과거가 지워지는 것도 아니고!"

"하긴, 걱정한다고 해결될 일은 아니니까. 그리고 사실 아무 일도 벌어지지 않을 가능성이 더 크지만… 어라, 뭐지? 새벽부터."

말을 하다 말고 노인의 시선이 남쪽 해안가 끝자락으로 향했다.

쿵!

노인의 시선이 향한 곳으로 작은 쪽배가 막 도착하고 있었다.

배에서 내린 사람들은 가볍게 배를 백사장까지 끌어올렸다.

남녀가 섞인 다섯 명의 무인들, 이제 막 무량포에 도착한 시월과 그 사형제들이었다.

"이상한 일이군요. 포구로 가지 않고 백사장에 배를 올리다니. 포구에 정박하는 비용이 적지 않긴 해도 저렇게 작은 소선이라면 그리 많지는 않을 텐데……"

"쫓기는 자들일까?"

노인이 고개를 갸웃했다.

무량포는 칼부림이 철저히 금지된 곳이라 쫓기는 자들이 가끔씩 추격자를 피해 몸을 숨기기 위해 찾아들곤 했다.

"하는 행동들을 보면 도망자 같지는 않은데요. 여유들이 있잖아요."

중년 사내가 말했다.

"그렇게 보이기도 하는군. 하긴 번잡한 것을 싫어하는 사람들일 수도 있지."

노인이 고개를 끄떡이며 시월 일행에게서 관심을 거두려 하는데 중년 사내가 급히 입을 열었다.

"이쪽으로 오는데요."

"응? 아침부터 술을 마실 것도 아닐 텐데 왜 주루로 오는 거지? 젠장, 설마 아침밥을 팔라고 하는 건 아니겠지?"

"또 모르죠. 워낙 특이한 자들이 많이 모여드는 무량포니… 어어……"

중년 사내가 말을 하다 말고 크게 눈을 뜨며 믿을 수 없다는 듯한 표정을 지었다. 그러고는 더 이상 말을 잇지 못하고 손으로 입을 막았다.

"왜 그래? 못 볼 걸 본 것처럼?"

노인이 중년 사내를 이상한 눈으로 바라보며 물었다.

"대인… 그… 그자, 아니 그 사람입니다."

"그 사람이라니. 설마 저들 중에 아는 사람이라도 있다는… 이런… 젠장! 어쩐지 아침부터 기분이 뒤숭숭하더니. 빌어먹을!"

노인도 갑자기 얼굴이 흙빛으로 변하며 욕설을 내뱉었다.

"어쩌죠?"

중년 사내가 급히 물었다.

그러자 노인이 쓴 침을 뱉으며 중얼거렸다.

"어쩌긴 뭘 어째. 만나 봐야지! 주루를 놔두고 도망갈 수도 없고. 벌써 우릴 알아보고 오는 것 같은데."

노인이 마음을 다잡듯 옷깃을 매만지며 말했다.

시월이 그들을 발견한 것은 배에서 내려 해안가에 줄지어 선 천막 상점들을 살펴볼 때였다.

아침 일찍부터 분주히 준비를 하고 있던 천막 주루는 여러 천막 상점들 중에서 단연 눈에 띄었다. 그래서 주루 앞에서 이야기를 나누는 두 사람 역시 쉽게 눈에 들어왔던 것이다.

이런 뜻밖의 장소에서 과거 인연을 맺은 사람을 만났다면 그냥 지나칠 수는 없는 일이다. 더군다나 그들과의 인연은 시월에게 무척 특별했다. 절대 그냥 지나칠 수 없을 만큼.

*   *   *

"누구예요?"

시월의 뒤를 따라가며 이화검이 물었다. 해안가에 도착하자마자 아는 사람을 발견한 시월이 신기한 모양이었다.

"예전에 날 팔려 했던 노예상이요."

"아! 혈수금귀라는 그 사람이요?"

시월의 과거에 대해 그 누구보다 잘 알고 있는 이화검이다.

그래서 시월이 만화원에서 수련을 마치고 나온 후 처음 찾아갔던 사람이 자신을 사막의 노예시장으로 끌고 간 노예상 혈수금귀라는 것도 알고 있었다.

그리고 그를 통해 흑상회의 회주 흑화수 금사를 만났다는 사실도 알고 있는 이화검이었다.

"맞아요. 바로 그예요."

시월이 고개를 끄떡였다.

"와, 어떻게 이런 일이 있지? 그자를 이곳에서 다시 만날 가능성이 얼마나 될까? 이건 정말 보통 인연이 아닌데?"

뒤따르던 곽부가 감탄했다.

"그러게 말이다. 정말 사제와 그는 전생에 인연이 깊었나 보다. 그게 악연이라서 그렇지. 하하!"

도원도 나직하게 웃음을 터뜨리며 말했다.

시월을 발견하고는 죽을상을 하고 있는 혈수금귀 석자부와 그의 오랜 수하 황평과는 전혀 다른 분위기의 칠선문 사형제들이었다.

"설마 이곳에서도 사람 장사를 하는 건 아니겠지?"

소후가 자신들을 뚫어지게 보고 있는 두 사람을 바라보며 말했다.

"그렇다면… 그 대가를 치러야죠. 나와 한 약속이 있으니까."

시월이 단호하게 말했다.

사막에서 시월은 석자부와 황평을 살려 주는 대신, 더 이상 노예 거래를 하지 않겠다는 약속을 받았었다.

그 약속을 지키지 않았다면 시월은 이번에는 반드시 과거의 죄값을 치르게 할 생각이었다.

"사람 장사는 아니고 술장사를 하는 것 같은데?"

곽부가 세 개의 거대한 천막 앞에 펄럭이는 초원루(草原樓)라는 깃발을 가리키며 말했다.

"그렇다면 다행이죠. 저들에게나 나에게나."

시월이 그러길 바란다는 듯 말하고는 좀 더 걸음을 빨리했다.

*　　　*　　　*

"대협! 이런 곳에서 다시 뵙는군요."

십여 걸음 달려 나와 먼저 인사를 한 사람은 사내 황평이었다.

혈수금귀 석자부도 몇 걸음 걸어 나오기는 했지만, 애써 웃음 짓는 그의 얼굴은 부자연스럽기 이를 데 없었다.

"두 사람을 여기서 만날 줄은 몰랐소. 그래도 이렇게 보니 반갑구려."

시월이 담담하게 말하며 황평 뒤로 다가서는 석자부를 바라봤다.

"뭐… 서로 반가워할 사이는 아니지만, 어쨌든 우리가 인연은 인연인가 보오. 이렇게 다시 보다니……."

본래 석자부는 사막에서 워낙 시월에게 크게 당해서 그렇지 배포가 작은 사람은 아니었다. 배포가 작은 자가 흑상 중의 흑상이라는 노예상을 할 수는 없었다.

그래서인지 시월을 만나 긴장한 듯하면서도 자신의 마음을 숨기지 않고 드러냈다.

"그런데 주루를 여셨소?"

시월이 석자부의 기분이야 어떻든 초원루라는 깃발을 보며 물었다.

"뭐, 먹고살기는 해야 하니까……."

"먹고사는 것 정도가 아니라 이 무량포에서 주루를 열었다면 적지 않게 재물을 모았을 것 같소만."

"그래봐야 백사장에 임시로 만든 주루, 남으면 얼마나 남겠소. 겨우 입에 풀칠이나 하는 정도지."

"후후후, 파는 물건은 변했어도 상인의 기질은 여전하구려. 그렇게 죽는 소리를 하는 걸 보니. 그런데 주루에서 파는 음식은 주루에서 직접 만드는 것이오?"

"당연히 그렇소만……."

그런 것은 왜 묻느냐는 듯 석자부가 시월을 보며 대답했다.

"그럼 마침 잘 됐소. 우리 일행이 아직 아침 식사 전인데 아침 좀 차려 주시오."

시월이 석자부가 당연히 아침을 차려 내야 한다는 듯 말했다.

"…주루에서 아침 식사를 하겠다는 거요?"

석자부가 어이없는 표정을 지으며 물었다.

"숙수도 있을 것이고, 당신들도 아침은 먹을 것 아니오?"

"그야 그렇지만……."

"밥값은 후하게 쳐드리겠소."

"…포구에 가면 제대로 된 반점들이 있는데……."

"번거로운 것이 싫어서 말이오. 그래서 배도 저기 대지 않았소."

시월이 자신들이 타고 온 배를 가리키며 말했다.

그러자 석자부가 쓴 약을 삼킨 표정을 짓다가 결국 고개를 끄떡였다.

"뭐, 그럽시다. 악연도 인연인데 내가 소협에게 밥 한 끼 대접 못 할 것은 없지. 또 소협이 아니었으면 지금 이렇게 마음 편한 장사를 하지도 못했을 것이고. 그 일을 그만두고 나니 참 속이 편하긴 하더구려."

노예상으로 살 때 느끼지 못한 편안함을 맛본 석자부는 한편으로는 시월에게 고마운 마음도 있는 듯했다.

"그렇다면 다행이오."

"날 따라오시오. 우리 주루 식구들이 머무는 천막은 뒤쪽에 있는데 그곳으로 모시겠소."

"그럽시다."

시월이 대답을 하자 석자부가 발걸음을 옮겨 시월 일행을 안내했다.

*　　　　*　　　　*

"오, 이건……."

"정말 맛있는 걸!"

칠선문의 문도들은 하나같이 석자부가 내온 음식을 먹으며 감탄사를 터뜨렸다.

그들의 행동은 절대 과장이 아니었다. 석자부가 내온 초원루의 음식들은 한 번 먹으면 반드시 다시 찾을 만큼 맛이 좋았다.

"이런 요리를 하는 숙수를 어떻게 구했소?"

시월이 물었다.

"제남에서 손꼽히는 숙수를 영입했소."

"쉽지 않았을 텐데……."

이름난 숙수를 초원루 같은 천막 주점에서 고용하는 것은 결코 쉬운 일이 아니다.

그러자 석자부가 조금 거드름을 피우며 말했다.

"내가 이래봬도 장사에는 수완이 좀 있지 않소. 사람들은 주루라고 하면 술맛과 아름다운 기녀를 보고 손님이 찾을 거라 생각하지만 그런 모르는 소리요. 사실 주루 운영의 기본은 정갈하고 맛있는 요리요. 요리가 맛있는 집은 다른 게 부족해도 사람들이 다시 찾아가지만, 음식 맛이 없는 집은 다신 가지 않은 것이 사람들의 특징이라오. 사람의 감각 중에 가장 중독성이 강한 것이 혀란 뜻이오. 그래서 거금을 주는 조건으로 숙수를 데려온 거요. 뭐, 결과는 보다시피……."

석자부가 어깨를 으쓱하며 자신의 장사 수완을 자랑했다.

그러자 시월이 고개를 끄떡이다가 문득 물었다.

"그런데 숙수 말고 기녀들은 어떻게 구했소?"

갑작스러운 시월의 질문에 석자부의 웃던 얼굴이 딱딱하게 굳었다.

시월이 왜 기녀들에 대해 묻는지 누구보다 잘 알고 있는 석자부였다.

만약 기녀들을 강제로 데려온 것이라면 그건 곧 석자부가 옛날 버릇을 버리지 못하고 사람 장사를 했다는 뜻이다.

"허험! 걱정 마시오. 우리 초원루에서 일하는 기녀들은 모두 자의에 의해 일을 하는 것이고, 그에 합당한 대가를 받고 있으니까."

"정말이오?"

시월이 의심스러운 눈빛으로 물었다.

"거, 장사에 대해 아무것도 모르는 자들이나 강제로 기녀들을 데려다 쓰지 제대로 장사를 하는 사람은 절대로 강제로 기녀를 데려오지 않소. 사람을 상대하는 장사라서 기녀들도 자의에 의해 일을 해야 손님들을 제대로 접대할 수가 있단 말이오. 손님들도 웃는 기녀를 좋아하지 울상인 기녀가 좋겠소?"

석자부가 절대 의심하지 말라는 듯 다시 한번 자신의 장사 철학을 늘어놨다.

"알겠소. 하긴, 설마 여기까지 와서 또 그 일을 할 리는 없을 없겠지만 노파심에서 물어봤소."

시월이 말했다.

"좀 전에도 말했지만 난 예전에 느끼지 못했던 평온함을 느끼며 살고 있소. 예전과는 사는 방식이 완전히 달라졌으니 믿어도 좋소. 정 못 미더우면 기녀들을 불러다 물어봐도 좋고. 아마 다들

나처럼 좋은 루주를 만나보지 못했다고 할 거요."

자신 있는 석자부의 말에 시월이 고개를 저었다.

"굳이 기녀까지 불러 확인할 일은 아니고… 그런데 기왕이면 저기 포구에 기루를 열지 그랬소?"

시월이 화제를 바꿨다.

"그러고 싶지만 포구의 상가들은 보통 비싼 것이 아니오. 제대로 된 상가를 사려면 금보가 이백여 개는 있어야 하니까. 뭐, 내년 정도면 포구 내 외진 곳에 기루를 만들 수 있을 것 같기는 한데……."

석자부가 포구 쪽을 보며 말했다.

탐욕이라기 보단 희망이 그의 얼굴에서 묻어났다.

그러자 시월이 다시 예상치 못한 말을 던졌다.

"내가 금자를 댈 테니 이번 기회에 포구에 주루를 마련해 보겠소?"

"사제!"

"무슨 말이에요?"

석자부보다 이화검과 소후가 놀란 표정으로 시월을 바라봤다.

"나쁘지 않을 것 같아요. 무량포에 세상 소식을 들을 수 있는 주루가 하나 있는 거요."

시월이 소후를 보며 말했다.

"하지만……."

소후가 슬쩍 혈수금귀를 바라봤다.

그의 과거를 생각할 때, 절대 신뢰할 수 없는 사람이라는 의미였다.

칠선문이 바다 한가운데 떠 있는 만화도를 터전으로 하고 있으니 당연히 강호의 소식을 전해 줄 사람이 필요하기는 했다.

하지만 그 사람이 혈수금귀 석자부라면 너무 위험한 선택이었다.

아무리 사람이 변했다고 해도 그가 노예상 출신이란 것은 변할 수 없는 사실이었다.

그러나 시월은 생각이 다른 모양이었다.

"전 세상에서 우리 문도들 말고는 믿는 사람이 없어요. 그래서 오히려 석 대인과 거래를 할 수 있다는 생각입니다. 석 대인은 상인으로서는 신뢰할 만하거든요. 아마 노예상을 할 때도 상대방에게 신뢰를 주는 상인이었을 겁니다. 맞지 않소?"

시월이 석자부에게 물었다.

"아니, 무슨 칭찬을 그렇게 기분 나쁘게 하시오. 물론 상인으로서 약속을 지킨 것은 맞는 말이오만."

석자부가 한편으로는 기분이 상하고, 또 한편으로는 상인으로서는 믿을 수 있다는 신뢰감을 보이는 시월의 행동이 마음에 드는지 애매한 표정을 지으며 말했다.

그러자 시월이 다시 소후에게 말했다.

"이 무량포에서 믿을 만한 사람이 있겠어요? 모두 다 속마음을 숨기고 무법의 포구로 세상에서 허락되지 않은 거래를 하기 위해 모여든 사람들인데. 그럴 바에야 그 속까지 아는 사람이 낫지 않을까요?"

"음… 그렇기는 한데……."

소후가 말꼬리를 흐렸다.

"대사형께 말씀드려야 할 일이지만 지금 당장은 대사형을 만날 수 없으니 사형께서 허락해 주세요."

시월이 소후에게 허락을 구했다.

"나야 뭐, 네가 하겠다면 굳이 반대할 생각은 없다만……."

소후는 여전히 혈수금귀 석자부가 못마땅한지 그를 흘깃 보며 말꼬리를 흐렸다.

그러자 반승낙을 얻어낸 시월이 석자부에게 물었다.

"어떻소? 금자는 우리가 충분히 댈 수 있소."

"단지 강호의 소식을 전해주는 대가로 말이오? 초원루에서 나는 이득은 전혀 욕심이 없고?"

석자부가 되물었다.

단순히 무량포를 드나드는 사람들에게서 강호의 소식을 모아 시월에게 전하는 일의 대가치고는 상가를 살 금자를 대겠다는 것은 너무 손해나는 거래였다.

"우리 사형제들이 가끔 무량포에 올 거요. 그때 쉴 곳을 마련해 주고, 또 작은 약재상 하나를 주루 근처에 만들어줘야 하오. 그거면 더 이상 조건은 없소. 다만……."

"또 원하는 게 있소?"

그럼 그렇지 하는 표정으로 석자부가 퉁명스럽게 물었다. 이런 큰 거래에 다른 조건이 없을 수 없다는 표정이었다.

"조건은 아니고, 경고요. 만약 잘못된 소식을 전하거나 일부러 다른 사람의 사주를 받고 본문을 위험에 빠뜨리려 한다면… 다시는 내 검 아래서 살아날 수 없을 거요."

"아! 그야… 그게… 생각해 보니 참 어려운 조건일세."

대답을 하려다 말고 석자부가 고개를 갸웃거렸다.

그러자 곽부가 혀를 찼다.

"거참, 지나치게 솔직한 양반이네. 그냥 그러겠다고 하면 되는 일을."

"아이고 소협, 그런 말 마시오. 무림이란 곳이 얼마나 변화무쌍한 곳인데 그런 확신을 할 수 있겠소. 내가 비록 과거 노예상을 한 사람이지만 지키지 못할 약속을 쉽게 하지는 않소."

"그래서 못 하겠다는 것이오? 이런 조건이면 다른 사람 찾는 것이 어렵지 않을 테니 나도 미련은 없소."

시월이 석자부의 결정을 요구했다.

그러자 석자부가 잠시 이리저리 눈동자를 굴리다가 손뼉을 탁 치면서 시원하게 대답했다.

"에이, 좋소. 해봅시다. 뭐, 나도 이제 나이가 많아 언제 죽을지 모르는데 제대로 된 주루 하나 가져 보는 것도 즐거운 일이지. 황평, 어떤가?"

석자부가 곁에서 물끄러미 이야기를 듣고 있던 중년 사내 황평에게 물었다.

"대인께서 결정하시면 전 따를 뿐이지요."

"좋아. 그럼 한 번 해봅시다. 그런데… 정말 그만한 금자가 있기는 있소?"

석자부가 시월에게 물었다.

그가 사막에서 만났던 시월은 수중에 금은보화를 가지고 다닐 사람으로는 보이지 않았었기 때문이었다.

석자부의 질문이 끝나자 시월 대신 곽부가 옆에 내려놓았던 작은 짐 꾸러미에서 검은 가죽 주머니를 꺼내 탁자 위에 던졌다.

쿵!

검은 주머니가 돌덩이 소리를 내며 탁자 위에 떨어졌다.

"보시오."

곽부가 퉁명스럽게 말했다.

그러자 석자부가 조심스럽게 가죽 주머니를 열어 보다가 화들짝 놀라 입구를 닫았다.

그러고는 마치 훔쳐보는 사람이 있을까 싶은 표정으로 주변을 살폈다.

그러나 자신의 천막 안에서 자신을 훔쳐볼 사람이 있을 리 없었다.

"대체 이 많은 금을 어디서……?"

"본문에서 그 정도 금은 많은 것도 아니오."

곽부가 거드름을 피며 말했다.

"줄곧 궁금했소이다만… 대체 소협은 어느 문파 사람이오? 그때는 분명 월문 출신이라도 했던 것 같은데. 역시 월문의……?"

석자부가 과거 잠깐 들었던 시월의 내력을 떠올리며 물었다.

"흑사회와는 연락하지 않소?"

시월이 대답 대신 다른 질문을 던졌다.

흑사회와 인연이 남아 있다면 자신이 월문의 출신이기는 하나 월문의 사람이 아니라는 것을 이미 알고 있을 것이기 때문이었다.

"그 이후에는 완전히 관계가 끊어졌소. 어쨌거나 내가 반산성의 위치를 노출한 것은 맞으니까."

"그렇구려. 그런데 이곳에서 북방 무림의 소식도 좀 들소?"

시월이 다시 물었다.

"무량포는 다양한 사람이 몰려오니 당연히 천하 각지의 소식을 모두 들을 수 있소. 그래서 대협도 이곳에서 무림의 소식을 얻으려는 것 아니오?"

석자부가 당연하다는 듯 되물었다.

"그럼 최근 요동 무림에 새롭게 등장한 칠선문이라는 문파에 대해 들어봤소?"

"칠… 선문. 아! 그 요동 이가검문을 도와 혼천마의 일월문을 물리쳤다는 바로 그 칠선문 말이오?"

"알고 있구려. 우린 바로 그 칠선문의 문도들이오."

"예? 어… 어허허!"

시월의 대답을 들은 석자부가 깜짝 놀란 표정을 짓다가 뒤이어 실성한 사람처럼 실없는 웃음을 흘렸다.

"왜 그러시오?"

곽부가 갑자기 바보가 된 것 같은 석자부에게 물었다.

"내 목이 아직 붙어 있는 게 신기해서 그렇소."

"그건 또 무슨 말이오?"

"내가 듣기로 칠선문의 문도 중 한 명은 화중마 백우양을 비무에서 꺾었다고 하던데… 설마 그 사람이 소협이오?"

석자부가 시월에게 물었다.

"그렇소."

"후… 정말 그렇구려. 그런 사람을 노예로 팔려고 했는데 내 머리가 여전히 내 목 위에 붙어 있으니 참 어이없이 운수 좋은 일이 아니겠소?"

석자부가 손으로 자신의 목을 쓰다듬으며 말했다.

"운 좋은 줄 알면 됐소. 그러니 조심하시오. 본문이 초원루에 금자를 댄 것은 절대 비밀이어야 하오."

"음… 그렇겠구려. 이거 생각보다 조금 위험한 일이었군."

석자부가 본능적으로 위험을 감지했는지 표정을 굳히며 말했다.

그러자 시월이 경고했다.

"그렇다고 이제 와서 이 일을 못 하겠다는 하면 안 되오. 이미 본문의 이름을 들었으니."

"…쩝 알겠소. 그리고 칠선문이라면 뭐, 나 하나 지켜줄 힘은 있을 테니까. 급하면 배를 타고 바다로 도망가면 되지. 황평. 좋은 배 한 척 미리 준비해 둬야겠네."

석자부가 짐짓 너스레를 떨었다. 하지만 그 말을 들은 황평으로선 석자부와 같은 여유가 없었다.

"알겠습니다. 대인!"

황평이 긴장한 표정으로 대답했다.

그러자 석자부가 다시 시월을 보며 말했다.

"주루를 열 상가는 오늘 중에라도 알아볼 수는 있으나, 이번 야시가 오늘 밤을 끝으로 파하니, 내일은 무량포가 조용해질 것이오. 기왕이면 내일 포구가 조용해졌을 때 알아보는 게 좋겠소."

"그렇게 하시구려. 대신 오늘 하루 묵을 수 있는 외곽의 조용한 객잔을 찾아 줄 수 있겠소?"

"그야 어렵지 않소. 우리도 가끔 묵는 곳이 있으니 따라 오시구려."

이미 식사는 끝난 후였기에 시월 일행은 석자부를 따라 자리를 털고 일어났다.

*   *   *

석자부가 안내한 객잔은 포구 주변으로 형성된 시전의 서쪽 외곽에 위치해 있었다.

객잔 앞으로는 무량포 서쪽 능선으로 오르는 길이 이어져 있었는데, 그 길을 따라 언덕을 오르면 제남으로 이어지는 관도가 나온다.

그러니까 객잔은 육로로 무량포로 들어오는 관문에 위치해 있었다.

하지만 포구에서 보자면 외곽 지역이었으므로 포구 안쪽 야시장이 펼쳐지는 곳에 위치한 객잔들보다 한결 한적하고 수수한 모습을 하고 있었다.

그곳에서 시월 일행은 두 개의 객방을 얻었다. 시월과 이화검이 객방 하나를 쓰고, 나머지 객방은 소후 등 다른 사형제들의 차지였다.

시월 일행은 아침 일찍 객잔에 들었지만, 그날 낮은 그대로 객방에 머물렀다.

혹시라도 그들을 알아볼 사람이 있을지 몰라 해가 진 후에 무량포 야시장을 둘러보기로 한 것이다.

그렇게 무료한 하루 낮을 객방에서 보낸 칠선문의 사형제들은 해가 지고 무량포 포구가 야시장의 마지막 날 열기로 가득할 때 조용히 야시장 구경에 나섰다.

그들은 일단 여유롭게 포구를 일주한 후, 작은 반점에 들러 이른 저녁을 해결하기로 했다.

그런데 그곳에서 그들은 뜻밖의 소문을 듣게 되었는데 그 때문에 제대로 식사를 할 수 없었다.

칠선문의 안위를 위협하는 소문은 아니었지만, 제대로 식사를 할 수 없을 만큼 불쾌한 기분이 드는 소문이기 때문이었다.

*　　　*　　　*

"정말일까? 믿을 수가 없네."

곽부가 중얼거렸다.

그러자 시월이 곽부를 보며 살짝 고개를 저었다. 순간 곽부가 흠칫하며 소후의 눈치를 봤다.

"내 눈치 볼 필요 없어. 우담은 이제 나와 상관없는 사람이니까."

소후가 무심한 표정으로 말했다.

"그래도 아주 상관없을 수 있나요. 사형만의 문제가 아니라 칠랑으로 살았던 우리 사형제들 모두 신경 쓰지 않을 수 없는 문제죠. 솔직히 전 걱정이 됩니다."

도원이 어두운 표정으로 말했다.

"물론 걱정은 나도 되긴 해. 기왕이면 잘 살기를 바랐는데, 대체 어떤 취급을 당하며 사는 건지……."

소후가 우울한 표정으로 말했다.

"그 빌어먹을 인간은 대체 왜 우담 사매를 놔두고 다른 사람을 찾아 헤매는 걸까요? 여자에 미친 것도 아니고… 아, 이제 보니 그 인간 이야기는 제수씨께도 불쾌하겠군요. 죄송합니다."

곽부가 말을 하다 말고 이화검에게 급히 사과를 했다.

그러자 이화검이 웃으며 대답했다.

"전혀 불쾌하지 않으니 걱정 마세요. 나야 세상에서 가장 근사한 낭군이 있는데요. 그와는 비교할 수도 없는……."

"아이고, 우리 호탕한 제수씨가 이 샌님 사제에게 왜 이렇게 빠졌는지 이해가 가지 않네."

곽부가 고개를 저으며 중얼거렸다.

"잘난 건 맞잖아요?"

이화검이 물었다.

"뭐… 잘난 놈이긴 하죠."

곽부가 시월을 툭 치며 말했다.

그러자 시월이 정색을 하며 입을 열었다.

"월문이 장성 이남까지 세력을 키울 욕심을 내는 모양이군요."

"음… 아무래도 그렇다고 봐야지? 단지 금가장의 재력만 보고 하는 일은 아닐 거야. 누가 뭐래도 금가장은 십대천문인 무가니까."

곽부가 대답했다.

"신검산에서 요하를 따라 내려오면 바로 바다지. 그곳에서 여기 산동이나 혹은 항주까지는 금가장의 상선이 언제나 다니는 곳이고, 생각보다 두 문파의 교류가 어렵지 않아. 두 문파가 사돈이 된다면 의천무맹에서 월문의 힘은 더욱 강해질 거야. 금가장은 아무래도 무맹에서 주도적인 위치에 오르기는 어려우니까 두 문파가 혼맥을 맺으면 월문에 더 큰 이득이 되겠지."

소후가 말했다.

"문주로서는 할 만한 혼사군요."

도원이 고개를 끄떡이며 말했다.

"물론 금가장도 제법 큰 이득이 있지. 의천무맹에서 십대천문으로서 제대로 된 목소리를 낼 수 있을 테니. 그동안이야 의천무맹에 금자를 지원하는 역할 정도였으니까."

"마련의 발호가 한창인데 의천무맹은 여전히 세력 다툼에 여념이 없군요."

시월이 고개를 저으며 말했다.

"그만큼 그동안 십대천문의 성세가 대단했던 거죠. 마련은 십대천문이 마음만 먹으면 언제든 강호에서 밀어낼 수 있다고 생각할 거예요. 그들은 벌써부터 마련을 물리친 이후의 무림을 생각하고 있을 거예요."

이화검이 말했다.

"그럴수록 평범한 무림인들이 더 많은 피를 흘리게 될 텐데요. 평화의 시기 큰 권력을 누려온 십대천문이 이럴 때 앞장서서 마련과 싸워야 하는데……."

시월이 고개를 저으며 말했다.

"아마 마련의 발호 이후 정파의 가장 큰 승리는 일월문을 물리친 이가검문의 승리일 거야. 나머지 문파는 어떻게든 손해를 보지 않으려고 힘을 감추고 있으니까."

소후가 말했다.

"생각 같아서는 이가검문이 무림의 전면에 나서면 좋겠는데 말이죠. 제대로 된 무가(武家) 아닙니까? 다른 십대천문처럼 권력투쟁 때문에 눈치를 보는 곳이 아니니까."

곽부가 말했다.

그러자 이화검이 고개를 저었다.

"아버님께선 강호의 일에 주도적으로 개입하는 걸 원치 않으세요. 이가검문이 수백 년 동안 지속될 수 있었던 것은 변방에서 무림의 대소사에 크게 관여하지 않았기 때문이라고 종종 말씀하셨거든요."

"그렇긴 해도 현 무림에서 이가검문 같은 곳은 드무니까요."

곽부는 동죽헌에 머물면서 이가검문의 문도들을 옆에서 지켜본 사람이었다. 그래서 이가검문 문도들의 대담함과 호방함을 누구보다 잘 알고 있었다.

"목에 칼이 들어오면 다른 문파들도 결국 움직이겠지. 마련이 괜히 마련인가. 우린 이미 그들을 경험했잖아."

소후가 말했다.

"맞아요. 팔 년 전 청림의 변과는 완전히 다른 위협이죠. 마련이라는 하나의 세력으로 마인들이 모였으니까요. 이런 경우는 흔치 않죠."

시월이 소후의 말에 맞장구를 쳤다.

"나는 그 만계지마란 자가 가장 두려워. 얼굴을 보지는 못했지만 그가 청림에 펼쳐 놓았던 귀갑진은 다신 경험하고 싶지 않아."

곽부가 말했다.

"아마 지금 마련을 움직이는 자는 바로 그일 거야."

소후가 말했다.

"하여간 그렇게 간교한 계책을 쓰는 자들은 마음에 들지 않는다니까. 그 양반도 그렇잖아요."

"그 양반이라니? 누구?"

"누구긴 누구예요. 월문주 말이죠."

곽부가 퉁명스럽게 대답했다.

그러자 소후가 고개를 끄떡였다.

"하긴… 만계지마를 본 적이 없지만, 그의 행보를 보면 문주와 비슷한 면이 있지. 문주도 속을 거의 드러내지 않은 사람이니까."

소후의 말이 끝나자 잠시 침묵이 이어졌다.

그렇다고 식사를 하는 것은 아니어서 식탁에 차려진 음식들이 덧없이 식어가고 있었다.

백유검이 설우담을 놔두고 또 다시 항주 금가장의 딸과 혼사를 추진한다는 소식은 칠선문의 문도들에게서 입맛을 앗아가기에 충분했다.

"그녀도 이 혼사에 동의할까요?"

문득 시월이 입을 열었다.

"금송 낭자?"

도원이 되물었다.

황해를 항해하면서 바다 위에서 한 번 만난 인연이 있는 여인이다.

"예, 바다에서 보았을 때 차분하긴 하지만 호락호락해 보이지는 않았거든요. 이 정략혼을 그녀가 받아들일지 모르겠군요."

시월이 말했다.

"금가장 같은 곳은 우리 이가검문과는 또 달라요. 장주가 결정을 하면 그녀도 따를 수밖에 없을 거예요."

이화검이 말했다.

"만약 정말 그렇게 된다면… 우담 누이가 진짜 외로워지겠군요. 후우……."

시월이 길게 한숨을 내쉬었다.

"에잇! 뭐, 다 자업자득이지!"

곽부가 화가 나서 씹어뱉듯 말했다.

그러자 소후가 그런 사제들을 다독였다.

"우담의 인생은 우담 거야. 그녀가 날 떠난 것도 비난할 것만은 아니야. 우담이 내 소유물은 아니니까. 그러니까 그 선택에 대한 대가를 치르는 것 역시 우담의 몫이지. 너무 신경들 쓰지 마."

소후의 말에 시월 등은 더 이상 입을 열지 않았다.

하지만 그들도 알고 있었다. 사실 설우담을 가장 걱정하는 사람은 여전히 소후라는 것을.

*　　　　*　　　　*

다시 하루가 지나고 무량포의 야시장은 거짓말처럼 사라졌다.

지난 새벽 수십 척의 배가 무량포를 떠났다.

배들이 떠난 무량포는 어느 평범한 어촌 마을 같았다.

본래 무량포에 상주하는 상인들은 극히 적었다. 보통 상인들은 야시장이 열리는 삼 일 동안만 무량포에 머물고, 파시가 되면 썰물처럼 무량포를 빠져나갔다.

무량포에 남은 사람들은 상인들이 떠난 상가를 관리하는 사람들 정도였다.

하물며 어둠속에서 무량포 야시장을 이끌어가는 신비대인 두란조차도 시장이 열리지 않는 동안은 무량포를 떠나 있다는 것이 정설이었다.

그렇게 하룻밤 새 황량한 포구로 변한 무량포 시전에서 혈수금귀 석자부가 분주하게 걸음을 옮기고 있었다.

바쁘게 걸음을 옮긴 그가 찾은 곳은 시월 일행이 묵고 있는 객잔이었다.

"어서 오시오."

아침 일찍 일어나 석자부가 오기를 기다리고 있던 시월이 석자부를 반겼다.

"모두 아침잠이 없으시구려?"

객방으로 들어서며 석자부가 말했다.

그의 말대로 칠선문의 사형제들은 모두 시월과 이화검의 객방에 모여 있었다.

"떠날 준비를 하고 있었소."

"떠나다니 무슨 말씀이시오?"

"시장도 파하고 이곳에 남아 있을 이유가 없지 않소?"

시월이 되물었다.

"…그렇긴 하지만, 그래도 떠나기 전에 매물로 나온 상가는 보고 가는 것이……."

"그건 석 대인이 알아서 하시오. 우린 보름 정도, 아니 그보다 빨리 돌아올 수도 있겠군. 어쨌든 그때 돌아와서 들러 보겠소. 이름은 초원루 그대로 쓸 테니 찾긴 어렵지 않을 것이고."

"…정말 그래도 되겠소?"

석자부가 물었다.

"……?"

"날 어떻게 믿냐는 거요. 내가 금을 들고 이곳을 떠날 수도 있는데……."

"그러고 싶으면 그렇게 하시오. 하지만 당신도 알다시피 사람의 인연이란 게 무서워 만나야 할 사람은 반드시 언젠가는 다시 만나게 되는 법 아니겠소?"

시월이 덤덤한 말투로 협박 아닌 협박을 했다.

그러자 석자부가 흠칫한 표정을 짓더니 갑자기 실실 웃음을 흘리며 말했다.

"하하, 뭐, 농담으로 한 말이오. 내가 대협을 피해 어디로 달아나겠소. 금자야 초원루를 운영하면 금세 금고에 가득할 텐데. 그런데 어디로 여행을 가시려고?"

"산동은 초행이니 제남성을 돌아보고 올 생각이오."

"제남! 산동 제일성이어서 구경할 거리가 많은 곳이지……."

석자부가 고개를 끄떡이며 중얼거렸다.

"그때쯤이면 주루를 열 수 있겠소?"

"어려울 것 없소이다. 애초에 천막 주루에 있던 집기들을 그대

로 옮기면 되는 것이니. 돌아오셨을 때는 번듯한 초원루를 보게
될 것이오."

"알겠소. 주루야 석 대인 마음대로 하시고, 내가 부탁한 것들
은 반드시 준비해 주시기 바라오."

"당연히 그리 하겠소. 주루를 여는 것보다 먼저 칠선문의 거처
와 약방을 준비해 놓겠소이다."

"알겠소. 그럼 돌아와서 봅시다."

시월이 자리에서 일어났다

이미 떠날 준비를 끝낸 터라 길게 시간을 끌 생각이 없는 시월
이었다.

시월이 일어나자 소후 등도 짐을 챙겨 자리를 털고 일어났다.

"약속한 대로 잘 하쇼"

객방을 떠나기 전 곽부가 석자부에게 경고하듯 말했다.

"내가 맡은 일은 차질 없이 할 테니 걱정 마시오."

자신을 여전히 의심하고 있는 곽부가 못마땅한지 석자부가 퉁
명스럽게 대답했다.

"그래도 걱정이 되어서 말이오. 사람이 영……."

곽부가 무슨 말인가를 더하려다 말고 휑하니 객방을 나갔다.

"너무 기분 상해하지 마시오. 본래 사제가 걸걸한 성격이라 마
음속에 있는 말을 참지 못해서 저러니. 잘 부탁드리겠소."

가장 늦게 객방을 나서던 소후가 위로하듯 말하고 객방을 벗
어났다.

그러자 석자부가 벌레 씹은 듯한 표정으로 중얼거렸다.

"아니, 그게 위로한다고 한 말이야? 결국 자기도 말은 안 했지

만 마음속으로는 날 믿지 못한다는 뜻이잖아! 이거 정말 이 거래를 깨버려?"

석자부가 마음에도 없는 소리를 중얼거렸다.

하지만 다행히 그의 말을 들은 사람은 아무도 없었다.

제6장
—
장보도

　여러 필의 말보다 마차 한 대를 준비하는 것이 여행에는 더 편리했다.

　칠선문의 문도들은 번갈아가며 마차를 몰았다.

　나머지 사람들은 마차 안에 머물렀는데, 가끔 답답한 사람은 인적이 드문 곳에선 마차에서 내려 경공을 발휘해 마차를 따라 달리기도 했다.

　애초부터 바쁠 것 없는 여행이었기에 칠선문의 문도들이 제남에 도착한 것은 무량포를 떠난 지 닷새 만이었다.

　오는 동안에는 노숙을 하거나 작은 마을의 객잔에서 묵었는데, 어떤 잠자리를 찾더라도 태어나서 처음 마음 편히 하는 첫 여행이었기에 시월과 사형제들은 줄곧 행복감에 젖어 있었다.

　그 행복해하는 모습을 보면서 이화검은 오히려 이들 사형제들의 참혹한 과거를 알 것 같아서 마음이 아프기도 했다.

아무튼 그렇게 큰 일 없이 도착한 제남에서 시월과 사형제들, 아니, 이화검까지도 처음 만나는 대도시의 풍광에 정신을 빼앗기지 않을 수 없었다.

황해를 거쳐 들어오는 상인들과 육로를 통해 땅 끝까지 상행을 떠나는 상인들이 교차하는 제남은 북방의 성읍에서는 볼 수 없는 화려함으로 가득 차 있었다.

평생 처음 보는 희귀한 물건들과 처음 접하는 서역인들도 적지 않았다.

무량포의 야시장이 세상에 드러내지 못할 물건들을 은밀히 거래하는 비밀 야시장이라면 제남의 시전은 세상의 모든 물건들을 모아놓고 파는 화려한 대시전이었다.

대낮에도 오색 홍등에 불을 밝힌 주루와 반점들이 손님을 불러 모으고, 대상들이 가져온 진귀한 물건을 구경하려는 구경꾼들로 상점마다 사람들로 북적였다.

"후… 이제 그만 객잔으로 돌아가요. 더 있다가는 혼이 달아나겠어요."

정신없이 시전을 걷던 이화검이 어느 순간 뚝 걸음을 멈추고 말했다.

그러자 시월이 이화검을 돌아보며 물었다.

"피곤해요?"

"피곤하다기보다 정신이 없어서요."

그러자 곁에서 도원도 이화검의 말에 맞장구를 쳤다.

"나도 그래. 정말 정신이 하나도 없다. 이런 세상이 있을 거라고는 생각도 못했어. 일단 오늘은 돌아가자. 사형, 그렇게 하죠?"

도원이 조용히 그들의 뒤를 따라오던 소후를 돌아보며 말했다.

그러자 소후가 고개를 끄떡였다.

"그렇게 하지. 돌아가서 저녁을 먹고 오늘은 일찍 쉬도록 하자."

"에이, 난 좀 더 돌아보고 싶은데……."

곽부가 아쉬운 듯 말했다.

"내일 다시 나오면 되지. 뭐, 정 아쉬우면 혼자 더 있던지."

도원이 퉁명스럽게 말하자 곽부가 얼른 고개를 저었다.

"아니. 혼자는 싫어. 잘못하면 길을 잃을 수도 있으니까."

"덩치에 맞지 않게 겁은 많아서… 쯔쯔."

도원이 고개를 저으며 혀를 차고는 여장을 푼 성 밖 한적한 객잔을 향해 앞서서 걷기 시작했다.

객잔으로 돌아오니 그나마 숨을 쉴 수 있을 것 같았다.

물론 성 밖의 객잔이라 해도 대성 제남을 오가는 사람들 때문에 성 밖이라는 느낌이 들지 않을 정도로 소란했지만, 그래도 사람의 숫자는 확실히 성 안 시전보다는 적었다.

시월과 사형제들은 객잔에 도착해서야 마음의 안정을 찾고 이른 저녁을 시켜 먹었다.

그런데 저녁 식사가 채 끝나기도 전에 한 떼의 거지들이 우르르 객잔 밖의 관도를 달려갔다.

그 탓에 관도에서 일어난 먼지가 시월 등이 식사를 하는 곳까지 날아왔다.

"이런 빌어먹을 거지들이 있나. 사람이 밥을 먹는데 먼지를 일으키며 달려가다니."

곽부가 화가 난 듯 손을 저어 날아오는 먼지를 흩어버렸다.

"무슨 급한 일이 있는 것 같은데……."

소후가 멀어지는 거지들을 바라보며 말했다.

"개방의 방도들 같아요."

이화검이 말했다.

"개방이요? 개방의 거지면 개봉에 있어야지 왜 제남까지 몰려와서 저 난리일까요?"

곽부가 고개를 갸웃했다.

십대천문의 일문인 개방은 거지들의 집단이라고 하지만 보통 거지들과는 전혀 다른 사람들이 모여 있는 곳이다.

개방의 방도는 거지들 중에서 뽑지만, 일단 개방의 방도가 된 이후에는 옷은 거지 차림이어도 먹을 걱정 없이 무공을 수련할 수 있는 특권을 누리게 된다.

그 개방의 본산은 하남 개봉부였다.

물론 천하에 개방도들이 없는 곳은 없지만, 지금처럼 떼로 몰려다니는 개방도 무리를 볼 수 있는 곳은 개봉이 거의 유일했다.

"마련의 마인들이 사고를 쳤나?"

도원이 고개를 갸웃했다.

"그런 소문은 없었잖아?"

곽부가 되물었다.

"소문이야 하루 이틀 늦게 날 수도 있는 거고……."

"아무튼 개방도들이 몰려올 일이 일어났다면 우리도 조심해야 할 것 같다. 무슨 일이지 알아봐야겠다."

소후가 경계심을 드러냈다.

"하이고, 며칠 즐겁게 지낼 수 있나 했더니 거지새끼들 때문에 마가 끼는구나. 에이……."

곽부가 귀찮을 일이 생길 것 같은 느낌이 드는지 투덜거렸다.

다음 날 아침, 시월이 일찍 잠에서 깨어 객방 문을 나섰을 때 그는 하룻밤 새 제남의 공기가 달라졌음을 느꼈다.

이른 아침이라지만 부지런한 장사치들은 성문이 열리기를 기다리기 위해 분주하게 움직여야 함에도 관도가 한산하기 이를 데 없었다.

시월은 이상한 느낌이 들어 객잔 밖으로 나가봤다.

아직 해가 뜨지 않은 관도는 옅은 안개가 깔려 있었지만, 그렇다고 시야를 방해할 정도는 아니었다.

'무림인들이군.'

시월의 눈에 관도를 따라 제남을 떠나는 일단의 사람들이 들어왔다.

걸음이 날렵하고 도검을 패용한 것을 보아 분명히 무림인들이었다.

'정말 무슨 일이 벌어졌나 보군. 이렇게 되면… 제남에 오래 머물 수는 없겠어.'

강호의 혈사는, 일단 일어나는 순간 그 일과 관련이 없는 사람들까지도 혈풍의 회오리로 끌어 들이는 힘을 갖는다. 그래서 가급적 혈사가 벌어질 것 같으면 그 지역을 피하는 것이 상책이다.

자신과 상관없는 사건에 호기심을 가졌다가는 반드시 그 대가를 치르게 되는 곳이 강호였다.

그런 점에서 제남 근방으로 무림인들이 몰려드는 상황은 조용한 여행을 즐길 생각인 시월 등에게 좋은 현상이 아니었다.

무림인들이 사라지자 시월이 다시 객잔 안으로 들어왔다. 그러자 마침 객잔의 주인이 주방에서 나오다가 시월과 눈이 마주쳤다.

"일찍 일어나셨군요? 아직 해가 뜨려면 멀었는데."

객잔의 주인이 시월에게 말을 건넸다.

"아침잠이 없어서… 그런데 밖의 공기가 조금 이상하군요. 어제부터 그런 것 같은데."

시월이 객잔 밖을 가리키며 말했다.

"그렇지 않아도 저도 어제 갑자기 개방도들과 무림인들이 몰려들어서 놀랐습니다. 그래서 주변에 그 이유를 알아보긴 했는데……."

"무슨 사고라도 난 겁니까?"

시월이 궁금하던 차에 잘됐다는 얼굴로 물었다.

"확실한 것인지는 모르겠는데, 장보도 한 장이 나타났다고 그 소란들이랍니다."

"장보도요?"

"그렇습니다. 저도 자세히는 모르지만 천해궁이라는 문파가 수백 년 전 황해에서 활동한 적이 있다고 합니다. 당시에 엄청난 세력을 가지고, 태산 같은 재물을 모았다고 하더군요. 그런데 그 천해궁의 유물이 보관된 장소가 그려진 장보도가 나타났다는 겁니다."

"한마디로 보물 지도가 나타났다는 거군요."

"그렇습니다."

"그래도 이상하군요. 불확실한 보물 지도 하나에 십대천문 개방까지 움직이고……."

"그러게 말입니다. 본래 무림 문파들은 황금에 대한 욕심을 크게 드러내지 않은데 말입니다. 특히 개방은……."

그런데 그때 이층 객방으로 올라가는 계단에서 이화검의 목소리가 들렸다.

"황금에 욕심 없는 사람이 이 세상에 있겠어요? 겉으로 욕심 없는 척하는 것뿐이지."

"일어났어요?"

시월이 계단을 내려오는 이화검을 보며 미소를 지었다.

"일어났으면 깨울 일이지 혼자 산책을 나갔어요?"

이화검이 투정을 했다.

"곤히 자는 것 같아서요."

"어제 성 안 시전에서 너무 정신이 없어서 피곤하기는 했나 봐요. 그런데 아무튼 보물 지도가 나타났다는 거죠?"

"그런가 봐요. 그래서 무림인들이 몰려든다는 군요."

"에이 참, 그럼 편하게 여행하기는 글렀네."

이화검이 투덜거렸다.

"두 분께서는 장보도에 관심이 없으십니까?"

객잔 주인이 시월과 이화검을 번갈아 보며 물었다.

그러자 이화검이 고개를 저으며 대답했다.

"주인 없는 보물이 강호에 나타나면 항상 그 물건 때문에 혈사가 벌어지죠. 그래서 그런 물건은 쫓는 게 아니라고 배웠어요. 지금까지 그런 보물 지도가 진짜인 경우도 거의 보지 못했고요."

"젊으신 분께서 무척 신중하시군요. 보통은 물불 가리지 않고 보물을 차지하기 위해 뛰어드는데……."

객잔 주인이, 웃으며 말했다.

"뭐, 보물이 아니어도 우리 낭군께선 제법 많은 재산을 가지고
계시니까요."

이화검이 시월의 팔짱을 끼며 말했다.

그러자 객잔 주인이 놀란 얼굴로 되물었다.

"아, 그렇습니까? 전 수수하신 옷차림으로 저희 객잔처럼 저렴
한 잠자리를 찾으셔서 전혀 그렇게 생각지 못했습니다."

"본래 없는 사람들이 화려하고 비싼 객잔을 찾는 법이죠. 있어
보이려고요."

"하하하, 그 말씀도 맞습니다. 충분히 가진 사람은 굳이 가진
것을 자랑하려 하지 않지요."

객잔주인이 이화검과의 대화가 즐거운지 기분 좋은 웃음을 터
뜨렸다.

"나랑 산책이나 나가요."

이화검이 객잔 주인의 말을 뒤로 하고 시월에게 말했다.

"또요?"

이미 밖에 나갔다 들어온 시월이 되물었다.

"당신은 두 번째지만 난 처음이잖아요."

이화검이 시월의 팔을 끌고 객잔 밖으로 나갔다.

"허허, 참 재밌는 분들이네. 보통의 무림인들과는 달라도 너무
다르군."

시월과 이화검의 모습을 보는 것만으로도 기분이 좋은지 객잔
주인이 웃음을 흘리며 중얼거렸다.

"정말 보물찾기는 할 생각이 없어요?"

밖으로 나온 이화검이 객잔 안에서와는 다른 말을 했다.

"왜요? 관심이 있어요?"

시월이 되물었다.

"보물에는 관심이 없지만, 그 쟁탈전은 제법 재미있을 것 같아서요. 세상에서 제일 재밌는 게 싸움 구경이라잖아요."

"하지만 그러기에는 시간이 너무 없어요. 하루 이틀에 끝날 일이 아닌 것 같은데 우린 약속 시간까지 무량포로 돌아가야 하니까요."

시월이 말했다.

"음… 그렇군요. 초원루의 일이야 늦어도 되지만 소 어르신을 바다에서 기다리게 할 수는 없죠."

이화검이 고개를 끄떡였다.

"그런데 천해궁이란 문파 들어봤어요? 수백 년 전 문파라는데."

시월이 물었다.

"알고 있어요. 수백 년 전에 황해를 중심으로 백여 년간 존속했던 문파인데 지금의 십대천문인 창해문보다도 훨씬 강력했다고 해요. 무림사에 관심이 있는 사람이라면 누구나 들어본 문파죠."

"그렇군요. 우리 사형제들은 사라진 문파들에 대해선 잘 모르니까."

"뭐 다들 그렇죠. 다만 이가검문처럼 역사가 긴 문파들은 문도들에게 과거 선조들의 역사를 알려주기 때문에 자연스럽게 과거 번성했던 문파들을 아는 거죠. 아무튼 천해궁의 보물이라면 적지 않은 파장을 일으킬 거예요. 장보도가 사실이라면… 항주 금가장의 재력을 능가하는 재물을 얻을 수 있을 테니까."

"그 정도인가요?"

"그 이상일 수도 있어요. 보통 한 문파가 몰락하는 경우는 누군가의 공격을 받아 멸문을 하거나, 후대에 가문을 이어갈 인물이 없어서 서서히 세력이 축소되며 소멸하는 것인데, 천해궁은 정말 어이없게 하루아침에 사라졌거든요."

"하루아침에요?"

"예. 천해궁의 궁주와 주요 혈족들이 바다로 나갔다가 갑자기 불어닥친 태풍에 한순간에 바다에 수장이 되었다고 해요. 그래서 그들이 일백 년 동안 모은 막대한 보물들을 모아놓은 천해궁의 보물창고, 천보밀동이 있는 곳을 아는 사람이 모두 사라져 버린 거죠."

"어이가 없군요."

"그렇죠. 생존한 사람들 중에는 천보밀동의 위치를 알 만큼 수뇌였던 사람이 없었고, 또 대단한 고수도 없었기에 그냥 그렇게 천해궁은 사라지고 만 거예요. 그러니까 천해궁 최전성기에 모은 보물들은 고스란히 어딘가에 남아 있는 거죠."

"욕심들을 낼 만하군요. 큰 혈사가 일어날 수도 있겠고……."

"맞아요. 저도 느낌은 별로 좋지 않네요."

이화검이 갑자기 새벽 공기가 차갑게 느껴졌는지 시월의 팔짱을 낀 손에 힘을 주며 말했다.

＊　　　＊　　　＊

만화도 생활에 필요한 몇 가지 물건들을 산 후, 시월과 사형제들은 예정보다 일찍 제남성을 떠났다.

천보밀동의 위치가 그려진 장보도의 출현으로 무림인들이 산동으로 모여들고 있기 때문이었다.

큰 혈사로 이어질 수도 있는 일이어서 일행은 얼른 만화도로 돌아가고 싶은 마음이었다. 지난 세월, 워낙 가혹한 시련들을 겪어서 무림의 혈풍에 휘말리는 것은 생각하고 싶지도 않은 일행이었다.

하지만 그렇다고 귀를 닫고 살 수는 없었다.

급히 제남성을 떠나 무량포로 오는 와중에도 산동에서 벌어지는 이 장보도 추격전에 대한 이야기들을 듣고 싶지 않아도 들을 수밖에 없었다.

"그러니까 개방의 전대 고수 토왕개가 장보도를 얻은 주인공이라고 하더라고."

무량포까지 하룻길 거리를 남겨둔 작은 마을의 반점, 점심 요기를 하는 시월 일행의 귀에 다시 장보도에 관한 이야기가 들려왔다.

슬쩍 시선을 돌려보니 평범해 보이는 두 명의 무인이 앉아서 얼굴을 마주한 채 마치 무슨 큰 비밀 이야기를 나누듯 속삭이듯 대화를 나누고 있었다.

하지만 아무리 작게 말해도 그들의 목소리는 시월 등의 귀에 생생하게 들렸다.

"참 인생 알 수 없어. 세상에서 가장 많은 재물이 있을 거라는 천보밀동의 장보도를 밥을 빌어먹는 거지가 차지했으니."

검은색 무복을 입은 자가 말했다.

그러자 청색 무복을 입은 자가 대답했다.

"장보도를 차지했다고 천보밀동의 주인이 될 수는 없지. 끝까지 그가 장보도의 주인일 거라고 어찌 장담하는가."

"그래도 토왕개라면 쉽게 장보도를 빼앗기지는 않을 걸세. 오랫동안 활동하지 않았다고 해도 전대의 고수 아닌가."

"흥, 전대의 고수는 무슨. 그래봐야 거지에, 도굴꾼일 뿐이지."

청색 무복을 입은 자가 콧방귀를 뀌며 대꾸했다.

"그런 말 말게. 그는 도굴에 탁월한 재주가 있다고 소문난 만큼 무공 역시 도굴 실력만큼 뛰어나다는 것이 정설이니까."

"그래도 장보도를 지키기 어려울 거야. 그는 개방을 떠난 지 오래여서 개방의 보호를 받지도 못하지 않는가."

"또 모르지. 지금이라도 개방에 장보도를 건네고 그들의 보호를 받을지. 개방도들이 개미처럼 몰려 왔잖은가."

"그로서는 그게 가장 안전한 방법이긴 한데, 그럼 결국 천보밀동의 보물을 포기해야 하는 것 아닌가. 보물은 개방의 차지가 되겠지."

"그래도 나라면 그렇게 할 걸세. 목숨이 더 중요하니까."

"글쎄… 그럴 거였으면 벌써 개방으로 돌아가지 않았을까?"

청색 무복을 입은 자가 되물었다.

"하긴……."

검은색 부복을 입은 자가 고개를 끄떡였다.

"토왕개라는 사람을 알아요?"

곽부가 나직하게 이화검에게 물었다. 현 강호에서 활동하지 않는 무인의 경우 이화검이 그들 사형제들보다 훨씬 많은 정보를 가지고 있기 때문이었다.

"모르세요?"

이화검이 되물었다.

"듣지 못한 사람입니다만, 제법 유명한 사람인가 보지요?"

곽부가 다시 물었다.

"음… 삼십육마의 난 이전에는 제법 유명한 사람이었어요. 개방에서 구결 장로의 위치까지 오른 사람이었죠."

이화검이 대답했다.

"그런데 개방을 떠난 모양이군요?"

"개방을 떠났다기보다는 강호를 떠나 은거했다고 봐야겠죠. 물론 그 이유가 개방 수뇌들과의 의견 충돌 때문이라고 하니까 개방을 떠났다는 것도 맞는 말일 수 있고요."

"의견 충돌이라면……?"

"그의 별호가 토왕개인 것은 도굴에 탁월한 재능을 가졌기 때문이에요. 그런데 그는 도굴한 물건들을 개방에 가져가지 않고 저잣거리의 버려진 아이들과 가난한 사람들에게 아낌없이 나눠주었어요."

"어? 그럼 좋은 사람이네요!"

"세상에는 좋은 사람이죠. 하지만 개방엔 그렇지 않았죠."

"왜요?"

"그의 도굴 행위로 얻은 재물이 개방에 아무런 도움이 되지 않았으니까요. 오히려 그가 개방도라는 이유로 도굴에 대한 비난이 개방으로 쏠리기만 했죠. 그래서 개방의 수뇌들은 그에게 주인 있는 무덤을 도굴하지 말 것, 그리고 도굴로 얻은 재물은 일단 개방으로 모두 가져와 방의 결정에 따라 사용할 것을 요구했어요. 그런데 그가 그 요구를 거절했죠."

"개방 수뇌부의 명을 거절할 정도면 반골인 모양이군요."

도원이 말했다.

그러자 이화검이 고개를 끄떡였다.

"그렇다고 봐야죠. 개방이 의천무맹의 주요 세력이 되는 것에 반대했다고 해요. 거지가 무림의 권세를 탐하면 안 된다면서요. 또한 그런 의미에서 개방에서 필요한 재물은 구걸을 통해 얻어야지 도굴한 재물을 쓰는 것은 개방의 전통에 맞지 않는다고 했고요. 도굴은 오직 가난한 아이들을 위한 일이라면서……."

"그 양반 마음에 드네."

곽부가 중얼거렸다.

"아무튼 그런 이유로 개방을 떠난 사람인데 갑자기 천보밀동의 장보도 주인으로 나타났군요."

이화검이 흥미롭다는 표정으로 말했다.

"제수씨 말을 들으니 이 소란이 이해가 가는군요. 그런 사람에게 장보도가 있다면 다들 그 장보도가 진짜라고 생각할 겁니다."

소후가 말했다.

"제가 생각해도 그래요. 아마 그 장보도가 실제로 그의 손에 있다면 진짜일 가능성이 큰 것 같군요."

이화검이 고개를 끄떡였다.

"한 번 만나보고 싶네."

곽부가 토왕개에게 흥미를 보였다.

"그를 만나는 순간 우리도 이 보물 쟁탈전에 휘말리게 되는 것이니 그런 기대는 접어. 안 만나면 좋은 사람이야."

소후가 냉정하게 말했다.

"아니 뭐 나중에라도 말이죠. 이 사달이 끝난 후에……."

"그때까지 그가 살아 있을지 모르겠다."

소후가 정색을 하며 말했다.

"하긴 그렇긴 하군요. 강호에서 보물은 보물이 아니라 자신의 목숨을 앗아가는 마물일 때가 더 많으니까."

곽부도 그제야 토왕개에 대한 호기심을 거두고 무거운 표정으로 중얼거렸다.

*   *   *

무량포에 도착했을 때 상황은 좀 더 급박하게 변해 있었다.

무량포에서는 그 누구도 함부로 혈사를 일으킬 수 없어 칼부림이 일어나고 있지는 않았지만, 시월과 그 사형제들이 떠날 때와는 달리 야시장이 다시 열렸음에도 불구하고 예전의 흥청거림은 찾아볼 수 없었다.

그래서 칠선문의 금자로 포구 안쪽에 상가를 얻어 주루 초원루를 개장한 석자부의 표정은 썩 밝지 못했다.

초월루 개장 후 첫 야시(夜市)가 열렸음에도 불구하고 무량포가 너무 조용했기 때문이었다.

그래서 초원루의 이인자인 사내 황평 역시 안절부절못했다. 없는 손님을 불러들이기 위해 초원루 밖에 나와 호객을 하고 있었지만, 좀체 주루에 들어오는 사람이 없어서 맥이 빠진 그의 목소리엔 힘이 없었다.

"무량포 최고의 미녀, 산동 최고의 음식, 천하제일의 명주가 귀인들을 기다리고 있습니다. 어서 오세요!"

외치는 것보다는 읊조림에 가까운 황평의 목소리다.

그런데 갑자기 그런 그의 앞에 마차 한 대가 달려와 섰다.

"어서오… 아이쿠 대협님!"

손님이 온 줄 알고 반색을 하던 황평이 마부석에 앉아 있는 시월을 발견하고는 얼른 고개를 숙이며 인사를 했다.

"아니, 목소리에 그렇게 힘이 없어서 어떻게 손님을 모으겠소? 밥도 못 얻어먹은 사람처럼!"

시월 옆에 앉아 있던 곽부가 타박을 했다.

"그, 그게… 지금 무량포에 모여든 사람들은 기녀를 끼고 술 마실 상황이 아니라서 말입니다. 불러도 오지 않으니 목소리에 힘이 있을 수 있나요."

"술 마실 상황이 아니라니 무슨 일이 있소?"

시월이 물었다.

"갑자기 무슨 보물 열풍이 불어서 말입니다. 무량포는 장사치들의 포구인데 갑자기 무인들이 몰려들어서 장사치들도 눈치를 보고 있지요. 무량포에서 혈사가 금지되어 있지만, 워낙 무림인들이 많이 모여들다 보니 언제 무슨 일이 일어날지 모르는 형국이지요."

"보물이라면 천보밀동의 장보도를 말하는 것이오?"

곽부가 물었다.

"어? 알고 계셨습니까?"

"그럼 모르겠소? 우리가 지금 제남에서 오는 길인데."

"하긴 제남이 이곳보다 소식이 빠른 곳이죠."

황평이 고개를 끄떡였다.

"루주는 어디 있소?"

시월이 물었다.

"장사가 안 되니 화가 나시는지 거처에서 잘 나오지 않으십니다."

"우리 거처는 준비되었소?"

시월이 다시 물었다.

그런데 그때 열려 있던 주루의 문을 통해 혈수금귀 석자부가 모습을 드러냈다.

"돌아오셨구려!"

마차 앞으로 다가온 석자부가 시월을 보며 말했다.

"장보도 때문에 마음고생이 많으시다고?"

시월이 위로하듯 말했다.

"흐흐, 걱정 마시오. 이 정도 일로 고민할 나는 아니니까. 그리고 흥청거리지 않을 뿐이지 간간히 조용히 술을 마시려는 손님들은 찾아오고 있소이다. 초원루가 망할 일은 없을 테니 걱정 마시구려."

"대인의 수완을 알고 있으니 걱정은 하지 않소. 그런데 우리 숙소는 준비되었소?"

시월이 앞서 황평에게 한 질문을 다시 했다.

그러자 석자부가 얼른 고개를 끄떡였다.

"당연히 준비되었소. 사실 주루보다 먼저 칠선문 대협들을 위한 숙소를 준비했소이다. 번거로운 것을 싫어할 것 같아서 아예 출입구도 상가 뒤편에 따로 마련했소. 갑시다."

지루하던 참에 할 일이 생겼다는 듯 석자부가 칠선문의 문도들을 이끌고 초원루 뒤쪽으로 향했다.

석자부가 마련한 칠선문 문도들의 거처는 그가 자랑할 만큼 아늑했다.

시월 등의 성격을 알고 있는 석자부는 화려함을 피하고 수수하게 거처를 꾸렸고, 그런 수수함이 칠선문 문도들의 마음을 편하게 만들어줬다.

이층의 숙소에서 창을 통해 시전을 내려다보면 작은 약재상이 보였는데, 그 또한 시월의 부탁으로 만든 약재상이었다.

"약재상은 약재를 다룰 줄 아는 노인 한 명을 고용해 맡겼소. 지금은 그냥 상인들이 가져온 약재 약간을 사서 다시 되파는 정도로 장사를 하고 있소. 뭐, 짐작하겠지만 그리 장사가 잘 되는 것은 아니오."

당연한 일이었다.

무량포에는 진귀한 약재를 다루는 큰 약재상들이 적지 않았다.

그런 약재상들 틈에서 포구 외진 곳에 작게 만든 약재상이 장사가 될 일이 없었다.

"조만간 잘될 것이오."

시월이 대답했다.

"그게… 저래서는 시간이 지나도 잘될 수가 없는데……"

석자부가 말꼬리를 흐렸다. 그로서는 약재상을 키울 자신이 없는 모양이었다.

그러자 시월이 대답했다.

"다음에 올 때는 이곳 다른 약재상들에게서 구할 수 없는 진귀한 약재들을 얼마간 가져올 것이오. 양은 작지만 아주 귀한 것들이라 분명히 비싸게 살 사람들이 나타날 것이오. 그렇게 귀한 약재를 소량으로 팔다 보면 결국 거래하는 사람이 늘어나게 될 것이오."

"어떤 약재들이기에……?"

석자부가 의구심이 든 표정으로 물었다. 그가 알기로 현재 무량포에서 거래되는 약재들보다 귀한 약재는 세상에서 찾기 힘들기 때문이었다.

당연히 그가 화의일맥이 다루는 약재에 대해 알 리가 없었다.

"그건 나중에 보며 알 것이고… 천보밀동의 장보도 말고 그동안 들은 강호의 소식은 없소?"

"뭐 특별한 것은… 애초에 그 보물 장보도에 대한 관심이 워낙 커서 다른 소문은 거의 들리지도 않소. 듣자 하니 그자가 무량포 근방에 있는 것 같다던데."

"토왕개가 말이오?"

시월이 되물었다.

"그렇소이다. 어쩌면 무량포 안에 들어와 있을 수도 있다고 하더이다. 생각해 보면 칼부림을 할 수 없는 무량포 만큼 그 늙은 거지에게 안전한 곳은 없을 테니……."

석자부의 말에 시월이 시선을 들어 무량포의 밤 풍경을 바라봤다. 석자부 말처럼 정말 토왕개가 이 무량포 어딘가에 있을 것 같은 느낌이 문득 들었기 때문이었다.

*　　　　　*　　　　　*

사삭, 삭!

미세한 공기 흐름이 만들어내는 소리에 시월은 눈을 떴다.

그리고 침상에서 일어나 창가로 다가섰다.

살짝 창문을 열자 어스름한 초승달 달빛 아래 검은 그림자들이 무량포 상가들의 지붕 위를 은밀하게 이동하는 것이 보였다.

"무슨 일이에요?"

시월의 움직임에 잠에서 깬 이화검이 침상에서 일어나며 물었다.

"밤에 움직이는 사람들이 있어요."

시월이 말했다.

그러자 이화검이 시월 옆으로 다가와 창밖을 보며 말했다.

"그일까요?"

그라면 지금 강호의 모든 관심을 받고 있는 토왕개를 말하는 것이다.

"글쎄요. 지금은 알 수가 없군요."

시월이 다시 창밖으로 시선을 주며 말했다.

그런데 그 순간 갑자기 무량포 상가 지붕 위를 움직이던 그림자들이 초원루가 있는 방향으로 달려오기 시작했다.

"이쪽으로 오고 있어요. 누군가 쫓기는 것 같아요."

이화검이 목소리를 낮추며 말했다. 조심하면서도 흥미로운 일이 생길 것 같다는 기대감에 들뜬 듯 보이는 이화검이다.

"일단 무슨 일이 생기는지 지켜봐야겠어요."

"사형들은요?"

이화검이 물었다.

소후 등은 두 사람과 다른 방을 쓰고 있었다.

석자부가 준비한 칠선문의 숙소는 방 두 개와, 그 사이에 제법 너른 대청이 있는 구조였다. 그래서 사형들은 방 하나를 부부인 시월과 이화검이 따로 쓸 수 있게 배려해 주었다.

"이미 깨어 있을 거예요. 인기척이 느껴져요."

시월이 방문 쪽을 보며 말했다.

"그걸 알 수 있어요?"

이화검이 놀란 듯 물었다.

"그게 우리 사형제들의 특징이죠."

시월이 미소를 지으며 말했다.

이화검 역시 칠랑의 수련 시절, 이들이 늑대와 같은 감각을 익힌 것을 알고 있었지만 그 재주들은 알면 알수록 신기했다.

그사이 그림자들이 어느새 초원루 맞은편 상가의 지붕 위에 도착했다.

그리고 그 즈음에 일곱 명의 검은 인영이 한 사람을 따라 잡아 에워쌌다.

'그인 것 같군.'

시월은 희미한 달빛이지만 검은 인영들에게 둘러싸인 사람이 토왕개라 불리는 늙은 거지임을 짐작할 수 있었다.

행색은 볼품없었고, 희미하게 보이는 얼굴도 지쳐 보였지만 그렇다고 두려움에 떠는 것 같지는 않았다.

노련한 고수의 풍모가 느껴지는 토왕개였다.

"토왕개! 이제 그만 물건을 넘겨라. 물건을 넘기면 네 목숨은 살려주라는 문주님의 명이 있었다. 문주께서 네게 큰 아량을 베푸신 것이다."

"풋! 겨우 살수 따위가……."

토왕개로 보이는 늙은 거지가 한 줄기 비웃음을 흘렸다.

"늙은이! 감히 혈마님의 호의를 거절하겠다는 것이냐?"

"적천혈마 본인이 와도 양보할 생각이 없는데, 겨우 살수 나부 랭이들이 날 협박할 수 있다고 생각하느냐?"

'적천혈마! 그럼 저 자들은 사혈문의 살수들이겠군.'

시월이 새삼스러운 눈으로 검은 그림자처럼 보이는 자들에게 시선을 주었다.

하나같이 날카로운 살기를 뿜어내는 자들이다. 손에 든 검은 검신이 가늘고 짧은 협검, 살수들이 애용하는 검의 모양새다.

삼십육마 중 한 명인 적천혈마 공후는 삼십육마의 난이 벌어지기 전부터 사혈문이라는 살수문을 이끌었다.

사혈문은 그 내력이 철저히 비밀에 싸인 문파였지만, 그 내부에 천지인 세 등급의 살수들이 있고, 그중 가장 낮은 인 급의 살수들조차도 강호에서 활동하는 일급 살수 이상의 능력을 가지고 있다고 알려진 절대마문 중 한 곳이었다.

그런 사혈문의 살수가 일곱이다.

아무리 뛰어난 전대의 개방 고수라 해도 일곱 명의 사혈문 살수를 상대하는 것은 간단한 문제가 아니었다.

"호의를 거부한다면 남은 것은 하나지. 널 죽이고 네 머리와 장보도를 가져가야겠다."

살수 중 한 명이 손을 들어 올리며 말했다.

그러자 살수들이 각기 다른 기수식으로 토왕개를 공격할 준비를 했다.

싸움은 순식간에 일어났다.

카카캉!

날카로운 병장기의 충돌음이 조용했던 무량포의 밤공기를 갈랐다.

무량포에서는 쉽게 들을 수 없는 싸움 소리다. 무량포가 생겨난 이후 무량포에서 혈사가 벌어진 것은 손가락으로 꼽을 정도였다.

그리고 그 혈사를 일으켰던 자들은 하나같이 무량포를 지배하는 신비대인 두란에 의해 목숨을 잃거나 무공을 잃고 폐인이 되었다.

그런 자들 중에는 무림의 일대마두나 손꼽히는 정파의 고수도 있었기에 어느 순간부터는 무량포에서 감히 싸움을 벌이는 자들이 사라졌다.

그런데 오늘 그 오랜 전통을 깨고 무량포의 밤하늘에 병장기의 충돌음이 요란하게 울리고 있었던 것이다.

"대단해요. 상대가 사혈문의 살수들인데……."

창문을 통해 토왕개와 사혈문 살수들의 싸움을 지켜보고 있던 이화검이 한순간 탄성을 흘렸다.

그도 그럴 것이 천하십대고수라해도 상대하기 힘든 사혈문의 살수 일곱을 상대로 토왕개가 크게 밀리지 않고 있었다.

그건 토왕개가 사람들이 평가하는 것 이상의 고수라는 의미였다.

하지만 그래도 혼자서 사혈문의 살수 일곱을 상대하는 것은 버거운 일이었다.

어느 순간부터 토왕개가 조금씩 동쪽으로 밀려나기 시작했다.

본래 초원루가 자리 잡은 곳은 무량포 동북쪽 끝자락이었기에 바다와 가까웠다.

초원루에서 상가 서너 채만 지나면 바로 바다였다.

남쪽 해안가와 달리 백사장이 없는 북동쪽 해안가는 산비탈 아래 몇 척의 배가 묶여 있는 작은 접안대와 접해 있었다.

그곳까지 밀려가면 토왕개는 더 이상 물러날 곳이 없었다.

차차창!

살수들의 공세는 더욱 치열해졌다. 그럴수록 늙은 토왕개는 부쩍 힘겨워했다.

뒤로 물러나는 것도 이제는 거의 한계에 다다라 있었다.

바닷가와 접한 낮은 절벽 위에 위태롭게 서 있는 마지막 상가의 지붕 위에서 토왕개는 생사의 갈림길에 서 있었다.

"이제 한계인가요?"

토왕개가 마지막 상가의 지붕 위에서 위태롭게 살수들을 상대하는 것을 보며 이화검이 안타까운 표정으로 말했다.

"글쎄요……"

시월이 확답을 피했다.

"아직 기회가 있다고 보는 거예요?"

이화검이 의아한 표정을 지으며 시월을 바라봤다.

자신이 볼 때 이 싸움은 끝난 것이나 마찬가지였다. 토왕개가 살수들을 피해 더 이상 물러날 곳이 없었기 때문이다.

바다로 뛰어드는 것이 유일한 방법이지만 그렇다고 살수들이 그를 바다로 뛰어들게 놔둘 것 같지도 않았고, 설혹 바다로 뛰어든다 해도 배가 없는 이상 영원히 바다에 머물러 있을 수도 없었다.

그럼에도 시월은 토왕개에게 아직 기회가 있다고 생각하는 것 같았다.

시월은 전혀 다른 이유로 토왕개의 운이 아직 끝나지 않았다고 생각하고 있었다.

"다른 자들이 토왕개가 죽어 장보도가 저들에게 넘어가게 놔두지 않을 겁니다."

"다른 자들이요? 아!"

한순간 이화검이 나직하게 탄성을 흘렸다.

토왕개와 살수들의 싸움에 정신이 팔려 있는 동안 어느새 무량포 상가들의 지붕 위에 적지 않은 숫자의 무림인들이 모습을 드러내고 있었던 것이다.

"우리도 나가봐요."

시월이 갑자기 이화검의 손을 잡더니 창밖으로 몸을 날렸다.

*   *   *

상가 지붕 위에서 토왕개의 싸움을 지켜보고 있는 무림인은 생각보다 많았다.

못해도 수십 명의 무인들이 무량포 상가 지붕에 올라와 있었다.

그들은 언제라도 장보도 쟁탈전에 뛰어들 기세로 토왕개와 살수들의 싸움을 지켜보고 있었다.

그즈음 토왕개는 거의 내공이 바닥나 더 이상 싸울 여력이 없는 듯 보였다.

결국 싸움을 포기했는지 갑자기 토왕개가 손을 들어 살수들을 제지했다.

"잠깐!"

토왕개의 외침에 살수들이 잠시 공격을 멈췄다.

그러자 토왕개가 품속에서 둥근 대나무 통을 꺼냈다.

그러고는 살수들과 그의 싸움을 지켜보고 있는 무림인들을 향해 외쳤다.

"모두! 이 장보도를 원하시오?"

"당장, 내놔라!"

가장 가까이 있던 사혈문이 살수가 손을 내밀었다.

하지만 토왕개는 대나무 통을 흔들며 말했다.

"아니, 아니, 이걸 가져가려면 다른 사람들의 동의를 받아야지 않겠소. 어떻소? 이 천보밀동의 장보도를 사혈문에 넘겨도 되겠소?"

토왕개가 멀찍이 떨어져 있는 무림인들을 향해 소리쳤다.

그러자 즉시 무림인들 중에서 노성이 터져 나왔다.

"안될 말이오. 무림의 기보를 어찌 사악한 살수들 따위에게 넘긴단 말이오!"

"맞소. 그럴 수는 없소. 마문에 그 보물이 들어가면 마련은 그 재물을 가지고 세상에 큰 혈난을 일으킬 것이오. 마련에 속한 마문에게 장보도를 넘기면 토왕개께서는 영원히 무림인들의 원망을 들을 것이오!"

여기저기서 반발의 목소리가 흘러나왔다.

그러자 사혈문의 살수가 살기를 뿜어내며 외쳤다.

"감히 누가 사혈문의 행사를 방해하는가. 용기 있는 자는 앞으로 나서 보라!"

사혈문 살수의 경고에 장보도를 사혈문에 넘기는 것을 반대하던 자들이 움찔하며 입을 닫았다.

사람들에게 섞여 있을 때는 모르지만, 홀로 사혈문의 살수들을 상대할 용기가 있는 자가 장내에 없었던 것이다.

그렇게 무림인들을 침묵시킨 사혈문의 살수가 토왕개에게 시선을 돌렸다.

"늙은이. 이제 그만 장보도를 내놔라. 이게 마지막 기회다!"

사혈문 살수가 토왕개를 향해 손을 내밀었다.

그런데 그 순간 토왕개가 갑자기 북쪽으로 시선을 돌리며 소리쳤다.

"무량포의 주인께서는 어떻게 생각하시오? 이대로 장보도를 사혈문에 넘겨도 되겠소?"

순간 장내의 인물들이 놀란 눈으로 북쪽 방향으로 시선을 돌렸다.

사혈문의 살수들도 마찬가지였다.

그들이 아무리 대단하다해도 무량포에서 싸움을 벌인 이상 신비대인 두란의 반응이 걱정될 수밖에 없었다.

그렇게 사람들의 시선이 모두 북쪽으로 쏠리자 북쪽 상가들의 지붕 어디쯤에선가 한기가 느껴지는 묵직한 목소리가 들려왔다.

"난 천보밀동의 장보도가 누구 손에 들어가든 아무 관심이 없다. 하지만! 적어도 이 무량포에서 감히 이런 소란을 벌인 자들을 용서할 수는 없다. 그러니 그대들은 모두 도검을 내려놓고, 무량포의 법을 어긴 죄를 받을 준비를 하라!"

북쪽에서 들려오는 신비대인 두란의 말이 끝나기도 전에 십여 명의 자색 옷을 입은 무인들이 바람처럼 지붕 위를 달려와 사혈문 살수들을 막아섰다.

그리고 뒤를 이어 얼굴을 흰 면사로 가리고 금실로 수놓은 장삼을 걸친 인물이 마치 미끄러지듯 지붕들을 날아 넘어 사람들 앞에 내려섰다.

이 인물이야말로 어둠 속에서 무량포를 지배하는 신비대인 두란이었다.

제 7장
—
우연이 겹치면…….

신비대인 두란의 등장으로 장내의 상황은 완전히 변했다.

사혈문의 살수들은 토왕개에게서 장보도를 받아내는 대신 자신들이 목숨을 걱정해야 하는 처지에 몰렸다.

"…무량포의 법을 어긴 것에 대해서는 사죄하겠소. 다만, 위대하신 적천혈마님의 체면을 보아 이번 한 번만 눈감아주시길 부탁드리겠소."

살수답지 않은 정중한 말이 사혈문의 살수 입에서 흘러나왔다.

그러자 신비대인 두란이 차가운 말투로 말했다.

"감히, 엎드려 비는 대신 적천혈마의 이름을 가지고 날 협박하려 하느냐?"

팟!

말이 끝나기도 전에 신비대인 두란의 손에서 밝은 빛이 번쩍였다.

빛은 한순간에 사오 장을 날아가 적천혈마의 이름을 들먹인 살수를 스치고 지나갔다.

"욱!"

살수의 입에서 나직한 신음소리가 흘러나왔다.

수십 년을 살수로 살아온 본능으로 급히 몸을 움직였지만 비도가 그의 옆구리를 베고 지나가는 것을 완전히 피하지는 못한 것이다.

스슥!

갑작스레 동료가 공격을 당하자 사혈문의 살수들이 재빨리 신비대인 두란과 그 수하들을 상대로 싸우기 위한 진형을 갖췄다.

그런 사혈문의 살수들을 보며 신비대인 두란이 이번에도 예상치 못한 행동을 했다.

"난 장사꾼이다. 쓸데없이 사람을 죽이지 않지. 또한 어쩔 수 없이 사람을 죽여도 무량포에서 피를 보기는 싫다. 무량포는 상인들의 포구, 나 역시 상인의 법을 따라 사는 사람이다. 그래서 너희들의 죄 역시 상인의 법에 따라 그 대가를 받겠다."

"뭘 원하는 것이오?"

두란의 비도에 깊은 부상을 입은 살수가 물었다.

그의 목소리에는 기습으로 자신에게 부상을 입힌 두란에 대한 분노보다 두란이 보여준 그 놀라운 비도술에 대한 두려움이 더 크게 담겨 있었다.

"너희 중 하나만 무량포를 떠날 수 있다. 돌아가서 적천혈마에게 전하라. 다음 야시 때까지 너희 일곱의 목숨값을 가져오라고. 일곱의 목숨값은 금 일백 냥이다. 무리한 금액이 아님을 잘 알 것이다. 오히려 너무 싸지. 하지만 적천혈마 같은 자에게 수하들 목숨 따위 얼마나 가치가 있겠느냐. 어쩌면 금 일백 냥이 아까워 너희들 목숨을 버릴지도 모르겠구나."

신비대인 두란이 경멸 어린 목소리로 말했다.

"미안하지만 그 제안은 받아들일 수 없구려."

부상을 입은 몸이지만 사혈문 살수의 목소리는 차갑고 단호했다.

그 역시 알고 있었다. 적천혈마가 결코 자신들을 위해 금자를 쓰지 않을 거란 걸. 오히려 신비대인 두란에게 항복했다는 이유로 자신들의 목숨을 취할 사람이 적천혈마였다.

"좋아. 그럼 긴 말 필요 없겠지. 모두 제압한다."

신비대인 두란이 수하들에게 명을 내렸다.

그러자 그의 수하들이 일제히 적천혈문의 살수들을 향해 날아들었다.

차차창!

다시 무량포 상가 지붕 위에서 요란한 싸움이 시작됐다.

그리고 그 싸움은 이내 사람들을 놀라게 만들었다.

"엇?"

"저런……!"

비록 숫자가 많다지만 신비대인 두란의 수하들은 압도적인 힘으로 사혈문의 살수들을 무너뜨리고 있었다.

그 무공의 강력함은 물론이거니와 단단한 그물처럼 형성된 그들의 검진은 살수들을 단숨에 옭아매 그들이 가진 그 무서운 살법을 제대로 쓸 수 없게 만들었다.

사혈문의 살수들은 마치 그물에 걸린 고기처럼 허우적거리다 결국 상대의 검에 베여 쓰러져 갔다.

그런데 싸움이 그렇게 일방적으로 기울어지는 순간, 갑자기 다시 한번 예상치 못한 일이 벌어졌다.

"구해줘서 고맙소. 다음에 술 한 잔 사겠소!"

팟!

사람들의 시선이 신비대인 두란의 수하들과 사혈문 살수들의 싸움에 집중된 틈을 타서 어느새 토왕개가 몸을 날려 작은 배들이 묶여 있는 절벽 아래로 뛰어내리고 있었다.

그런데 더 이상한 것은 그를 추격하는 사람이 아무도 없다는 것이었다.

그의 손에 천보밀동의 장보도가 들어 있다는 것을 모두가 알고 있는데도 사람들은 토왕개를 추격하지 않았다.

어찌 보면 당연한 일이었다.

토왕개를 추격하는 순간 무량포의 법을 어기게 되어 신비대인 두란을 상대해야 하기 때문이었다.

사혈문의 살수들은 자신들 목숨 지키는 것도 어려운 상황이었고, 신비대인 두란은 장보도에 아무 관심이 없는 듯 토왕개를 추격할 생각을 하지 않았다.

그사이 작은 배에 올라탄 토왕개가 돛을 펼치고 급하게 노를 젓기 시작했다.

밤바다 차가운 바람이 토왕개가 탄 배를 빠르게 바다로 밀어냈다.

"배 값은 나중에 몇 배로 갚겠소!"

배 위에서 토왕개가 신비대인을 향해 소리쳤다.

그러자 신비대인이 담담한 목소리로 말했다.

"토왕개 왕흠! 쫓을 수 없어서 살려 보내는 것이 아니다. 바다라고 그대가 안전할 것 같은가? 바다에서는 오히려 숨을 곳이 없으니 당신은 내일 하루를 넘기지 못하고 물고기 밥이 될 것이다. 그게 내가 당신을 쫓지 않는 이유다. 이미 죽음이 예정된 자를 쫓는 노력을 할 필요가 없으니까."

"하하하! 그렇소? 그럼 내가 살아나도 난 신비대인께 진 빚이 없는 거요!"

"그렇게 하지. 내 판단이 잘못된 것에 대한 대가는 내가 치러야하니까."

철저히 상인의 논리로 세상을 바라보는 신비대인 두란의 말이다.

"고맙소. 그리고 난 아마 살아남을 거요. 하하하!"

토왕개 왕흠의 호탕한 웃음소리가 들려오고 그가 탄 작은 배가 어두운 밤바다 속으로 사라져갔다.

"컥!"

마지막 한 명을 끝으로 사혈문의 살수들이 모두 지붕 위에 너부러졌다.

"끝났습니다."

사혈문의 살수들을 제압한 신비대인 두란의 수하 중 한 명이 두란에게 고개를 숙이며 말했다.

"좋아. 수고했다. 모두 데려가서 뇌옥에 가둬라."

"옛, 대인!"

대답을 한 수하가 동료들과 함께 사혈문의 살수들을 둘러메고 지붕에서 내려갔다.

그러자 신비대인 두란이 여전히 지붕 위에 남아 자신을 바라보고 있는 무림인들을 향해 포권을 해보인 후 입을 열었다.

"무량포를 찾아준 손님들께 소란스러운 모습을 보여드려 죄송하오. 보물은 사람의 평정심을 잃게 만드는 마물이기도 한데, 토왕개가 가진 천보밀동의 장보도 역시 그런 마물인 것 같소. 아무튼 소란은 끝났으니 이제 그만 돌아들 가셔서 편히 쉬시기 바라오. 그럼!"

신비대인 두란이 다시 한번 포권을 해보인 후 갑자기 지붕 위에서 사라졌다. 마치 처음부터 그곳에 존재하지 않았던 사람처럼.

신비대인 두란이 사라지자 지붕 위에 올랐던 무인들이 썰물 빠지듯 사라졌다.

시월과 이화검도 거처로 돌아가려는 데 문득 소후의 목소리가 들렸다.

"어때 보여?"

소후가 자신들이 머무는 방의 창문을 열고 지붕 위에 있는 두 사람을 바라보고 있었다. 그의 뒤쪽으로 도원과 곽부의 모습도 보인다.

"보고 계셨어요?"

"이런 소란에 잠이 오겠냐?"

소후 대신 곽부가 대답했다.

"그럼 지붕으로 올라오지 않고 왜 방 안에서 보고 계셨어요?"

"귀찮아서! 여기서도 잘 보이던데 뭐."

곽부가 어깨를 으쓱하며 대답했다.

"그의 무공은 어땠어?"

소후가 다시 물었다. 아마도 그는 신비대인 두란의 무공에 관심이 가는 모양이었다.

"비도 하나 날린 게 전부라도 정확하게 평가할 수는 없어요. 하지만… 적어도 삼십육마보다 약하지는 않을 것 같아요. 기도가 대단하더라고요."

"음… 삼십육마라. 그런 사람이 왜 상인 흉내를 내는 거지?"

신비대인 두란은 사혈문의 살수들을 상대할 때도 상인처럼 행동했었다.

"그게 무량포를 이끌어가는데 더 유리하기 때문 아닐까요?"

이화검이 말했다.

"음… 그럴 수도 있겠군요. 그를 무림인으로 인식하는 순간, 정사 양도의 무림인들이 무량포를 비밀스러운 시장으로만 보지는 않을 테니까요."

소후가 고개를 끄떡였다.

그러자 시월이 말했다.

"아무튼 어르신이 오시면 바로 떠나야겠어요."

"그게 좋겠다. 무량포에서까지 칼부림이 났으니 이제 이 주변에 위험하지 않은 곳이 없을 거야."

소후가 동의했다.

"그는 무사할까요?"

문득 도원이 창밖으로 머리를 내밀어 검은 밤바다를 보며 물었다.

배를 타고 도주한 토왕개를 두고 하는 말이다.

"재주를 보면 살 수 있을 것 같은데, 신비대인의 말처럼 바다에 서라고 그를 추격하는 자들이 없을 것 같지 않아. 그러니 안전하다 장담할 수 없지. 아마 배를 구할 수 있는 자들은 오늘 밤 모두 그를 추격하기 위해 바다로 나갈 거야."

소후가 말했다.

"이래저래 그는 정말 살아남기 어렵겠군요."

도원이 중얼거렸다.

"뭐, 자기가 선택한 일인데. 만약 그가 그 장보도를 포기했다면 이런 일도 없었을 것 아냐."

곽부가 퉁명스럽게 말했다.

"그렇긴 하지. 하여간 세상 모든 문제는 다 그놈의 욕심 때문에 일어나지."

도원이 중얼거렸다.

*   *   *

소사공이 용선을 가지고 온 것은 토왕개가 무량포에서 한바탕 소란을 벌인 지 하루가 지난 후였다.

소사공은 혹시라도 급한 일이 생길까 봐 약속한 날짜보다 삼일 먼저 용선을 끌고 무량포 먼바다에 나타난 것이다.

시월과 사형제들이 용선이 도착한 것을 알아채는 것은 어렵지 않았다.

용선은 외양을 평범한 배로 보이게 위장했지만, 돛대 위에서 휘날리는 북두칠성의 깃발은 명확하게 보이기 때문이었다.

북두칠성의 깃발을 칠선문의 표시로 사용하자는 의견은 소향로가 낸 것이었다.

시월 등 일곱 사형제에 의해 만들어진 칠선문이므로 일곱 개의 별로 구성된 북두칠성이 칠선문과 어울린다고 생각했던 것이다.

이후부터 용선은 그 북두칠성이 수 놓인 깃발을 돛대에 걸고 있었다.

"어서들 오게!"

작은 소선에 짐을 잔뜩 싣고 온 시월 일행을 용선 위에서 소사공이 맞이했다.

"어떻게 이렇게 일찍 오셨습니까?"

소후가 배 위의 소사공을 보며 물었다.

"이 아이가 서둘러 가보자고 재촉을 해서!"

소사공의 말에 소향로가 불쑥 배 난간 위로 얼굴을 내밀었다.

"오라버니들, 여행은 즐거우셨어요?"

"어? 향로도 왔구나!"

곽부가 반가운 얼굴로 소리쳤다.

"아버지 혼자 용선을 몰고 나오시는 게 걱정이 되어서 같이 왔어요."

"후후, 심심해서가 아니고?"

소후가 되물었다.

"헤헤, 물론 그런 이유도 있죠. 더군다나 만화도에 있으면 스승님이 쉴 틈 없이 의술 수련을 시키시니 나도 잠깐 쉬고 싶었어요."

"화노께서 마음이 급하신 모양이구나."

"그러게 말이에요. 연세는 있으셔도 건강이 좋으셔서 백 세는 충분히 넘기실 텐데 왜 그렇게 조급하게 생각하시는지 모르겠어요."

소향로가 투덜거렸다.

"그게 다 널 아껴서 그런 것 아니냐. 화노 형님의 마음을 고맙게 생각해야 해."

소사공이 소향로에게 충고했다.

"알아요. 하지만 가끔은 힘들단 말이에요. 아무튼 이제 오라버니들과 화검 언니가 돌아왔으니 덜 심심하겠네. 모두 무사 귀환을 환영합니다!"

소향로가 두 팔을 벌리며 소리쳤다.

"자자, 이야기는 나중에 하고 먼저 짐들을 올리게!"

소사공이 시월 등을 재촉했다.

소사공의 지시에 따라 시월 등이 제남과 무량포에서 구한 물건들을 용선에 옮겼다.

짐을 옮긴 후에는 소선에 끈을 달아 용선의 측면에 매단 후 지체하지 않고 만화도를 향해 배를 출발시켰다.

무량포 인근 바다에서는 여전히 토왕개에 대한 추격전이 벌어지고 있을 것이 분명했다.

시월 등은 절대 그 분란에 휩싸이고 싶지 않았다.

*   *   *

쿠릉 쿠르릉!

외롭게 떠 있는 바다 위 섬에 한 줄기 벼락이 내리쳤다.

쩌저적!

벼락을 맞은 나무가 그대로 갈라지면서 땅에 쓰러졌다.

쏴아아!

뒤를 이어 기다렸다는 듯이 화살 같은 빗줄기가 쏟아졌다. 대낮임에도 불구하고 사위는 밤처럼 어두웠다.

폭우를 쏟아내는 하늘은 쉽게 햇빛을 보여줄 것 같지 않았다.

바다에 익숙한 사람이라면 이 폭우가 쉽게 끝나지 않을 거라는 걸 누구나 짐작할 수 있었다.

이런 거친 폭우 속에서 배를 몰고 바다로 나갈 사람은 없다. 당연히 벼락이 내리친 무인도에도 사람이 있을 수가 없었다.

사람은커녕 짐승조차도 이런 날씨에는 토굴에 틀어박혀 폭우가 지나가길 기다린다.

그런데 놀랍게도 천둥이 치고 벼락이 내리꽂히는 와중에도 비를 맞으며 움직이는 사람이 있었다.

사람이 살지 않는 바다 위 외로운 무인도에서.

"훅훅!"

비를 피할 생각도 없이 비탈진 산길을 달리는 사내는 봉두난발에 옷은 해져서 전쟁터에서 갓 살아 돌아온 사람 같았다.

번쩍!

쿠르릉!

다시 번개가 번쩍이고 천둥이 쳤다.

순간 산을 오르는 사내의 뒤쪽으로 수십 명의 인영이 보였다가 사라졌다. 사내는 쫓기고 있었던 것이다.

폭우 속의 추격전은 이각 여를 넘지 못했다.

사내가 쫓기는 곳은 작은 섬이어서 산이라고 해봐야 야트막한 야산에 지나지 않기 때문이었다. 도망자는 그래서 순식간에 산의 정상을 넘어 섬의 동쪽 끝에 위치한 절벽 위에 도달했다.

"젠장……!"

사내가 더 이상 갈 곳이 없는 절벽 위에서 파도치는 검은 바다를 보며 욕설을 내뱉었다.

그러는 사이 그를 추격해 온 수십 명의 사람이 사내를 둥글게 포위했다.

"토왕개, 그만 포기하라!"

사내를 둘러싼 사내들 중에서 마기를 물씬 풍기는 검은 옷을 입은 노인이 소리쳤다.

섬으로 들어와 작은 야산을 따라 도주하던 봉두난발의 사내는 천보밀동의 위치가 그려진 장보도를 지키기 위해 천하 무림인을 피해 달아나고 있던 토왕개 왕흠이었다.

"천보밀동의 보배가 대단하긴 하군. 창해문에 쫓겨 황해에서 꼬리를 말고 달아났던 해룡마궁의 마졸까지 나타나다니. 탁발로! 네가 이 장보도의 주인이 될 수 있을 것 같으냐?"

토왕개 왕흠이 검은 무복의 노인, 해룡마궁이 자랑하는 해룡삼마 중 첫손가락에 꼽히는 탁발로를 보며 비웃었다.

"내 걱정을 할 때가 아닌 것 같은데? 그 장보도를 계속 들고 있는 한, 이곳이 결국 네 무덤이 될 것이다. 그러니 어서 장보도를 내놓아라!"

탁발로가 자신을 비웃는 토왕개를 진득하게 설득했다.

그런데 그때 갑자기 다른 사람이 입을 열었다.

"왕 장로, 왜 사서 이런 고생을 하시는가. 개방의 사람이면 개방에 의지해야지. 애초에 장보도를 손에 넣었을 때, 개방으로 복

귀했다면 이런 고생을 할 이유가 없었지 않나. 이제 그만 개방으로 가세."

"천구검 사형께서도 오셨구려."

토왕개가 말을 한 노인에게 아는 척을 했다.

노인은 허리에 아홉 개의 매듭을 한 구결의 개방 장로 천구검 손일이다. 개방에서는 방주 탁공을 제외하고는 가장 무공이 뛰어나다고 알려진 인물로 개방 이인자로 여겨지고 있었다.

"이 일은 결국 개방의 중대사인데 내가 오지 않을 수 있나. 방주께서 친히 오시는 것이 맞겠지만, 맹에 일이 있어서 그리하실 수는 없었네."

천구검 손일이 다른 사람들은 안중에도 없고, 다만 이 일이 개방 내의 문제라는 듯 행동했다.

그런 손일을 보며 토왕개가 한숨을 쉬었다.

"사형, 사형께서는 제가 이 장보도에 욕심이 있어서 개방으로 가져가지 않았다고 생각하십니까?"

"…물론 그렇게 생각하지 않네. 사제는 예전부터 욕심이 없었지. 도굴한 재물들도 모두 가난한 아이들과 거지들에게 나눠주었으니까. 그래서 사실 의문이었네. 왜 자네가 목숨까지 버리면서 그 장보도를 지키려 하는지……."

천구검 손일이 정말 궁금하다는 듯 말했다.

그가 아는 토왕개 왕흠은 물욕이 없는 사람이었다. 오히려 가진 것을 남에게 주지 못해 안달이 난 사람이었다.

그래서 애써 도굴한 재물들을 모두 타인에게 나눠주는 바람에 개방의 수뇌부와 다투고 개방을 떠났던 사람이 토왕개였다.

아무리 천보밀동의 보물이 대단해도 그 보물들에 욕심을 낼 토왕개가 아니라는 것을 손일은 알고 있었다.

그러자 토왕개 왕흠이 입을 열었다.

"전 이 장보도의 진위를 의심하고 있습니다. 이 장보도가 제 손에 들어온 과정도 의문이고, 또 장보도가 내게 있다는 소문이 바로 강호에 퍼진 것도 이해할 수 없는 일이지요. 전 이 일에 반드시 누군가의 음모가 개입되어 있다고 생각합니다. 그래서 이 장보도를 세상에 내놓지 못하는 겁니다. 누군가 일부러 이 장보도를 만들었다면, 그건 나 토왕개 하나를 함정에 빠뜨리자고 한 일은 아닐 테니 말입니다."

"무슨 말인지 알겠네. 하지만 설혹 그 장보도가 누군가 음모를 꾸미기 위해 만든 가짜라고 할지라도 개방에서 그 진위를 밝히면 되는 일 아닌가?"

손일이 물었다.

그러자 토왕개가 되물었다.

"장보도가 가짜라는 개방의 말을 강호인들이 믿겠습니까?"

"…후, 그렇군. 누구도 그 말을 믿지 않겠지. 그렇다면 맹으로 가져가면 될 것이 아닌가?"

손일이 다시 물었다.

그러자 또 다른 자가 입을 열었다.

"천구검 노사의 지적이 지당하오. 그 장보도를 맹으로 가져가 그 진위를 밝히는 것이 순리일 것이오."

"뉘시오?"

손일의 말을 거드는 초로의 노인을 보며 토왕개가 물었다.

"난 창해문의 장문휴요. 토왕개 노사의 명성은 오래전부터 듣고 있었는데, 오늘에서야 이렇게 만나게 되었구려."

노인이 자신의 정체를 밝히자 놀란 것은 토왕개가 아니라 앞서 토왕개를 협박했던 해룡마궁의 마인 탁발로였다.

창해문과 해룡마궁은 삼십육마의 난 당시에 바다의 주도권을 놓고 치열한 싸움을 벌였던 사이다.

그 싸움에서 결국 창해문이 승리를 거뒀는데, 그로 인해 해룡마궁은 한동안 황해에 배를 띄우지 못할 정도로 궤멸적인 타격을 입었었다.

그런 두 문파의 무인들이 만났으니 장내에 긴장감이 돌지 않을 수 없었다.

하지만 일단 창해문의 무인들이나 해룡마궁의 마인들이 서로를 향해 검을 들이밀 일은 없었다. 서로에 대한 적대감이 대단하기는 하지만 지금 그들에게 중요한 것은 토왕개 품속에 있는 천보밀동의 장보도이기 때문이었다.

"창해문까지… 오늘 이곳에 전 무림의 주요 인사들이 모두 모인 것 같구려. 저 숲에도 적지 않은 자들이 숨어 있는 것 같고……."

토왕개 왕흠이 폭우로 인해 밤처럼 변한 숲을 바라봤다.

그의 말대로 숲에도 적지 않은 무인들이 숨어서 그들에게 장보도를 취할 기회가 오기를 기다리고 있었다.

"천보밀동의 보물이라면 맹이 나서지 않을 수 없는 일이오. 더군다나 이 바다에서 벌어지는 일에 본문이 관여하지 않을 수 없었소. 노사께서 현명한 판단을 해주시기 바라오."

창해문의 고수 장문휴가 토왕개를 설득했다.

그러자 토왕개가 잠시 생각에 잠겼다가 입을 열었다.

"상식적으로 보자면 난 의천무맹에 이 장보도를 건네고 맹의 보호를 받아야 마땅하오. 하지만 설혹 내가 이 장보도를 맹에 넘긴다고 해도 이 장보도가 가짜인 것이 분명한 이상 나는 끊임없이 맹과 천하무림의 의심을 받게 될 것이오. 혹시라도 내가 진짜를 다른 곳에 숨기지 않았나 하는……."

"사제, 그게 무슨 말인가? 우리 개방은 사제의 말을 신뢰할 것이네. 또 타인으로부터 사제를 지킬 것이네. 반드시!"

천구검 손일이 얼른 말했다.

그러자 토왕개가 미소를 지으며 고개를 저었다.

"제가 이 장보도를 손에 넣은 것이 한 달여쯤 되었지요. 그 직후부터 수많은 사람의 공격을 받았는데, 그중에는 정파의 무림인도 있었습니다. 그리고 개방은 이미 보름 전부터 제 뒤를 따르고 있었지요. 그런데 제가 여러 번 마인은 물론 정파 무림인들의 공격을 받았을 때도 개방은 절 돕지 않았습니다. 오히려 제가 궁지에 몰리기를 기다렸지요. 오늘처럼 말입니다. 그럼 제가 어쩔 수 없이 개방의 도움을 청할 거라 예상했을 겁니다."

"아닐세. 다만 우리가 조금씩 늦었을 뿐이네."

손일이 얼른 변명했다.

"그런가요? 후후, 세상에서 가장 밝은 눈과 빠른 귀를 가진 개방인데… 어쨌든 좋습니다. 난 이 장보도를 맹에 전한다 해도 제가 안전할 거란 믿음이 없습니다. 이 장보도가 가짜인 이상 전 영원히 사람들에게 의심받으며 추격을 당하겠지요. 전 그런 삶을 원치 않습니다. 그래서⋯⋯."

토왕개가 슬쩍 자신의 등 뒤 검은 바다를 바라봤다.

"사제, 무슨 생각을 하는 건가?"

"세상일이란 언제나 원하는 대로 되지 않지요. 제가 도굴을 해 굶주린 아이들을 먹이는 일이 개방을 떠나는 이유가 되었듯이 말입니다. 그래서 전 이제 제 목숨을 하늘에 맡겨 보려고 합니다."

"다른 생각 말게."

손일이 토왕개를 향해 달려들 듯한 자세를 취하며 말했다.

순간 토왕개가 갑자기 나무통에서 천보밀동의 장보도를 꺼내 양손으로 잡아 찢었다.

좌악!

아무리 기름을 먹인 양피지라도 무공 고수의 힘을 당할 수는 없다. 토왕개의 손에 천보밀동의 장보도가 찢어지는 것을 장내의 무인들이 경악스러운 시선으로 지켜봤다.

그리고 다음 순간 토왕개가 다시 한번 더 장보도를 찢더니 사 분된 장보도를 허공에 던져 버렸다.

"난 강호를 위해 그 장보도를 가지고 사라지려 했지만, 무림이 그걸 원치 않으니 나도 이젠 어쩔 수 없소. 이 일에는 반드시 음모 가 도사리고 있으나 내 경고를 믿을 사람은 아무도 없다는 걸 이 제야 깨달았소. 그래서 그 장보도를 무림에 돌려주니 알아서들 판 단하시오. 나도 내 운명을 시험해 봐야겠소!"

쩌렁쩌렁한 목소리를 폭우 속에서 토해낸 토왕개가 갑자기 몸 을 날려 절벽 아래로 뛰어내렸다.

"사제!"

천구검 손일이 급히 절벽 끝으로 달려왔을 때는 이미 토왕개의 몸이 검은 바닷속으로 사라지고 난 후였다.

"이런 바보 같은……!"

목숨을 걸고 모험을 한 토왕개가 안타까워 손일이 부르르 몸을 떨었다.

하지만 다른 사람들은 토왕개가 바다에 몸을 던진 일에는 관심이 없었다. 그들은 토왕개가 네 조각으로 찢어 던진 천보밀동의 장보도를 차지하기 위해 드디어 도검을 뽑아 들고 서로를 죽이기 시작했다.

그렇게 황해의 이름 모를 무인도에서 조각난 장보도를 두고 일백여 명에 이르는 무림인들이 혈전을 벌이기 시작했다.

*   *   *

바다는 여전히 사납게 울어대고 있었다.

용선은 폭우 속을 조심스럽게 이동했다. 날이 좋은 날 순풍을 타면 이삼일이면 만화도에 도달할 수 있지만, 폭우 속에서는 그런 속도를 낼 수 없었다.

바람은 강하지만 돛을 펼치고 항해하는 것은 죽음을 자초하는 일이다.

이렇게 폭우가 내릴 때는 돛을 내리고 해류의 흐름에 배를 맡겨야 한다. 속도에 욕심을 내는 대신 큰 파도를 피해 배를 모는 것이 노련한 뱃사람이 폭우를 헤쳐나가는 유일한 방법이었다.

다행스럽게도 하루가 지나자 천둥번개는 잦아들었다. 내리는 빗줄기는 여전히 굵었으나 난파당할 염려는 없었다.

그렇다고 용선이 속도를 내는 것은 아니었다. 바람이 거칠고 파도가 높아 돛을 펼칠 수 없었고, 노를 저을 수는 있은 사람도 부족했다.

더군다나 조금 빨리 가겠다고 노를 저어 힘을 뺄 이유가 없는 칠선문의 문도들이었다. 대신 칠선문의 문도들은 선실에 모여 비오는 바다를 구경하고 있었다.

"그래도 태풍이 아니어서 다행이에요. 태풍이었다면 지나가는 며칠 동안 움직이지 못했을 거예요. 하지만 이 정도 폭우는 용선이 능히 헤쳐나갈 수 있으니까."

소향로가 뱃전에 부딪히는 빗줄기를 보며 말했다.

"용선도 태풍은 못 뚫습니까?"

곽부가 소사공에게 물었다.

"태풍을 뚫고 항해할 배는 세상에 없네. 그때는 배의 문제가 아니라 운수의 문제가 되지. 각자 타고난 수명을 예측해 보려면 올여름 태풍이 왔을 때, 배를 몰고 바다로 나가 보게. 그럼 자신의 명이 긴지 아닌지 알게 될 걸세."

소사공이 웃으며 말했다.

"무슨 농담을 그렇게 살벌하게 하십니까? 목숨을 걸고 태풍 치는 바다에 나가 보라니. 어휴……!"

곽부가 생각만 해도 끔찍하다는 듯 몸을 떨었다.

그런데 그때, 불현듯 시월이 정색을 하며 말했다.

"그 운명을 시험하는 사람이 있는 모양입니다. 저기 사람이 있어요."

그가 의지하고 있는 것은 작은 통나무 하나였다. 폭우가 내리면 섬 주변 바다에는 크고 작은 사목들이 떠다닌다.

폭우로 섬에서 밀려 나와 바다로 들어온 것들인데, 그는 그런 통나무 하나에 매달려 있었다.

콰아!

집채만 한 파도가 그를 덮쳤다. 그의 모습이 순식간에 수면에서 사라졌다. 하지만 파도의 봉우리가 내려가면 다시 머리가 떠올랐다.

"일단 구하죠."

바다에 표류하는 사람을 발견한 후 잠시 그를 지켜본 소후가 말했다.

"용선에 태우자고요?"

도원이 경계하는 표정으로 물었다. 자칫하면 용선과 칠선문의 위치가 세상에 알려질 수도 있었다.

"그렇다고 죽어가는 사람을 보고 있을 수는 없잖아."

소후가 말했다.

"저자의 정체도 모르잖습니까?"

도원은 여전히 표류하는 사람을 구하는 일이 내키지 않는 모양이었다.

"나중에 어떤 결정을 하든 일단 구하는 게 사람이 할 일이다."

소후가 단호하게 말했다. 설혹 구한 사람이 칠선문의 적이라 해도 일단 구하고 나서 정체를 확인한 후 생사를 결정하자는 뜻이었다.

소후가 확실한 결정을 내리자 도원도 더 이상 반대를 하지 못했다. 그 역시 바다에서 죽어가는 사람을 보고만 있는 것은 찜찜하기 때문이었다.

"배를 가까이 대도 누가 내려가서 그를 건져 올려야 할 걸세."

"그건 제가 하죠."

시월이 나섰다.

그러고는 재빨리 선실에 있던 긴 밧줄을 가지고 뱃전으로 나갔다.

콰아아!

다시 한번 거대한 파도가 일었다가 가라앉았다. 그 파도를 훌쩍 넘자 용선은 어느새 표류하는 사내의 옆에 다가가 있었다.

그러자 시월이 몸에 밧줄을 묶은 후 그 끝을 곽부에게 맡기고는 몸을 날려 폭우가 쏟아지는 바다로 뛰어들었다.

"조심해요!"

갑판 위에서 이화검이 불안한 표정으로 소리쳤다.

사람들의 걱정을 뒤로하고 바다에 뛰어든 시월은 금세 표류하는 사람을 향해 다가갔다.

그러고는 잠시 통나무에 매달린 사람을 살피더니 용선 위를 보며 소리쳤다.

"정신을 잃었어요! 숨은 있고요!"

"데리고 올라올 수 있겠어?"

소후가 소리쳐 물었다.

"예. 해볼게요."

시월이 대답한 후 자신의 몸을 통나무에 단단히 묶고 있는 사내를 통나무에서 떼어냈다.

그리고 그의 겨드랑이 밑으로 팔을 넣어 그를 안아 내려는데 갑자기 이화검이 다급하게 소리쳤다.

"조심해요! 큰 파도가 와요!"

이화검의 경고에 시월이 뒤를 돌아보니 정말 용선보다 높은 파도가 자신을 향해 밀려오고 있었다.

시월이 재빨리 사내가 매달려 있던 통나무를 끌어안았다.

콰아아!

거대한 파도가 시월과 사내를 덮쳐왔다.

"어어!"

"조심해!"

용선에서 산더미 같은 파도에 휩쓸린 시월을 지켜보던 사람들이 소리쳤다.

그런데 그 순간 시월이 정신을 잃은 사내를 안아 들더니 거대한 파도에 밀려 떠오르는 통나무를 밟고 올라섰다.

그러고는 파도에 밀린 통나무가 용선 바로 앞까지 솟아올랐을 때 통나무를 차고 허공으로 도약했다.

펄럭!

파도의 힘을 빌려 허공으로 날아오른 시월이 옷자락이 바람에 펄럭인다. 정신을 잃은 사내를 안은 시월은 폭우 속을 독수리처럼 날아 한순간에 용선 위에 도달했다.

쿵!

사내를 안은 무게 때문이었는지 시월은 갑판이 부서질 것 같은 소리를 내며 배 위에 내려섰다.

배 위의 사람들은 시월이 보여준 놀라운 움직임에 믿을 수 없는 광경을 본 사람들처럼 눈을 멀뚱멀뚱하게 뜬 채 그저 시월을 바라봤다.

그러자 시월이 자신을 바라보고 있는 사형제들에게 말했다.

"뭣들 하세요. 이 사람 좀 받아요."

"어? 어! 그래!"

시월의 말에 정신을 차린 곽부가 얼른 달려와 정신을 잃은 사람을 건네받았다.

그러자 시월이 이번에는 소향로에게 말했다.

"향로 동생, 아직 숨이 붙어 있는 것 같으니까 깨우는 일은 향로 동생이 맡아줘야겠어."

소향로는 화노로부터 화의일맥의 의술을 전수받은 사람이다. 물에 빠져 정신을 잃은 사람을 깨우는 것은 그녀에게 무척 간단한 일이었다.

"알았어요, 오라버니! 제게 맡겨요. 곽부 오라버니, 그 사람을 선실로 데려가요."

"응, 알았다!"

소향로의 말에 곽부가 얼른 대답하고 정신을 잃은 사내를 번쩍 안아 들고 선실로 달려갔다.

*　　　　*　　　　*

시월과 칠선문의 사형제들은 소향로가 정신을 잃은 사내를 치료하는 것을 심각한 표정으로 지켜보고 있었다.

그런데 그들의 표정이 심각한 것은 사내의 상태를 걱정해서가 아니었다.

그들이 구한 자가 전혀 예상치 못한 인물이기 때문이었다.

"제길, 설마 그 늙은 거지일 줄 누가 알았어. 이거 아주 곤란해졌어."

곽부가 투덜거렸다.

"이 사람이 정말 토왕개가 맞아?"

도원이 확인하듯 시월에게 물었다.

"사형도 무량포에서 그날 밤에 보셨잖아요?"

시월이 되물었다.

"그때는 어두운 밤중에 창문을 열고 봐서 제대로 얼굴을 확인할 수 없었어."

도원이 대답했다.

"그가 확실해요. 우린 가까이서 그를 보았는걸요. 그런데 어쩌다 바다에 빠졌을까요?"

이화검이 시월 대신 대답했다.

"뭐 바다에서라고 안전했겠습니까? 강호의 무림인들이 모두 배를 타고 이자를 추격했을 텐데요."

곽부가 말했다.

"깨어나긴 하겠지?"

도원이 소향로에게 물었다.

"걱정 마세요. 곧 깨어날 거예요. 폐로 들어간 물은 없어요. 충분히 대비를 한 것 같아요. 정신을 잃은 것은 기력이 없어서예요. 침을 놓았으니 곧 깨어날 거예요."

소향로가 대답했다.

"음… 그럼 이 사람을 어쩌지?"

곽부가 중얼거렸다.

애초에 도원이 걱정한 것처럼 껄끄러운 신분의 사람을 구한 것이다.

"어느 무인도에 내려주고 가죠."

시월이 대답했다.

"무인도에?"

곽부가 되물었다.

"예, 개방의 고수이니 충분히 무인도에서 살아남을 수 있을 겁니다."

시월이 대답했다.

"하긴, 그게 좋겠어. 굳이 본문으로 데려가 더 깊게 인연을 맺는 것보단 말이야."

애초부터 토왕개 왕흠을 구하는 것을 탐탁지 않아 했던 도원이 시월의 의견에 동의했다.

그런데 그때 갑자기 정신을 잃고 누워 있던 토왕개 왕흠이 거짓말처럼 입을 열었다.

"난 너무 늙어서 아무도 없는 무인도에선 결코 살 수 없네. 이 늙은이를 무인도에 버리고 간다니 너무 박정한 말 아닌가!"

"……?"

갑작스레 깨어나 투정을 하는 토왕개의 말에 칠선문의 사형제들이 당황한 표정으로 토왕개를 바라봤다.

그러자 소향로가 차가운 말투로 말했다.

"정말 예의가 없으시군요. 깨어났으면서도 내색을 하지 않다니. 하긴 이상하긴 했죠. 개방의 고수라는 분이 맥도 정상이고, 기력을 회복할 수 있게 침을 놓았는데 너무 늦게 깨어나서요. 오라버니들, 이 어르신은 믿을 수 없는 분인 것 같아요. 역시 무인도에 내려드리는 게 좋을 것 같아요."

소향로가 뾰로통한 얼굴로 토왕개 앞에서 물러나며 말했다.

그녀는 자신은 최선을 다해 토왕개를 치료했는데 정작 토왕개는 자신을 속이고 있었다는 사실에 무척 화가 난 듯 보였다.

그러자 토왕개가 벌떡 자리에서 일어나며 급히 입을 열었다.

"오해요. 오해! 내가 정신을 차린 건 조금 전이었소. 절대 어린 의원님을 속일 생각이 아니었소. 난 다만 날 구한 사람들이 어떤 사람들인지 알기 위해 아주 조금 눈을 감고 있었을 뿐이오."

"시간이 무슨 상관이에요. 우릴 속인 사실은 변함이 없는데."

"그렇긴 하지만 나로서도 내가 어떤 상황에 놓인 것인지 확인할 시간은 필요하지 않겠는가? 더군다나 내가 어떤 일을 겪었는지 알게 된다면 충분히 이해가 될 걸세. 그러니 조금만 내 사정을 봐주시게!"

토왕개 왕흠이 소향로는 물론 칠선문이 사형제들을 돌아보며 사정을 했다.

그러자 소후가 입을 열었다.

"굳이 사과하실 필요 없습니다. 누구든 당연히 그렇게 했을지도 모르지요. 다만 저희도 외인을 본문으로 데려가는 것은 어려울 것 같으니 안전하게 무인도에 내려드리도록 하겠습니다. 섬에서는 먹을 것을 구할 수도 있고, 또 가끔 지나가는 배를 만날 수도 있으니 뭍으로 나가려면 언제든 나가실 수 있을 겁니다."

소후가 정중하지만 단호한 말투로 말했다.

"…강호에서 외인을 문 내로 들이는 것은 무척 신중히 결정해야 하는 일이라는 것을 모르지 않네. 특히 은거지문의 전통을 가진 문파들은 더욱 그렇지. 소협들의 결정을 이해하지 못하는 것은 아니네. 하지만… 나는 이제 정말 갈 곳이 없는 사람이라서 무인도에 버려두면 그곳에서 늙어 죽을 수밖에 없네. 그래서 말인데, 혹 자네들 문파에 허드렛일이라도 할 사람이 필요하다면 날 데려가 줄 수 없겠는가? 늘그막에 무인도에서 혼자 쓸쓸히 죽어가고 싶지는 않군."

토왕개가 애원했다.

그런데 그런 토왕개에게 시월은 조금 더 경계심이 생겼다.

자신들도 그렇지만 토왕개에게도 시월 등은 처음 만나는 사람들이었다. 당연히 그 역시 시월 등을 경계해야 하는데 토왕개는 마치 시월 등이 어떤 문파의 사람인지 잘 알고 있다는 듯 행동하고 있었다.

"저희가 어떤 문파에 속한 사람인지 아십니까?"

시월이 물었다.

"모르네."

토왕개가 망설이지 않고 대답했다.

"우리가 어떤 사람인지도 모르시면서 우리와 함께 가려 하시는 이유를 모르겠군요. 모르는 사람은 일단 경계하는 것이 무림의 생리 아닙니까?"

시월의 질문 속에는 토왕개에게 다른 꿍꿍이가 있는 것 아니냐는 추궁이 담겨 있었다.

노련한 토왕개가 그런 시월의 마음을 모를 리 없었다.

"음… 갑자기 소협들을 따라가겠다고 하는 내가 이상하게 보일 수도 있지. 하지만 사람이 나이가 들면 눈은 어두워져도 사람을 보는 마음의 눈을 밝아진다네. 이런 폭우 속에서 날 구한 소협들의 의로움, 그리고 내가 눈을 감고 있는 동안 소협들이 나누는 대화에서 느껴지는 서로 간의 정(情), 세상의 혼란을 피하려 하는 삶의 모습을 보면서 내가 늘그막에 의탁할 수 있는 사람들이란 판단을 하게 했네."

"그렇다 해도 너무 가볍게 내린 결정 아닐까요?"

시월이 다시 물었다.

그러자 토왕개가 한숨을 쉬며 말했다.

"후… 말했지만 난 다시는 무림으로 돌아갈 수 없네. 과장하는 것이 아니라 무인도에 내려놓으면 정말 그곳에서 쓸쓸히 혼자 죽어야 할 것이네. 그렇게 죽는 것보단 자네들을 따라가는 모험을 선택하는 편이 훨씬 낫지 않겠는가."

토왕개가 침착하게 자신의 상황을 설명했다.

그의 대답을 들은 시월 등은 쉽게 토왕개의 부탁을 거절하지 못했다. 그에게서 고단한 삶을 살아온 늙은 무인의 간절함이 절실하게 느껴졌기 때문이었다.

제 8장
—
소삼공

일정은 계속 늦어지고 있었다.

토왕개를 별도의 선실에 놔두고, 시월과 칠선문의 사람들은 선장실에 모여서 토왕개를 어떻게 할지 고민하고 있었다.

그 시간이 하루가 지났다.

어느새 폭우도 잦아들고 있었다.

폭우가 그치고 바람을 탈 수 있으면, 만화도까지 하루도 남지 않은 거리다.

칠선문의 문도들로서는 돛을 펼치기 전에, 또 바다의 무인도들이 사라지기 전에 결정을 내려야 했다. 섬들이 사라지면 어쩔 수 없이 토왕개 왕흠을 만화도로 데려가야 하기 때문이었다.

"하! 쉽지 않네……."

곽부가 한숨을 쉬며 말했다.

누구도 쉽게 토왕개를 무인도에 내려주거나, 만화도로 데려가자
는 의견을 내지 못했다.

"자네들은 참 이상한 사람들인 것 같아."

문득 소사공이 입을 열었다.

"무슨 말씀이세요?"

도원이 되물었다.

"싸울 때보면 세상에 이렇게 독한 사람들이 있을까 싶다가도
세상살이에 대해선 마음이 너무 여리다고나 할까. 월문의 일도 그
래. 그런 원한을 너무 쉽게 덮고 살려 하지 않는가. 월문주가 공격
을 하기 전에는 대응하지 않겠다는 결정을 했으니까."

"그야 뭐… 시끄러운 게 싫어 서지 문주를 용서한 건 아닙니
다."

곽부가 변명하듯 말했다.

"어쨌든 결과는 같으니까. 토왕개에 대한 것도 그래. 사실은 그
와 대단한 인연이 있는 것도 아니고, 굳이 꺼려지면 데려가지 않으
면 되는데 말이야."

"그야 그렇지만… 그럼 어르신께서는 그를 데려가는 데 반대하
시는 겁니까?"

곽부가 되물었다.

"아니, 반대한다기보단 자네들 성정이 너무 여리다는 말을 하
는 거야. 우리 부녀가 칠선문에 들어오는 것도 결국 마음이 약해
서 허락하지 않았나. 그래서 하는 말인데, 데리고 가는 게 좋을
것 같네."

"왜요?"

소향로가 이유를 물었다.

"말했지만 네 오라버니들은 마음이 너무 약해서 그를 무인도에 버려두고 가면 평생 동안 그 일 때문에 괴로워할 것 같아서 말이다."

"그러다가 그가 칠선문에 위험을 가져오면 어떡하고요?"

"그의 말과 행동을 보았을 때, 그 스스로 칠선문을 위험하게 하는 일은 없을 거다. 다만 그가 칠선문에 있다는 사실이 강호에 알려지면 그때는 곤란한 일들이 생기겠지."

"우리 모두 그걸 걱정하고 있는 겁니다."

소후가 말했다.

그러자 소사공의 고개를 끄떡였다.

"알고 있네. 그러니 그에게 약속을 받게. 허락 없이는 만화도를 떠날 수 없을 것이고, 만약 칠선문에 조금이라도 위험한 일을 하게 되면 그땐 그를 죽이겠다고. 자네들은 협박이 아니라 정말 위협이 되면 망설이지 않고 그를 죽일 사람들이 아닌가."

소사공의 말에 시월과 사형제들이 서로를 바라봤다.

그러다가 문득 곽부가 말했다.

"하긴… 우릴 이용하는 거라면 그때 죽이면 되지. 만화도에서는 달리 달아날 곳도 없을 테니."

"그럼 데려가자고?"

도원이 물었다.

"일단 그에게 만약의 경우 일어날 일을 말해줘야지. 그런데도 가겠다면 뭐……"

곽부가 말꼬리를 흐렸다.

그러자 시월이 소후에게 물었다.

"사형 생각은 어떠세요?"

"일단 데려가자. 이후 그를 어찌할지는 대사형의 결정에 맡기면 되지 않겠어?"

"알겠습니다. 그럼 그렇게 하는 것으로 하죠."

시월이 대답했다.

*   *   *

"고맙네들! 고마워!"

만화도로 자신을 데려가겠다는 말을 들은 토왕개 왕흠이 연신 고맙다는 말을 했다.

그런 토왕개에게 시월이 차갑게 말했다.

"이 일은 노사께 불행한 일이 될 수도 있습니다. 우리와 함께 가서 죽을 수도 있으니까요. 본문은 문파에 위험이 되는 사람을 살려두지 않습니다."

시월의 말에 토왕개가 무슨 말인가를 하려다가 입을 닫았다.

시월의 경고가 결코 허튼소리가 아니라는 것을 깨달았기 때문이었다.

처음 볼 때는 마음 약한 젊은이들로 생각했는데, 시간이 지나면서 시월 등이 결코 나약한 사람들이 아니라는 걸 느끼고 있는 토왕개였다.

"지금이라도 내키지 않으면 무인도에 내려주겠습니다."

시월이 표정이 굳은 토왕개를 보며 말했다.

그러자 토왕개가 얼른 고개를 저었다.

"아닐세. 어딜 가나 모험인데 따라 가겠네. 그런데 이쯤 되면 자네들 정체를 말해줄 수 있지 않은가? 대체 어느 문파의 사람들인가?"

토왕개가 물었다. 진심으로 시월 등의 정체가 궁금한 모습이다.

토왕개의 물음에 시월이 소후를 바라봤다.

그러자 소후가 고개를 끄떡였다.

소후의 허락을 받은 시월이 토왕개를 보며 말했다.

"강호의 소식에 밝은 개방 분이시니 최근 북방 무림에 이름이 알려지기 시작한 칠선문에 대해 들었을 겁니다."

"칠선문! 이가검문을 도와 혼천마의 일월문을 물리쳤다는 그 칠선문 말인가?"

"그렇습니다. 우린 바로 그 칠선문 사람들입니다."

"이상하군. 칠선문은 요동 동쪽에서 활동하는 문파라던데 어떻게 여기에……?"

"배를 타고 이동하면 요동에서 산동까지 그리 멀지 않죠."

시월이 대수롭지 않다는 듯 말했다.

"그렇긴 하지만… 그런데 그럼 자네들은 지금 요동으로 가고 있는 건가? 황해를 횡단해서?"

토왕개가 물었다.

"강호에서 멀어지는 것이 노사께는 좋겠지만 아쉽게도 우리 목적지는 하루 거리에 있는 섬입니다."

"그렇군. 자네 말대로 아쉽군. 산동에서 아주 먼 곳으로 가면 좋은데……."

토왕개가 말꼬리를 흐렸다.

"그놈의 보물, 원하는 자들에게 던져주고 말지 왜 목숨을 버리면서까지 지키려 하십니까?"

시월과 토왕개의 대화를 듣고 있던 곽부가 퉁명스럽게 물었다.

다 늙은 거지가 천보밀동의 장보도를 목숨 걸고 지키려는 모습이 보기 좋지 않았던 것이다.

"음, 그 이야기가 나왔으니 말인데, 왜 자네들은 아직까지 천보밀동의 장보도에 대해 묻지 않았나? 날 만나는 사람들은 누구나 먼저 그걸 물어보는데."

토왕개 왕흠이 시월과 곽부를 번갈아 보며 물었다.

"그까짓 것 있으나 없으나. 그리고 사람이 욕심이 많으면 빨리 죽어요. 어르신도 그 장보도 때문에 결국 바다에 빠져 죽어가고 있었지 않습니까?"

곽부가 장보도를 지키려고 하다 죽음의 위기에 처한 토왕개를 비난하듯 말했다.

그러자 토왕개가 다시 물었다.

"정말 자네들은 그 장보도에 욕심이 없나?"

"재물은 칠선문에도 충분히 있지요."

시월이 대답했다.

"…그래서 장보도 따위는 관심이 없다?"

"그렇습니다. 다만 그 장보도가 어떻게 노사의 손에 들어갔는지는 궁금하군요."

"음… 천보밀동의 보물을 이렇게 가치가 없게 만드는 사람들도 있군. 그래서 더 믿음이 가지만."

"우릴 너무 믿지 마십시오. 어쩌면 우리 손에 죽을 수도 있으니까."

곽부가 경고했다.

그러자 토왕개가 너털웃음을 터뜨렸다.

"하하하! 걱정 말게. 내가 죽을 일은 없네. 왜냐하면 내가 칠선문에 해를 끼칠 일이 없다는 걸 내 자신이 제일 잘 아니까. 내게 필요한 것은 대단한 것 아니네. 그저 혼란한 강호에서 완전히 사라지는 것, 그게 유일하게 내가 바라는 바일세."

토왕개의 말에서 진심이 느껴졌다. 지금 그는 강호를 들썩이게 만든 개방의 고수가 아니라 그저 삶에 지친 노인처럼 보였다.

"아니, 그런데 정말 어쩌다 바다에 빠지신 겁니까?"

도원이 정색을 하며 물었다.

칠선문의 사형제들은 토왕개가 천보밀동의 장보도 때문에 강호인들에게 쫓기는 것은 알고 있었지만, 그가 바다에 표류하게 된 경위는 모르고 있었다.

"음… 정사를 구분하지 않고 천하의 모든 사람이 날 쫓으니 어쩌겠나. 천보밀동의 장보도를 찢어 그들에게 던져주고 난 바다로 몸을 던졌지. 배를 타고 무량포를 떠나 작은 섬으로 몸을 피했는데, 어떻게 알았는지 그곳까지 무림인들이 몰려왔더라고."

"그럼 죽으려 하셨단 말입니까?"

곽부가 놀란 표정으로 물었다.

"죽으나 사나 하늘의 운을 한 번 시험해 본 거지. 그런데 속마음은 죽고 싶지 않았나 보네. 바다에 빠진 후 파도에 밀려온 통나무를 보자 나도 모르게 죽지 않으려고 그 통나무에 내 몸을 묶고 있더라고. 후후후, 사람이란 결코 자기 목숨을 쉽게 포기하지 못하는 존재인가 보네."

죽을 각오로 뛰어든 바다에서 살려고 통나무에 몸을 묶은 자신이 부끄러운지 토왕개가 얼굴까지 붉혔다.

하지만 시월 등은 그런 토왕개의 생존 본능을 전혀 비난할 마음이 없었다. 그들 역시 살기 위해 치열한 어린 시절을 보냈기 때문이었다.

"그럼 지금 강호는 피바람이 불고 있겠군요? 찢어진 장보도 조각들을 찾으려고요."

이화검이 어두운 표정으로 말했다.

"그렇겠지. 하지만 그건 어쩔 수 없는 무림의 숙명인 것 같네. 내가 분명히 그들에게 경고했어. 그 장보도는 음모의 산물일 가능성이 많다고. 그런데도 사람들은 그 말을 믿지 않았지. 진위는 자신들이 가리겠다고 장보도를 내놓으라고만 했지. 하지만 일단 장보도가 내 손을 떠나면 진위 따위는 중요치 않게 되네. 오직 장보도를 차지하기 위한 혈풍만 남게 되지. 그나마 내 손에 있을 때는 나 혼자 도망 다니면 그뿐이었지만."

토왕개가 허탈한 표정으로 말했다.

"그 장보도가 음모의 산물이라고요?"

곽부가 급히 물었다.

"그럴 가능성이 높네. 그 장보도를 얻게 된 것은 과거 내가 도굴을 한창 할 때 알았던 장물아비를 통해서였네. 그런데 우연히 그를 만난 것부터가 수상쩍은 일이었어. 그가 장보도를 내게 건넨지 채 하루도 지나지 않아 장보도를 빼앗으러 날 찾아오는 사람이 있었으니까. 누군가 일부러 그 장보도를 내게 전한 것 아니겠나."

"…대체 누가 그런 짓을 한 걸까요?"

도원이 이해할 수 없다는 듯 물었다.

그러자 토왕개가 걱정스러운 표정으로 말했다.

"세상 모든 일은 그 일이 벌어졌을 때는 그 뒤에 숨겨진 이유를 알지 못하네. 시간이 흘러 사람들이 그 일이 만들어낸 결과를 보고야 그 일이 일어난 이유를 알게 된다네. 천보밀동의 장보도가 세상에 나온 이유도 시간이 지나야 알게 될 걸세. 장보도를 찢어 버렸지만, 그런다고 음모의 수레바퀴가 멈추지는 않을 걸세. 이미 사람들은 천보밀동의 보물에 욕심을 갖기 시작했으니까."

토왕개의 우울한 예상에 장내 분위기가 무거워졌다.

토왕개의 말이 사실이라면 그의 짐작대로 조만간 강호에 큰 혈풍이 불어올 수도 있었다.

하지만 그렇다고 해도 이미 구르기 시작한 피의 수레바퀴를 칠선문의 사형제들이 막을 방법은 없었다.

"에이, 모르겠다. 일단 만화도로 돌아가서 세상이 어찌 흘러가는지 두고 볼 수밖에!"

곽부가 벌러덩 선실에 누우며 말했다.

그러자 도원이 곽부 옆에 나란히 누우며 맞장구를 쳤다.

"맞는 말이다. 우리 칠선문은 세상에 빚진 것도 없고, 무림의 문제는 십대천문같은 사람들이 책임을 져야지. 이번에 돌아가면 당분간은 강호에 나오지 말아야겠어."

도원의 말에 다른 사람들이 고개를 끄떡였다.

토왕개가 한 말 때문인지 갑자기 무림이 그들이 어려서 겪었던 그 살벌한 시절로 돌아간 것처럼 느껴졌기 때문이었다.

*　　　　*　　　　*

펄럭!

세 개의 돛이 바람을 받아 풍선처럼 부풀어 올랐다.

그러자 용선이 잠시 기우뚱하더니 이내 얼음 위를 미끄러지는 썰매처럼 수면을 달리기 시작했다.

하늘은 여전히 먹구름이 가득했지만, 폭우는 멈췄고 바람은 적당히 불었다.

용선이 속도를 내기에 더할 나위 없이 좋은 환경이었다.

"모두 조심하게! 속도를 높일 테니."

돛을 펼치고 갑판에 머물고 있는 시월 등을 향해 소사공이 소리쳤다.

"그럼 나머지 돛들도 모두 펼까요?"

곽부가 소사공에게 되물었다.

용선에는 모두 다섯 개의 돛대가 있었다. 하지만 그중 두 개의 돛대는 평소에는 쓰지 않고, 오직 위급한 순간에만 최대한의 속도를 내기 위해 사용했다.

다섯 개의 돛대를 세웠을 때, 용선을 안전하게 몰 수 있는 사람은 소사공이 유일했다.

지금은 소사공이 배에 있으니 다섯 개의 돛을 모두 펼칠 수도 있는 상황이었다.

"그럼 한 번 그래볼까? 이런 기회도 흔치 않으니. 그럼 나머지 돛도 모두 펼치게. 오늘 용선의 힘을 제대로 경험해 보시게나! 바다에 빠지지 않도록 모두 조심들 하고!"

소사공이 큰 목소리로 외쳤다.

*　　　　*　　　　*

콰아아!

철썩!

용선이 나는 듯이 섬 외곽 절벽을 향해 돌진했다. 만화도의 지형을 모르는 사람이라면 죽음을 자초한다고 혀를 찼을 것이다.

그렇게 절벽을 향해 무지막지한 속도로 돌진하던 용선이 한순간 방향을 틀더니 순식간에 바다에서 사라졌다.

"아!"

뱃전에 나와 위태로운 용선의 항해를 지켜보던 토왕개 왕흠의 입에서 한순간 탄성이 흘러나왔다.

오랜 세월 개방의 고수로 활동해 온 노련한 토왕개를 놀라게 할 만한 일은 드물다. 하지만 거짓말처럼 펼쳐지는 만화도 안쪽의 풍경은 토왕개를 놀라게 만들기에 충분했다.

섬 외곽과 완벽하게 대비되는 섬 안쪽의 풍경. 거친 파도와 높고 투박한 절벽이 전부인 황량한 겉모습과 달리, 호수처럼 잔잔한 수면과 작지만 아름다운 백사장이 있고 무엇보다 숲과 이름 모를 기화이초가 어우러진 섬 안쪽의 풍경은 이곳이 황해에 떠 있는 외로운 섬이 아니라 육지의 어느 아름다운 산골짜기인 것처럼 느껴지게 했다.

"만화도에 오신 걸 환영합니다. 물론… 사형들의 환영을 받을지는 모르겠지만!"

그래도 며칠 같이 있었다고 토왕개가 많이 편안해진 시월이 토왕개 옆에서 말했다.

"여기가 만화도군. 왜 그런 이름을 가졌는지 알겠네. 이런 섬이 황해에 있다는 소문을 들은 적이 없는데……."

"섬을 본 사람은 있었겠지요. 다만 섬 외부의 황량한 모습 때문에 이 섬에 들어온 사람이 없었을 뿐 사실 우리가 통과한 절벽 사이 통로가 아니면 섬 외곽에는 배를 댈 수조차 없지요."

시월이 대답했다.

"정말 그렇겠군. 은거지문이 자리를 잡기에는 안성맞춤인 곳이군."

"그래서 저희들이 이곳에 터를 잡게 된 겁니다."

"어떻게 이 섬을 알게 되었나?"

토왕개가 물었다.

"칠선문에 노장로님이 한 분 계십니다. 그분이 저희를 이리로 데려오셨지요."

"도대체 칠선문은 어떤 문파인가? 생각해 보니 칠선문에 대해 자세한 이야기를 듣지 못했군. 강호에 떠도는 이야기로는 월문과도 인연이 있는 것 같던데."

그동안 시월은 물론 다른 사람들도 토왕개에게 칠선문의 내력에 대해선 함구하고 있었다.

대사형 무광이 토왕개에게 어떤 처분을 내릴지 알 수 없기 때문이었다. 칠선문의 내력을 자세히 알려주는 것은 토왕개에 대한 처분이 내려진 이후에 해도 늦지 않았다.

그리고 그건 지금도 마찬가지였다.

"지금은 말씀드릴 수 없군요. 일단 대사형을 만나 어르신을 어찌 모실지 결정한 이후에야 칠선문에 대해 말씀드릴 수 있습니다."

"그렇군. 그런데 정말 월문과 인연이 있나?"

"저희 사형제들이 월문 출신인 것은 강호에 이미 알려진 사실이지요."

"월문은 십대천문의 일문, 그런 문파에서 자네들 같은 젊은 고수들을 순순히 놓아주었다는 것이 믿기 어렵군."

"저희가 떠난 것이 아니라 월문이 우릴 버린 겁니다!"

옆에서 듣고 있던 곽부가 화난 표정으로 입을 열었다.

그러자 소후가 곽부를 질책했다.

"사제, 말조심해!"

"아니, 비밀도 아니지 않습니까? 이미 이가검문에서 월문신룡이 무림인들 앞에서 인정한 일인데."

곽부가 퉁명스럽게 대꾸했다.

"그래도 모든 이야기는 일단 대사형을 만난 이후에!"

소후가 다시 주의를 줬다.

"알았어요. 그런데 대사형을 만난다고 뭐 크게 달라질 게 있을까요? 토왕개 어르신이 만화도에 들어온 이상, 이곳을 벗어나는 일을 없을 것 아닙니까. 만화도의 존재가 세상에 알려지면 안 되니까요."

"아직은 모르는 일이다."

소후가 담담하게 말했다.

그러자 곽부가 토왕개를 한 번 흘깃 보고는 투덜거리듯 중얼거렸다.

"딱 봐도 결코 입이 무거우신 분이 아닌 것 같은데, 설마 대사형이 섬 밖으로 나가도록 하겠습니까?"

"하하하! 맞네. 난 입이 너무 가벼운 늙은이지. 그러니 부디 날이 섬에 잡아두길 바라네. 그게 바로 내가 바라는 바지. 칠선문의 식구가 된다면 더욱 좋고!"

토왕개 왕흠이 자신을 만화도에 잡아둘 거라는 곽부의 말이 오히려 반가운지 호탕한 웃음을 터뜨렸다.

그사이에 용선은 어느새 해안가 동쪽에 만들어진 접안대로 다가서고 있었다.

그리고 그즈음 용선의 귀환을 알아챈 섬 내의 칠선문 문도들이 접안대를 향해 달려오고 있었다.

*　　　　*　　　　*

"대사형! 다녀왔습니다!"

용선 위에서 시월 등이 대사형 무광을 향해 포권을 해보였다.

"무사하게 돌아와 다행이다! 어서들 와. 고생했다!"

무광이 손을 흔들어 사제들을 환영했다.

그동안 무광은 조금 변한 듯 보였다.

봄날 산들바람처럼 불어오는 바람에 휘날리는 옷자락, 영웅건을 두른 머리, 그리고 태산이 무너져도 흔들릴 것 같지 않은 단단한 두 다리. 그 모든 것이 무광의 모습을 멋스럽게 만들고 있었다.

하지만 시월은 무광의 진정한 변화는 그의 외모가 아니라 무공이라는 것을 알 수 있었다.

그들이 만화도를 떠나 있는 동안 무광의 무공은 다시 한 단계 도약해 이젠 그 내공을 안으로 갈무리하는 수준에 이른 것으로 보였다.

무광을 아는 모든 사람들이 동의하듯, 무광은 십전의 무인이 될 자질을 갖고 있는 사람이었다. 그 재능이 만화도에서 온전히 수련에 매진한 후 만개하고 있음을 시월은 느낄 수가 있었다.

그런 무광의 모습은 당연하게 노련한 고수 토왕개에게도 감명을 주었다.

그는 무광을 보는 순간, 그가 지금까지 보았던 칠선문의 젊고 생기발랄한 젊은이들이 이 신비 문파의 전부가 아님을 깨닫고 있었다.

그리고 시월이 왜 자신에 대한 처분을 대사형에게 물어야 한다고 말했는지도 명확하게 알 수 있었다.

그가 보는 무광은 무인으로서도 대단한 사내지만, 삼십 전후로 보이는 나이에도 불구하고 이미 한 문파를 이끌어 갈 만한 무게를 지닌 인물이었다.

"칠선문은 잠룡들이 숨어 사는 곳이군."

토왕개가 나직하게 혼잣말로 중얼거렸다.

그런데 그 말을 들었는지 시월이 대답했다.

"아닙니다. 칠선문은 문도의 평온한 삶이 유일한 목적인 작은 문파일 뿐입니다. 일단 내리시죠. 대사형께 소개시켜 드리겠습니다."

시월이 미소를 지으며 어느새 접안대에 걸쳐진 나무 사다리로 토왕개를 이끌었다.

"사형! 손님을 모시고 왔습니다."

토왕개를 데리고 내린 시월 앞에서 소후가 걱정스러운 표정으로 말했다.

"만화도에 손님이라… 처음 있는 일이지?"

무광이 담담하게 되물었다.

"죄송합니다. 허락 없이 사람을 들어서."

"탓하자고 한 말이 아니다. 사정이 있었겠지. 그 사정은 나중에 듣고, 어떤 분이신지 소개를 해줘."

"알겠습니다. 시월, 어르신을 이리 모셔와."

소후가 시월을 불렀다.

그러자 시월이 토왕개를 데리고 무광에게 다가왔다.

"사형! 이분은 개방의 전대 고수이신 토왕개 왕흠이라는 분이세요. 어르신, 말씀드린 우리 사형제들의 대사형이십니다."

소후가 무광과 왕흠을 서로에게 소개했다.

그러자 무광이 토왕개 왕흠에게 포권을 하며 인사를 했다.

"무광이라 합니다. 만화도에 오신 것을 환영합니다. 사제들이 혹 무례하지 않았는지 걱정이군요."

"토왕개 왕흠이라 하오. 이렇게 불쑥 찾아와 미안하오. 내 사정이 워낙 곤궁해서 어쩔 수 없이 칠선문의 젊은 영웅들께 신세를

244 칠마선문

졌소. 그리고 무 대협의 사제들은 내 목숨을 구한 은인들이오. 날 이곳에 데려왔다고 너무 꾸짖지 말아주시구려."

"사제들의 판단에는 그럴 만한 이유가 있겠지요. 자, 일단 저희 거처로 가시지요. 누추하지만 편히 쉬실 수 있을 겁니다. 자세한 이야기는 나중에 듣도록 하지요."

"고맙구려."

왕흠은 무광을 대문파의 수장처럼 대했다. 시월 등 다른 칠선문의 사형제들을 대할 때와는 완전히 다른 모습이었다.

"향로, 어르신을 모시고 가줄래? 다른 사람들은 짐을 내려야 하니까."

무광이 소향로를 보며 말했다.

"알았어요, 오라버니. 어르신, 절 따라 오세요."

소향로가 토왕개를 보며 말했다.

"그럼 부탁하겠네."

토왕개가 순순히 소향로를 따라 걸음을 옮겼다.

*   *   *

"천보밀동의 장보도?"

무광이 뭍에 나갔다 온 사형제들을 보며 되물었다.

"그렇다니까요. 들어보니 어마어마한 보물이 숨겨져 있는 곳이라고 하더라고요. 물론 토왕개 어른은 그 장보도가 누군가 음모를 꾸미려고 만든 가짜일 거라고 했지만."

곽부가 신이 나서 토왕개가 왜 정사 무림인들에게 쫓기다 바다로 뛰어들었는지 설명하고 있었다.

"내가 봐도 음모 같은데? 강호에 떠도는 보물 지도 중에 진짜인 경우를 본 적이 없다."

듣고 있던 부리가 말했다.

"아무튼 그로 인해 지금 산동 무림이 시끄럽단 말이지?"

무광이 물었다.

"당연하죠. 토왕개께서 그 장보도를 네 조각으로 찢어서 무림 인들에게 던져줬으니 서로 그 조각을 차지하려 난리도 아닐 겁 니다."

곽부가 대답했다.

"서둘러 잘 돌아왔다. 그런 어수선한 곳에 남아 있다가는 무슨 일을 당할지도 모르니까."

무광이 제때 귀환한 사제들을 칭찬했다.

그런데 그때 시월이 조심스럽게 입을 열었다.

"토왕개 어른을 모시고 온 일 말고 사형께 또 하나 말씀드릴 일 이 있습니다."

"응? 다른 일이 있어?"

"무량포에 상가를 하나 샀습니다."

"뭐?"

놀란 것은 무광이 아니라 옆에 듣고 있던 부리였다.

그는 무슨 뜬금없는 일이냐는 듯 시월을 바라봤다.

"상가를 샀다고?"

무광이 침착하게 다시 물었다.

"예, 대사형, 사형 허락 없이 일을 벌여서 죄송합니다."

시월이 먼저 용서를 구했다.

"왜 상가를 산거지?"

"제가 만화원에서 수련을 마치고 나온 후 사막으로 어린 시절
절 끌고 다닌 노예상을 찾아갔었다고 말씀 드렸었잖아요?"

"그랬지. 그곳에서 흑화수 금사를 만났다고 하지 않았느냐."

무광이 고개를 끄떡였다.

"그런데 무량포에서 그 노예 상인을 다시 만났습니다. 그곳 해
안가에 천막을 치고 주루를 열었더군요. 그에게 금자를 주어 포구
에 상가를 구해 주루를 옮기라고 했습니다."

"흠, 주루라. 이유가 뭐지?"

"그는 과거가 지저분하지만 노련한 사람입니다. 무량포는 정
사양도의 무인은 물론 대상과 흑상들까지 모여드는 기이한 시
장이죠. 그곳에서는 세상에 떠도는 모든 소문을 들을 수 있습니
다. 그에게 초원루를 운영하면서 강호의 소식을 모아 칠선문에
전하는 일을 맡겼습니다. 또 작은 약방을 열고 만화도에서 나는
진귀한 약재를 거래할 수 있게 했고, 초원루 뒤편에는 우리 사형
제들이 뭍에 나갔을 때, 머물 수 있는 거처를 따로 마련해 두었
습니다."

시월이 자신이 혈수금귀 석자부를 시켜 무량포에서 한 일들을
자세히 설명했다.

"네가 주루를 운영해 금자를 벌자고 한 일은 아닐 거라 생각했
다만, 그래도 강호의 소식이나 들으려 한 일치고는 제법 크게 일
을 벌였구나."

"저도 알고 있습니다. 강호 소식을 듣기 위한 일치고는 지나

치게 금자를 많이 쓴 일이죠. 그런데… 저로선 앞으로 우리가
상대할 자들을 생각하면 그 정도 준비를 해야 한다고 생각했습
니다."

"앞으로 우리가 상대할 자들?"

"결국… 월문과 은원의 끝을 보게 될 것이고, 마련도 우리를 쫓
고 있을 테니까요."

"음, 그건 그렇지."

무광이 무겁게 말했다.

"그렇다고 그들이 두려워 이 만화도에 갇혀서만 살 수도 없고
요. 적어도 만화도와 가까운 산동 무림의 소식이라도 정확히 아는
것이 칠선문의 안위를 위해 가장 중요한 일이라고 생각했습니다."

시월의 말에 무광이 고개를 끄떡였다.

"들어보니 허튼 일을 한 것은 아닌 것 같구나. 금이 부족한 것
도 아니고… 칠선문의 안전에 도움이 된다면 더한 일도 할 수 있
겠지. 잘했다!"

무광이 시원하게 말했다.

*   *   *

칠선문의 사형제들이 다시 토왕개를 찾아온 것은 용선이 만화
도에 들어온 지 두어 시진이 지난 후였다.

용선에 싣고 온 물건들을 거처로 나르는 일이 오래 걸린 것은
아니었다.

그 일이야 무공을 가진 무인들에게는 반 시진이면 끝나는 일.

그럼에도 불구하고 칠선문 사형제들이 토왕개를 만나는 데 시간이 걸린 것은 토왕개가 처한 상황과 그를 어떻게 대할까 하는 논의를 미리 할 필요가 있었기 때문이다.

무광은 시월 등에게서 토왕개가 용선에 타게 된 경위와 현재 산동 인근 무림의 상황을 자세히 전해 듣고, 토왕개에 대한 사형제들 각자의 의견을 주의 깊게 들었다.

그리고 난 후 토왕개와 대화를 나누기 위해 그가 있는 곳으로 찾아왔던 것이다.

그렇다고 토왕개가 칠선문의 사형제들이 자신에 대해 논의를 하는 동안 혼자 있었던 것은 아니었다.

그는 이미 소사공의 소개로 화노를 만났고, 화노에게 자신의 과거와 현재의 상황에 대해 숨김없이 털어놓은 후 진심으로 화노의 도움을 청했다.

토왕개는 눈치가 빠른 사람이라서 이미 이 만화도와 칠선문이 어찌 움직이는지 얼추 파악하고 있었다.

그는 칠선문이 비록 일곱 명의 젊은 무인들이 주축이 된 문파라 해도 화노가 가지는 비중이 적지 않다는 것을 눈치채고 있었다.

그래서 화노를 설득할 수 있다면, 일곱 명의 젊은 무인들도 설득 할 수 있다고 확신한 토왕개였다.

또한 그러기 위해서는 자신의 과거와 지금 상황을 솔직하게 털어놓을 필요가 있다는 것도 알고 있었다.

그는 화노가 속임수나 얕은 술책에 넘어갈 사람이 아니라는 것을 그를 만난 순간부터 느끼고 있었다.

그래서 그로서는 최선을 다해 자신의 처지를 설명하고 도움을 간청하는 것 말고는 달리 화노를 설득할 방법이 없다는 것을 알고 있었다.

　그렇게 토왕개가 화노를 한창 설득하고 있을 때, 무광과 시월이 토왕개를 만나러 왔다.

　다른 사형제들은 토왕개에 대한 결정을 무광에게 일임했으므로 번거롭게 토왕개와의 대화에 끼어들고 싶어 하지 않았다.

　삐꺽!

　문이 열리면서 시월과 무광이 들어오자 화노가 손짓을 했다.

　"어서들 와라. 그렇잖아도 부를 참이었다."

　"사제들과 이야기를 하느라 조금 늦었습니다."

　무광이 화노에게 양해를 구했다.

　"그래, 어떻게 하기로 했노?"

　화노가 물었다.

　그러자 토왕개의 시선이 무광에게 향했다.

　"먼저 어르신의 생각을 듣고 싶습니다만……."

　무광이 화노에게 되물었다.

　"허허, 칠선문의 일을 왜 내게 묻느냐?"

　"그렇게 말씀하시면 서운하지요. 어르신이야말로 칠선문의 장로시고 가장 연장자이신데요. 그러니 당연히 어르신의 생각이 가장 중요하지요."

　"흐흐흐, 이놈이 어려운 문제를 이 늙은이에게 미루려고 감언이설을 내뱉고 있구나."

　화노가 실소를 흘렸다.

"감언이설이라뇨. 제가 그런 말 할 줄 모르는 사람이란 건 어르신이 더 잘 아시지 않습니까."

"하긴 네놈이 입에 발린 소리를 할 녀석은 아니지. 하지만 그래도 이 칠선문은 누가 뭐래도 너희들 사형제의 것이다. 그러니 당연히 이 문제도 너희들이 결정해야 한다. 난 너희들이 어떤 결정을 하든 반대하지 않겠다. 다만 어떤 경우라도 왕 노사의 안전은 지켜 드렸으면 하는구나. 본래 개방의 장로로 계실 때도 세상을 위해 좋은 일을 많이 하신 분이니라."

"그건 들어서 알고 있습니다."

무광이 대답했다.

그러자 당사자인 토왕개 왕흠이 입을 열었다.

"나로선 칠선문에 머물겠다는 부탁을 하는 것이 참 염치없는 짓이라는 걸 알고 있네. 내가 칠선문에 몸을 의탁했다는 것이 알려지는 순간 칠선문이 겪어야 할 고초가 만만치 않다는 것을 아니까. 그래도 늘그막에 마음 두고 살다가 죽을 곳이 필요하다는 욕심에 이렇게 염치없는 부탁을 할 수밖에 없구만. 이 늙은 거지를 불쌍하게 생각해주시게."

토왕개의 평소의 장난스러운 모습과 달리 정중하게 부탁했다.

그러자 무광이 물었다.

"화노 어르신께 본문에 대해서 들으셨습니까?"

"들었네."

토왕개가 고개를 끄떡였다.

"그럼 노사께서 칠선문에 가져올 위험보다 칠선문이 노사께 끼칠 위험이 더 클 수도 있다는 것도 아시겠군요."

"월문과 마련이라면 작은 위협은 아니지……."

토왕개가 대답했다.

"사제들에게는 말하지 않았지만, 언젠가는 반드시 그들이 칠선문 앞에 위험으로 나타날 겁니다. 그들은 지금도 우리 사형제들을 찾고 있을 테니까요."

"그렇겠지. 월문주는 집요한 사람이고, 마련은 이가검문에서 패한 일 때문에 자네들을 죽이고 싶어할 테니까."

"그것뿐인가. 오래전 잔마도 죽였지 않느냐."

화노가 거들었다.

"그러고 보니 잔마도 칠선문의 사형제들이 죽였군요."

토왕개가 이제야 깨달은 듯 놀란 표정을 지으며 말했다.

그는 화노에게서 칠선문의 탄생과 칠랑으로 살던 시월 등의 과거를 모두 들었기 때문에 과거 청림에서 이들이 잔마 요찬의 목을 벤 사실을 떠올린 것이다.

"우리의 적들이 칠선문을 공격할 때 함께 싸워주실 수 있습니까?"

무광이 토왕개 왕흠에게 물었다.

"그런 일이 없기를 바라지만 내 힘이 필요하면 돕겠네."

토왕개가 대답했다.

"돕는다는 말은… 칠선문의 문도가 할 말은 아니지요."

"아! 그렇군. 내가 실수했네. 만약 칠선문을 위협하는 자들이 나타나면 가장 앞장서서 그자들과 싸우겠네."

토왕개 왕흠이 자신의 실수를 깨닫고 얼른 고쳐 말했다.

"좋습니다. 그 약속 믿겠습니다. 그런데 한 가지 다른 문제가 있습니다."

"무엇인가?"

토왕개가 물었다. 어떤 문제든 해결하겠다는 의욕이 그에게서
느껴졌다.

"어르신과 개방의 관계입니다. 이 만화도에서 평생 뭍으로 나
가지 않으신다면 모를까 결국 언젠가는 다시 뭍으로 나가게 되실
텐데 그때 혹시라도 개방에서 어르신을 다시 모시려 하지 않을까
요?"

무광이 물었다.

사실은 이 문제가 가장 큰 문제였다. 토왕개 왕흠이 살아 있는
한 개방과의 인연을 완전히 끊을 수 없기 때문이었다.

"솔직히 말하면 나도 그게 마음에 걸리네. 그렇다고 내가 완전
히 다른 사람이 될 수도 없는 일이고……."

왕흠이 개방과의 관계에 대해선 자신할 수 없는지 말꼬리를 흐
렸다.

그런데 그때 화노가 불쑥 뜻밖의 말을 했다.

"과거에 미련이 없다면 완전히 다른 사람이 될 수도 있지 않겠
소?"

"무슨 말씀이신지?"

토왕개 왕흠이 되물었다.

"말 그대로 완전히 다른 사람이 되는 거요. 이름을 바꾸고 무
공도 바꾸고, 또 얼굴도 바꾸고 말이오."

"얼굴을요?"

다른 모든 것은 바꿀 수 있다. 그러나 얼굴을 바꾸는 것은 쉬운

일이 아니었다.

토왕개의 의아한 표정에 화노가 미소를 지으며 말했다.

"사람의 얼굴은 참 이상해서 눈꼬리 하나만 고쳐도 완전히 다른 사람으로 보이게 된다오. 보통은 자신의 본 얼굴을 가리기 위해 역골공을 쓰거나 면구를 이용하지만 다 단점이 있는 방법들이오. 하지만 화의일맥의 의술로 왕 노사의 얼굴에 조금만 손을 대면 다른 사람들이 전혀 알 수 없는 사람으로 변하게 할 수 있소."

"그런 의술이 있습니까?"

옆에서 무광이 놀란 표정으로 물었다.

"사람 고치는 것보다 어려운 일도 아니네. 말했지만 아주 작은 특징들만 바꾸는 거니까. 그렇게 하면 처음에는 비슷한 사람을 보았다고 눈길을 주다가 오히려 자세히 살펴보고는 다른 사람이라고 생각하지. 더군다나 이름과 옷차림까지 바꾸면 왕 노사는 지금과 전혀 다른 사람이 될 수 있네. 어떻소. 완전히 다른 사람으로 다시 태어나 보겠소?"

화노가 왕흠에게 물었다.

그러자 왕흠이 얼른 고개를 끄떡였다.

"그게 가능하다면 오히려 무릎 꿇고 부탁드리고 싶은 심정입니다. 그렇게만 되면 마음대로 강호에 나갈 수도 있을 테니까요."

왕흠의 얼굴에는 간절함이 묻어났다.

토왕개로 사는 삶이 지긋지긋한 모양이었다.

"좋소. 그럼 그렇게 합시다. 무광! 사람이 바뀌면 네 걱정도 해결되는 거지?"

화노가 무광에게 물었다.

"그렇게만 된다면야 더 걱정할 일이 없지요."

무광이 대답했다.

"좋아. 그럼 그렇게 하는 것으로 하고, 내일부터 당장 그 일을 시작해 봅시다."

화노가 토왕개 왕흠에게 말했다.

"알겠습니다. 노사의 은혜는 잊지 않겠습니다."

왕흠이 화노에게 머리를 조아리며 말했다.

"하하하! 은혜라니 그런 말마시구려. 칠선문의 식구가 되면 결국 모두 한식구인데 당연히 내가 도와야 할 일이오."

화노가 호탕한 웃음을 터뜨렸다.

그러자 시월이 토왕개 왕흠을 보며 말했다.

"어르신! 칠선문의 식구가 된 것을 환영합니다."

"고맙네. 모두 자네 덕분이네."

토왕개 왕흠이 덥썩 시월의 손을 잡으며 말했다.

*   *   *

칠선문의 문도들은 한동안 화노와 소향로의 의방 앞을 서성였다.

토왕개를 데리고 의방에 틀어박힌 화노는 며칠 동안 의방에서 밖으로 나오지 않았다.

가끔 소향로가 나와서 화노와 토왕개의 식사를 준비했고, 그 기회에 칠선문의 사형제들이 의방 안의 일을 물으면 소향로의 대답을 한결 같았다.

"저도 언제 끝날지 모르겠어요. 별로 하는 것도 없는 거 같은 데 스승님은 시간이 걸리는 일이라도 하시네요. 얼굴에 침을 꽂고 가끔은 의도(醫刀)를 드시기는 하지만, 내가 보기엔 뭘 하시는지 정확히 모르겠어요. 일단 기다려 보세요."

소향로의 거의 같은 대답을 칠선문의 문도들은 칠 일 동안 들었다.

그러다 칠선문의 사형제들이 기다림에 지쳐 의방 앞에 머무는 시간이 한결 짧아진 어느 날, 사람들이 아직 의방 앞에 모이지 않았을 때 의방 문이 열리면서 두 노인, 화노와 토왕개 왕흠이 밖으로 나왔다.

"음……."

의방을 나선 토왕개 왕흠이 아침 바다를 보며 가볍게 숨을 들이마셨다.

바다에서 시원한 공기가 밀려오고 있었다.

"어떻소? 새 사람이 된 기분이."

화노가 심호흡을 하는 토왕개에게 물었다.

"좋군요. 정말 새로 태어난 것처럼!"

왕흠이 대답했다.

"기분이 좋다니 다행이구려. 변한 얼굴을 받아들이기 힘들어 하는 사람도 있는데……."

"저야 애초에 과거를 단절하고 싶은 사람이니까요."

비슷한 듯하지만 어딘지 모르게 과거의 토왕개와는 다른 왕흠이 미소를 지으며 대답했다.

"그런데 아무리 얼굴이 바뀌었다 해도 사람은 결국 과거의 업(業)에서 완전히 벗어날 수는 없소. 다만 그 과거를 다시 마주했을 때 조금 다른 방식으로 다룰 수 있는 기회를 얻는 것일 뿐……

화노의 말에 토왕개가 그늘진 표정으로 고개를 끄떡였다.

"알고 있습니다. 얼굴을 갈아엎어도 내 지난 인생을 완전히 버릴 수 없다는 걸 말이죠. 그래도 이렇게 새로 시작할 수 있는 기회를 얻었다는 것은 자체가 제게는 큰 행운이지요. 그 기회를 만들어 주신 어르신께 감사할 뿐입니다."

토왕개가 화노에게 정중하게 고개를 숙여 보였다.

제 9장
—
점입가경

　이름은 소삼공, 칠선문의 세 장로 중 한 명, 경공에 뛰어나고 강호의 소식에 밝은 노무인(老武人), 토왕개 왕흠의 새로운 신분이다.

　이름을 소삼공으로 한 것은 그동안 만화도에 머물면서 호형호제하게 된 소사공보다 자신이 나이가 많으니 소삼공이 되겠다고 장난스레 말한 것이 현실이 된 것이다.

　화노와 왕흠, 그리고 소사공은 모두 노년에 이른 사람들이라 평소 만화도에서도 특별한 일이 아니면 늘 붙어 다녔다.

·　그들은 자의 반 타의 반으로 모두 칠선문의 장로가 되었는데, 그들의 능력과 노련함은 젊은 칠선문의 문도들에게 든든한 버팀목이 되어 주고 있었다.

　그렇게 왕흠이 소삼공으로 다시 태어나고, 칠선문의 장로로 받아들여진 후, 칠선문에서는 며칠 동안 잔치가 벌어졌다.

잔치는 낮과 밤 그리고 장소를 가리지 않고 여러 날 동안 이어졌는데, 시간이 지나자 잔치의 흥겨움도 서서히 시들해지기 시작했다.

"아, 심심해!"

어느 날 산비탈에 앉아 늦은 점심을 먹으며 만화도의 풍광을 바라보고 있던 부리가 입을 열었다.

"맞아요, 맞아. 정말 무료한 삶이에요."

무릉이 부리의 말에 맞장구를 쳤다.

그러자 소삼공으로 이름을 바꾼 왕흠이 말했다.

"그렇게들 심심하면 재미있는 일을 한 번 해보지 않겠나?"

"그런 일이 있나요? 무슨 일인데요?"

부리와 무릉 뿐 아니라 다른 사형제들도 관심을 보였다.

"우리 칠선문에게 이 만화도는 거처로써 안성맞춤인 곳이지만 한 가지 단점이 있네."

"그게 뭔가요?"

이화검이 호기심이 동한 표정으로 물었다.

"강호의 소식을 전혀 알 수가 없다는 거지. 강호의 소식을 들으려면 배를 타고 무량포까지 가야 하는데 왕복을 하면 오륙일이 걸릴 뿐더러 한 번 출항하기 위해선 준비해야 할 것도 많지. 그래서 급박한 일이 생겨도 바로 대처할 수 없고. 물론… 무림 일에 관여하지 않으면 그만이긴 하지만, 그래도 소식 정도는 그때그때 들어야지 않겠나?"

소삼공이 칠선문의 사형제들을 돌아보며 물었다.

"방법이 있습니까?"

무광도 관심을 보였다.

사실 무광 역시 강호와 완전히 단절된 만화도의 삶이 문제가 될 수도 있다고 생각하고 있었다.

무광이 관심을 보이지 소삼공이 손을 들어 만화도 서쪽 가파른 바위 비탈을 가리키며 말했다.

"저기 답이 있네."

"…무슨 말씀이신지?"

"이 만화도는 참 이상한 섬이야. 본래 이렇게 바다에 외떨어진 섬에는 갈매기 정도만 사는데 이 섬은 안쪽에 숲이 있어서 그런지 제법 많은 종류의 새들이 살더군. 그중에는 저기 바위 비탈 사이에 둥지를 튼 비둘기들도 있고. 섬에서는 쉽게 볼 수 없는데……."

"아! 전서구를 길들이자는 말씀이시군요!"

소사공이 소삼공이 뭘 하려는지 깨닫고 소리쳤다.

"하하하, 역시 아우님이 내 생각을 잘 읽는군. 맞네. 전서구를 한 번 길들여 보는 건 어떤가? 내가 그 기술을 알고 있거든. 간단한 일은 아니지만. 용선으로 조금씩 거리를 벌리면서 길들이다 보면 결국 무량포나 산동 제남에서도 만화도로 소식을 전할 수 있을 걸세. 마침 칠선문은 무량포에 사람을 두고 있으니까 유용하게 쓰일 걸세."

"할 수만 있다면 본문에 꼭 필요한 일이군요."

무광이 대답했다.

"그럼 한 번 해보세. 모두 심심하다니까 얼마간은 전서구 길들이는 것으로 무료함을 달랠 수 있을 걸세. 전서구가 이동하는 거리가 멀어지면 무량포에 한 번 가보는 거고."

"좋습니다! 당장 시작하죠!"

지난번 뭍으로 여행을 가지 못한 부리가 가장 적극적으로 나섰다.

"좋아. 그럼 오늘 당장 비둘기 둥지에 가보세. 쓸 만한 녀석들을 잡아보자고!"

소삼공도 계속된 잔치에 지루했는지 신이 나서 말했다.

그날부터 만화도의 칠선문 문도들 사이에 새로운 경쟁이 벌어졌다.

비둘기들을 잡아와서 토왕개가 알려주는 대로 길들이기 시작한 것이다.

처음에는 만화도 안에서 한 지점에서 날려 둥지로 돌아오게 하는 연습을 했고, 그게 익숙해지자 이후에는 용선을 타고 바다로 나가 비둘기들을 날려 섬과 용선 사이를 오가게 했다.

시간이 흐를수록 용선은 만화도에서 더 먼 곳까지 나아가 비둘기를 날렸다.

그렇게 두어 달이 지나자 이제 용선은 거의 무량포 인근까지 나아가 전서구를 날리게 되었다.

가끔 전서구들이 사라지는 경우도 있었지만, 그래도 전서구의 복귀율이 팔 할 정도는 되었다.

그즈음이 되자 칠선문의 문도들은 이제 다시 뭍으로 여행할 시간이 되었음을 깨달았다.

전서구의 최종 목적지는 결국 무량포의 초원루가 될 것이기 때문이었다.

*　　　　　*　　　　　*

"이번에는 나하고 부리, 그리고 무릉이 간다. 모두 불만 없지?"

무광이 사형제들을 돌아보며 물었다.

"뭐, 지난번에 안 간 사람들이니 나가는 거니까 불만은 없지요. 하지만……"

곽부가 말꼬리를 흐렸다.

"왜?"

뭔가 할 말이 있는 것 같은 곽부에게 무광이 물었다.

"굳이 만화도에 이렇게 많은 사람들이 남아 있을 필요가 있을까 해서요."

"맞는 말이다. 그래서 몇 사람 더 동행하기로 했다. 일단 약초를 가져가야 하니까 향로도 함께 간다. 화노 어르신께서는 귀찮다 하시니까."

무광이 뒤쪽 앉아서 소삼공과 이런 저런 이야기를 나누고 있는 화노를 보며 말했다.

그러자 화노가 손을 저으며 소리쳤다.

"나한테 귀찮은 일 시킬 생각일랑 하지 마라. 난 만화도가 좋아!"

"이 장로님도 마찬가지세요?"

무광이 소삼공에게 물었다.

"난 뭐… 나갈 수 있으면 나가는 것도 좋고. 사실 난 노 형님처럼 엉덩이가 무거운 사람은 아니니까. 선천적으로."

"그럼 함께 가시죠."

"그럴까? 초원루에 전서구 둥지를 만드는 일도 해야 하니까."

소삼공이 기다렸다는 듯 대답했다.

그러자 무광이 이번에는 이화검을 보며 말했다.

"그리고 제수씨, 시월을 데려갔으면 합니다만."

"저는요?"

이화검이 즉시 되물었다.

"동행하시겠습니까?"

"여기 남아서 밥이나 하고 있는 것보다야 낫죠. 그리고 낭군님 가시는데 당연히 저도 가야죠."

이화검이 시월을 데려가려면 자신도 데려가야 한다고 단호하게 요구했다.

그러자 무광이 고개를 끄떡였다.

"그럼 그렇게 하시죠."

"아니, 왜 막내는 이번에도 나가는 겁니까? 그럼 우리에게도 기회를 줘야죠!"

곽부가 불만스러운 표정으로 물었다.

그러자 무광이 곽부에게 물었다.

"곽부 네가 시월만큼 우릴 안전하게 지켜줄 수 있다면 그렇게 해도 되고."

"지켜요? 누구랑 싸울 생각이세요?"

곽부가 놀란 표정으로 물었다.

"그만큼 위험하단 뜻이야. 찢어진 천보밀동의 장보도가 어떤 분란을 일으키고 있는지 모르니까. 위급한 경우 우리 사형제를 가장 안전하기 지킬 수 있는 사람은 역시 시월이 아니겠어? 네가 그 일을 할 수 있다면 널 데려가겠다."

무광이 곽부의 의사를 물었다.

"그, 그야… 에이, 막내를 데려가세요. 우리 중에 막내만큼 강한 사람이 없으니까."

곽부가 어쩔 수 없다는 듯 말하면서도 아쉬운 표정을 지었다. 그러자 무광이 다시 입을 열었다.

"그것도 그거지만, 무량포의 그 초원루주를 상대하는 것은 역시 시월의 일이니까."

"쩝… 하긴 그렇군요. 그 노예상은 아주 거만해서 사람이나 팔던 주제에 시월이 아니면 다른 사람 말은 고분고분 들을 것 같지 않았어요."

곽부는 결국 시월이 동행하는 것에 동의할 수밖에 없었다.

"그럼 내일 출발하지요. 이번에는 전서구를 제대로 시험해야 하니 만화도에서도 준비를 잘 해줘."

무광이 소후에게 말했다.

그러자 소후가 얼른 대답했다.

"걱정 마세요. 이미 여러 번 해봐서 익숙하니까요."

"그리고 내가 없는 동안 소후 네가 만화도를 잘 지켜라."

"후후, 이 만화도 자체가 천혜의 요새인데 지킬 것이나 있나요."

소후가 빙그레 미소를 지으며 대답했다.

*   *   *

쿠오오!

철썩!

시월과 이화검은 오랜만에 거친 파도를 헤치며 전진하는 용선의 뱃전에 서 있었다.

그들 눈에 멀리 무량포가 보였다. 아직 꽤 먼 거리였지만 날이 좋아 두 시진은 더 가야 할 무량포가 선명하게 보였다.

"또 무슨 일들이 벌어졌을까요?"

이화검이 호기심 반 우려 반의 표정으로 입을 열었다.

"즐거운 소식은 없을 것 같아요."

"역시 그렇겠죠?"

"장보도의 열풍이 그렇게 쉽게 가라앉을 리 없고……."

"난세가 계속 이어지네요. 마련의 일도 그렇고……."

이화검이 한숨을 쉬었다.

"이번에 도착하면 이가검문의 소식도 알아봐야겠어요."

시월이 말했다.

"일월문이 물러났는데 설마 무슨 일이 있을까요?"

이화검이 아무 일 없을 거라면서도 불안한 표정으로 물었다.

"그렇긴 하지만 아무래도 이번 장보도 사건이 마련과 연관되어 있을 것 같아서요."

"그게 본문과 무슨 상관이 있나요?"

이화검이 되물었다.

"사람들의 시선을 천보밀동으로 잡아두면 다른 곳에서 일을 벌이기 쉽죠. 정말 장보도 사건이 마련의 짓이라면."

"이 기회에 일월문이 이가검문을 다시 공격할 수도 있다는 건가요?"

"…어쩌면요. 물론 지금부터 걱정할 일은 아니지만……."

"만약 그렇다면 장보도의 출현은 결국 무림 전체를 상대로 한 거대한 음모의 일부라는 건데… 그런 일을 할 수 있는 마련의 인물이라면 만계지마 밖에 없겠군요."

"저도 그를 생각하고는 있었어요. 이런 일은… 월문주조차 하기 어려운 일이죠."

시월이 대답했다.

"월문주도 간계에 능하잖아요? 때를 기다리는 인내심도 강하고."

"하지만 월문주는 작은 일에 집착하는 경향이 있어요. 그래서 무림 전체를 둔 이런 음모를 꾸미기에는……."

시월이 말꼬리를 흐렸다.

말을 하다 보니 월문주 백문보와 있었던 일들이 눈앞에서 다시 벌어지고 있는 것처럼 생생하게 떠올랐기 때문이었다. 그리고 그 기억들은 여전히 시월을 긴장하게 만들었다.

그런 시월의 기분을 알았는지, 이화검이 시월의 팔짱을 끼며 말했다.

"월문주 같은 소인배는 이제 걱정 말아요. 시월 당신은 이제 월문주 열 명이 덤벼도 끄떡하지 않을 고수니까."

"하하. 화검! 당신은 언제나 날 너무 과대평가해서 문제예요. 그러니까 사형들이 늘 놀리죠."

시월이 기분을 바꾸려는 듯 웃으며 말했다.

"흥, 아주버님들이 놀리는 것은 다 당신이 부러워서라고요. 큰일이에요. 당신을 부러워만 하고 누구 하나 장가 갈 생각을 안 하니… 쯔쯔!"

이화검이 혀를 찼다.

"만화도에 갇혀 살아서는 거의 가능성이 없죠. 뭍으로 여행을 자주 하면 차차 인연을 만날 기회들이 있을 거예요."

시월이 담담하게 대답했다.

철썩!

용선은 무량포를 앞에 두고 멈췄다. 그리고 예전처럼 무량포로 이동할 작은 배가 바다에 내려졌다.

무광을 비롯한 칠선문의 문도들이 용선에서 소선으로 날아 내렸다.

"아버지, 혼자 괜찮으시겠어요?"

시월 등과 함께 소선으로 내린 소향로가 배 위의 소사공을 보며 물었다.

"내 걱정은 말거라. 한두 번 오간 곳도 아니고. 너나 조심해. 다른 사람들 걱정시키지 말고."

소사공의 소향로에게 주의를 줬다.

"아버지도 참, 절 아직도 그렇게 모르세요?"

"맞아요. 장로님! 우리 중 가장 침착한 사람이 향로 동생인데요. 걱정 마세요."

이화검이 소사공에게 소리쳤다.

그러자 소사공이 고개를 저으며 말했다.

"아닐세. 향로가 똑똑하다 해도 아직은 어려. 이 여협께서 잘 좀 돌봐주시게. 이 여협만 믿겠네."

소사공이 정색을 하며 이화검에게 부탁을 했다.

"걱정 마세요. 안전하게 만화도로 데려갈 테니."

"믿고 있겠네. 자! 모두 잘들 다녀오시게!"

소사공이 소선에 탄 칠선문의 식솔들에게 작별을 고했다.

그러자 소선 위의 사람들이 소사공에게 고개를 숙여 작별 인사를 한 후 무량포를 향해 소선을 몰아가기 시작했다.

＊　　　　＊　　　　＊

"자자! 손님들! 안으로 들어오십시오. 산동 최고의 술과 재녀들이 여러분들을 기다리고 있습니다. 망설이지 말고 들어오세요! 아! 대인, 안녕하십니까! 또 오셨군요! 감사합니다. 하하하! 안으로 드시지요!"

초원루의 총관 황평은 오늘도 바쁘게 손님들을 불러 모으고 있었다. 그의 넉살은 처음 주루를 열었을 때와 비교하면 장족의 발전을 한 상태였다.

북방에서 노예상을 할 때는 사람을 대할 때 위압적인 기운이 흘렸지만, 지금은 어떤 손님이 와도 친근한 느낌을 주는 전형적인 장사치의 모습이었다.

포구 내의 초원루는 처음 문을 열었을 때와는 많이 달라져 있었다.

처음 포구 안쪽에 초원루를 열었을 때는 막 천보밀동의 장보도가 출현해 무림에 긴장감이 흐르고 있어 초원루를 찾는 손님이 극히 적었다.

하지만 지금은 마치 그 일이 언제 있었냐는 듯 초원루에 손님이 밀려들었고, 무량포의 포구의 모든 상가들이 본래의 모습대로 흥청거리고 있었다.

적어도 무량포에서는 천보밀동의 장보도 사건이 완전히 끝난 것 같은 모습이었다.

그리고 그건 시월 일행이 예상했던 것과는 완전히 다른 광경이었다. 그들은 여전히 천보밀동의 장보도 때문에 무량포가 살벌한 분위기일 거라고 생각했었다.

찢겨진 장보도 조각들이 곳곳에서 혈사를 일으키고, 그로 인해 강호행에 나선 무인과 상인들의 움직임도 극히 조심스러울 거라 예상했던 것이다.

그런데 그들 앞에 펼쳐진 무량포의 야시장과 초원루는 장보도 출현 이전처럼 활기로 가득 차 있었다.

"어서 오! 아, 오셨습니까?"

막 한 무리의 손님들을 안쪽으로 안내한 후 다시 손님을 마중하기 위해 밖으로 나오던 황평이 시월 일행을 발견하고는 서둘러 달려와 인사를 했다.

"장사가 잘되는 모양이구려?"

시월이 시끌벅적한 초원루를 보며 물었다.

"아, 뭐… 요즘은 제법 손님이 들고 있습니다."

황평이 흡족한 표정으로 말했다.

"다행이구려. 우린 본문의 거처에 가 있을 테니 주루를 좀 불러주시오."

"알겠습니다!"

황평이 얼른 대답을 하고는 주루 안쪽으로 뛰어 들어갔다.

그 모습을 본 후 시월이 무광 등에게 말했다.

"본문의 거처는 주루 뒤쪽에 있습니다."

"알았다. 가보자."

"예, 대사형 절 따라오세요."

시월이 무광과 일행을 데리고 초원루를 돌아 칠선문의 문도들을 위해 만든 처소로 이동했다.

*　　　　　*　　　　　*

"대협, 오랜만에 오셨소이다!"

급히 문이 열리면서 혈수금귀 석자부가 칠선문의 처소 중앙에 위치한 대청으로 들어섰다.

그런데 안으로 들어오다 말고 석자부가 멈칫했다.

그도 그럴 것이 방 안에서 기다리고 있는 사람들 중 그와 안면이 있는 사람은 시월과 이화검뿐이었고, 다른 사람들은 모두 처음 보는 사람들이기 때문이었다.

그중에서도 특히 호랑이 같은 기도를 뿜어내는 무광을 본 후에는 그답지 않게 주눅이 든 것 같기도 했다.

"이쪽으로 앉으시오."

당황한 석자부에게 시월이 자리에 앉기를 권했다.

그러자 석자부가 정신을 차리고 시월의 맞은편에 자리 잡고 앉았다.

"기루에 손님이 많더구려?"

"요즘은 그런대로 장사가 잘 되오. 손님이 최근 들어 많이 늘었소이다."

"내 예상과 다르구려. 난 천보밀동의 장보도 때문에 여전히 무량포가 긴장되어 있을 줄 알았는데."

"얼마 전까지는 그랬소. 그런데 지금은 무림의 상황이 완전히 변했소이다."

"어떻게 말이오?"

"천보밀동의 장보도를 가지고 있던 토왕개가 죽었다고 알려진 후, 한동안 그가 찢어서 뿌린 장보도 쟁탈전이 벌어졌소. 그로인해 하루가 멀다 하고 산동 곳곳에서 혈사가 벌어지고 있었는데, 갑자기 어느 날 누군가 찢어진 장보도 조각 하나를 가지고 천보밀동이 있는 곳을 알아냈다는 소문이 돌기 시작했소."

"장보도를 모두 모은 것이 아닌데 말이오?"

시월이 되물었다.

"그렇소이다. 정체를 알 수 없는 무림의 천재적인 인물이 단 한 장의 조각으로 천보밀동이 있는 장소를 알아냈다고 하더구려. 그래서 사람들은 이제는 장보도 조각에는 별 관심이 없소. 장보도를 쫓던 자들은 천보밀동이 있다는 북왕산으로 몰려가고 있소이다."

"북왕산(北王山)? 산동에 그런 산도 있소?"

시월이 듣지 못한 이름이라 석자부에게 되물었다.

"솔직히 나도 처음 듣는 이름이었소. 그만큼 알려지지 않은 산이라 할 수 있소. 그래서 처음에는 사람들도 그 소문을 반신반의 했었소. 그런데 얼마 지나지 않아 북왕산이 실재하는 산이고, 황하 북변에서 채 하루가 걸리지 않은 곳이라는 것이 알려지자 천하의 무림인들이 그곳으로 몰려가고 있다오."

그런데 갑자기 석자부의 말을 듣고 있던 무광이 무겁게 입을 열었다.

"천보밀동의 위치가 알려진 후라면 뒤늦게 그곳으로 간다한들 이미 보물을 사라지고 없을 텐데 왜 사람들이 그곳으로 몰려가는 것이오?"

갑작스러운 무광의 질문에 석자부가 두려운 눈빛으로 무광과 시월을 번갈아 바라봤다.

그러자 시월이 뒤늦게 석자부에게 무광을 소개했다.

"미처 소개해 드리지 못했구려. 인사하시오, 우리 칠선문의 대사형이시오."

"아, 그렇군요. 미처 몰라봤습니다. 석자부라고 합니다."

시월에게는 끝내 존대를 하지 않던 석자부가 무광에게는 처음부터 깍듯이 존댓말을 했다.

"무광이라 하오. 막내 사제에게 말씀 많이 들었소. 기왕에 본문과 인연을 맺었으니 잘 부탁드리겠소."

"부탁은 외려 제가 드려야지요. 앞으로 잘 부탁드리겠습니다. 대협!"

눈치 빠른 석자부는 이미 무광이 칠선문의 실질적인 우두머리라는 것을 눈치챈 것 같았다.

"서로 약속한 일을 잘하면 초원루와 본문 모두 이득을 될 것이오. 아무튼 소문이 난 지 여러 날 되었는데도, 왜 사람들이 여전히 북왕산으로 몰려간다는 것이오? 이미 보물들은 그 주인을 찾았을 텐데."

무광이 다시 질문을 던졌다.

그러자 석자부가 고개를 저었다.

"그게 그렇지가 않습니다. 북왕산에 천보밀동이 있다는 것은 알려졌지만, 문제는 북왕산 안에 있다는 천보밀동의 정확한 위치는 모른다는 것이지요. 그 정확한 위치는 장보도 조각이 모두 모여야 알 수 있다고 하더군요. 그래서 사람들이 일단 북왕산으로 달려가 직접 산을 뒤져 천보밀동을 찾으려고 하는 겁니다."

"허… 참! 문제군, 문제야!"

석자부의 말이 끝나자 소삼공으로 이름을 고친 토왕개 왕흠이 혀를 찼다.

그가 애써 장보도를 찢어 버리고, 이 일이 누군가의 음모에 의해 일어난 일이라고 목숨을 버려가면서까지 설득했지만 무림인들은 전혀 그의 말에 귀를 기울이지 않았던 것이다.

"아무튼 뭐, 우리 초원루로서는 나쁘지 않은 상황입니다. 천보밀동 찾기가 길어지면서 보물을 쫓던 자들이 모두 북왕산 쪽으로 이동해서 이 무량포는 간만에 예전의 모습을 되찾았으니까요."

석자부가 천보밀동으로 인해 사람들이 죽어나가는 것은 자신과 상관없다는 듯 어깨를 으쓱하며 말했다.

그는 노예상으로 살았던 사람이라서 사람이 죽고 사는 문제에 대해 그리 심각하게 생각지 않는 사람이었다.

"의천무맹은 움직였소?"

무광이 물었다.

그러자 석자부가 고개를 끄떡였다.

"그렇습니다. 십대천문 고수들이 북왕산으로 향하고 있습니다. 그 중 일부는 제남으로 모이고 있다고 하더군요. 그런데 명분이 아주 그럴 듯합니다. 천보밀동의 보물을 두고 강호에 큰 혈난이 벌어지는 것을 막기 위해 의천무맹의 고수들이 북왕산으로 가겠다는 거지요. 하지만 그 말을 믿을 사람이 있겠습니까? 그들 역시 천보밀동의 보물을 찾으러 가는 거지."

석자부가 의천무맹이 하는 짓이 가소롭다는 표정을 지으며 말했다.

"마련에 대한 소식은 없소?"

무광이 다시 물었다.

"사혈문과 해룡마궁의 마인들이 북왕산 쪽으로 움직이는 것 같습니다. 해룡마궁은 해로를 따라, 사혈문은 황하 변을 따라 육로로 움직이는 것 같더군요. 마련은 그 정도입니다."

"생각보다 적극적이지 않군요."

부리가 의아한 표정으로 말했다.

그러자 무광이 걱정스러운 표정으로 입을 열었다.

"그래서 더 걱정이 되는구나. 보물이라면 의천무맹보다 마련이 더 필요할 텐데, 이런 소극적인 움직임이라니……."

"역시 마련이 파놓은 함정일까요?"

이번에는 무릉이 물었다.

"아무래도 그럴 가능성이 큰 것 같아."

무광이 대답했다.

그러자 석자부가 놀란 얼굴로 물었다.

"천보밀동이 가짜란 말입니까?"

"토왕개의 죽음을 듣지 못했소?"

소삼공이 물었다.

"그의 죽음은 들었습니다. 장보도를 찢고 죽었다고……."

"그럼 그가 죽으면서 한 말도 들었을 것 아니오."

"물론 그가 죽으면서 천보밀동은 누군가의 음모라고 했다지만… 설마 그 말을 믿으시는 겁니까?"

"죽음을 각오한 사람은 거짓을 말하지 않는 법이오."

소삼공이 자신의 일이라 그런지 단호하게 말했다.

"그, 그야 그렇긴 하지만 그래도 천보밀동이라면 너무 강렬한 유혹이지요. 누군가의 말 한마디로 거짓으로 치부하기에는."

석자부가 변명하듯 말했다.

그러자 소삼공이 가볍게 고개를 저으며 입을 닫았다.

"십대천문이 모두 왔나요?"

그동안 침묵하던 이화검이 물었다.

그러자 처음으로 자신에게 존대를 한 사람이 생긴 것이 반가운지 석자부가 얼른 대답했다.

"소문으로는 그렇소이다."

"장성 이북의 문파들도 움직였나요?"

이화검이 다시 물었다.

"그렇소이다. 소위 북방 무림이라고 불리는 장성 이북의 문파들도 움직였소. 대월문과 모용세가 그리고 십대천문에 버금간다는 이가검문의 고수들까지 모여서 해로를 통해 남하한 후, 내륙으로 들어와 제남으로 향했다는 소식이 들리더구려."

"하……."

이화검이 자신도 모르게 탄식을 흘렸다. 이가검문까지 이 보물 쟁탈전에 뛰어들 거라고는 생각지 못했던 것이다.

그런 이화검의 속을 아는지 모르는지 석자부가 계속 이야기를 이어갔다.

"듣자 하니 이번에 북방 무림이 한 곳에 모인 것은 월문에서 주도했다고 하더구려. 그래서 그 무리를 이끄는 자도 월문의 젊은 영웅 월문신룡이고."

"월문과 모용세가가 회합을 요구했다면 이가검문도 어쩔 수 없었겠군요."

시월이 이화검의 속마음을 읽고는 위로하듯 말했다.

"그런데 그 와중에 재미있는 일이 하나 있소이다."

석자부가 갑자기 눈빛을 빛내며 말했다. 무척 흥미로운 일인 듯했다.

"무슨 일이 그렇게 재미있단 거요?"

부리가 퉁명스럽게 물었다.

"이 혼란한 와중에 제남에서 선남선녀가 혼인을 위해 만남을 가진다고 하더구려."

"제길! 처녀 총각이 선보는 게 뭐 그리 재밌는 일이라고."

부리가 타박하듯 말했다.

"그 두 사람이 보통 인물들이 아니어서 말이오. 한 사람은 이미 부인이 있는 유부남이지만 현 강호에서 가장 유명한 신진 고수고, 다른 한 사람은 천하에서 가장 부유한 집안은 딸이니 당연히 사람들이 관심을 가질 수밖에 없지 않겠소?"

"천하에서 가장 부유한 집안의 딸이라면, 설마 금가장의 금지옥엽 금송 소저를 말하는 것이오?"

천하에서 가장 부유한 가문이라면 항주 금가장이다. 그리고 금가장주에게는 딸은 오직 금송 한 명뿐이다.

"역시 바로 짐작하시는구려. 맞소. 금가장주의 딸 금송이 바로 그 여인이오."

"아니, 이해가 가지 않는데… 대체 금가장 같은 대문파의 딸이 뭐가 부족해서 이미 부인이 있는 사람과 혼인을 한단 말이오? 더군다나 금송 소저는 무척 고고해 보였는데……"

부리가 반문했다.

"어? 그녀를 만나 보셨소이까?"

석자부가 놀란 듯 물었다.

"오래 전에 바다에서 잠시 인사를 나눈 적이 있소."

부리가 숨기지 않고 대답했다.

"아, 그렇구려."

석자부가 고개를 끄떡였다.

그러자 부리가 다시 물었다.

"대체 얼마나 대단한 인물이기에 금송 소저가 두 번째 장가를 가려한다는 거요?"

"뭐… 인물로 보면 당대 최고의 젊은 영웅이라고 할 수 있을 거요. 바로 대월문의 후계자인 월문신룡이니까."

*　　　　*　　　　*

"하! 참… 그 인간……"

석자부가 나간 후 부리가 어이없는 듯 탄식을 했다.

항주 금가장주의 딸 금송에게 청혼한 사람이 월문신룡 백유검이라는 말은 시월 등에게 적지 않은 충격을 주었다.

이화검에게 청혼을 했다가 거절당한 것이 아직 일 년이 지나지 않았다. 그런데 또다시 항주 금가장에 청혼을 한다는 것은 이해하기 힘든 행동이었다. 말 많은 강호의 호사가들 입방아에 오르내리기 딱 좋은 일이었다.

"왜 그렇게 서둘까요? 두 번 장가가지 못하면 죽는 사람처럼. 그렇게 서둘 일이 아니잖아요?"

무릉이 무광에게 물었다.

그러자 무광이 담담하게 대답했다.

"의천무맹의 권력 쟁투가 생각보다 심한 모양이구나. 월문주가 무리를 하면서까지 항주 금가장과 정략혼을 추진하는 것은 십대천문 내에서 월문을 도와줄 우군이 절실하게 필요하단 뜻이니까."

"…그런 건가요? 난 또 소문주가 여자에 환장을 했나 싶었지요."

무릉이 투덜대듯 말했다.

"물론 소문주도 욕심이 없지는 않을 거야. 그의 행동을 보건데 아마도 우담에 대한 애정은 이제 완전히 사라진 것 같아. 그래서… 걱정이구나."

무광이 월문에 있는 설우담을 걱정했다.

"자업자득이죠. 그러게 누가… 에잇! 바보 같으니라구. 왜 그런 빌어먹을 놈을!"

부리가 설우담이 백유검을 선택한 것이 다시 생각해도 화가 나는지 욕설을 해댔다.

"지난 일을 다시 말해 뭐하겠어. 아무튼 녹록지 않은 삶일 거다. 앞으로가 더 걱정이고. 만약 이 혼사가 성사가 된다면 그때는……."

"월문에 있으면서도 완전히 의미 없는 존재가 되겠지요."

부리가 설우담의 앞날이 눈에 보인다는 듯 말했다.

"우담 누이도 누이지만, 그 삶을 지켜보는 소후 사형의 마음이 어떨지 더 걱정입니다."

시월이 입을 열었다.

"어떻게 빼내 올 방법이 없을까요?"

이화검이 물었다.

그녀는 칠선문의 사형제들보다도 더 백유검을 경멸하고 있었다. 자신을 겁탈하려 했던 그의 행동은 평생 잊을 수 없는 상처기 때문이었다.

그래서 설우담을 빼 오자는 과격한 제안까지도 할 수 있는 이화검이었다.

"우담 누이가 나오겠다고 결심을 하면 언제든 빼 올 수 있어요. 하지만 우담 누이가 원치 않을 거예요."

시월이 대답했다.

"왜요? 월문에서 그런 대접을 받으면서 왜 거기 머물러요?"

이화검이 이해할 수 없다는 듯 되물었다.

"자신의 선택이 옳았다는 걸 증명하고 싶을 테니까요. 자존심이 무척 세거든요. 그래서 더 걱정이에요. 분명히 가만히 있지 않을 것 같은데……."

"그렇다고 우담이 뭘 할 수 있겠어. 동별당이라는 곳에 갇혀 지내고 있는데……."

부리가 우울하게 말했다.

"우담은 뭐든 할 수 있을 거다. 사실… 독하기로 보면 우리 사

형제나 소문주도 우담을 따라갈 수 없지. 아마 문주 정도는 되어
야 상대가 될까."

무광이 시월 대신 대답했다.

"그건 또 그러네요. 어려서부터 아주 독했으니까요."

부리가 순순히 무광의 말에 동의했다. 그 역시 설우담이 처음
잠룡동에 왔을 때를 기억하고 있었다.

그녀는 아무런 연고도 없는 잠룡동 칠랑을 설득해 자신의 부모
를 공격한 무령산의 산적들을 전멸시킨 여인이었다.

그런 강단을 가진 설우담이 월문에서 의미 없는 존재로 늙어갈
리는 없었다.

칠선문 사형제들이 설우담에 대한 걱정으로 침울한 침묵을 이
어가는 와중에 문득 이화검이 조심스럽게 입을 열었다.

"그런데 아주버님……"

"말씀하세요."

무광이 미소를 지으며 대답했다.

"이번에는 제남에는 가지 않으실 건가요?"

이화검의 질문에 무광이 대답을 하려다 말고 뭔가를 깨달은 듯
시월을 보며 말했다.

"시월, 예정에는 없었지만 우리 제남에 한 번 다녀올까? 이가검
문의 대협들이 와 계신다니."

무광은 이화검이 왜 제남행을 거론했는지 알고 있었다. 물론 그
건 시월 역시 마찬가지였다.

"그렇잖아요. 우리 두 사람만이라도 제남에 갈 수 있도록 대사
형께 부탁드리려 했어요."

"부탁이라니. 가문의 어른들께서 이 먼 산동까지 오셨으면 당연히 가 뵈어야지. 다만 이번에는 나도 동행을 하고 싶구나. 아직 검문의 어른들을 뵙지 못했으니 이번 기회에 인사를 드리는 것도 나쁘지 않겠지."

"동행해 주시면 저희야 고맙죠!"

이화검이 반색을 하며 소리쳤다.

"어라? 그럼 우리 모두 가는 겁니까?"

부리가 들뜬 표정으로 물었다.

그러자 무광이 얼른 고개를 저었다.

"아니, 사제들과 향로 동생은 이곳에 남아 있어. 이곳에서 소 장로님을 도와드려야지."

"아니 그런 게 어딨어요?"

부리가 무광에게 따져 물었다.

그러자 무광이 차분하게 설득했다.

"고집 부릴 일이 아니야. 애초에 이곳에 온 목적이 전서구 둥지를 초원루에 만드는 거였잖아. 나와 사제가 제남에 가는 것은 이 가검문의 어른들이 왔다니 잠시 뵈러 가는 것이고. 더군다나 지금 제남은 천하에서 모여든 무림인들 천지일 텐데, 우리가 무리를 지어 가면 사람들 이목을 끌 수밖에 없어."

"그래도 이건 너무 서운한 일입니다."

"나중에! 이 천보밀동으로 인한 혼란이 끝나면 그때 충분히 시간을 줄게. 한 몇 달 나가 있던지!"

무광이 말했다.

단호한 무광의 표정에서 더 이상 설득이 안 된다는 것을 깨달은 부리가 퉁명스럽게 물었다.

"얼마나 있다 오실 건데요?"

"가서 검문의 어른들을 뵌 후에는 바로 돌아와야지. 우리도 조심스럽게 움직일 거야. 사람들 이목을 피해서."

결코 놀러가는 것이 아니라는 것을 무광이 재차 강조했다.

"…알았어요. 어쩔 수 없죠. 뭐……."

"향로 동생이 약재상을 돌아볼 때도 같이 가줘. 약재상을 맡은 사람이 향로가 어리다고 무시할 수 있으니까."

"알았어요. 그건 걱정 마세요."

부리가 여전히 퉁명스럽게 대답했다.

그런 부리를 보며 희미하게 미소를 지은 무광이 이화검을 돌아봤다.

"제수씨, 오늘 밤에 바로 떠나시죠. 아무래도 사람들 시선을 피해야 하니 밤에 이동하고 낮에 쉬는 것이 좋을 것 같군요."

"알겠습니다. 고마워요. 아주버님!"

"고맙긴요. 당연히 가서 뵈어야죠. 제가 우리 일곱 사형제들의 대사형인데……."

*   *   *

제남 외곽의 한적한 장원, 그곳에 며칠 전부터 무인들이 몰려들었고, 일반인의 접근이 불가능하게 삼엄한 경비가 펼쳐지고 있었다.

그래서 장원 근방의 주민들은 아예 장원에 가까이 갈 생각조차 하지 못했다.

제남은 대도시라서 평소에도 무인들을 흔히 볼 수 있는 곳이지만, 이번에 장원에 들어온 무인들은 기존에 보던 무인들과는 사뭇 달랐다.

투박한 옷차림에 거친 피부, 그리고 무엇보다도 호랑이나 늑대를 연상시키는 강렬한 안광은, 정갈한 모습의 무인들만 보아오던 근방 사람들에게는 그들이 마련의 마인들이 아닌가 하는 의심까지 들게 했다.

하지만 무림의 칼밥을 조금이라도 먹은 자라면 지금 장원에 들어온 무인들이 마련의 마인들이 아니라, 최근 마련의 마인들을 상대로 적지 않은 승리를 거두고 있는 북방 무림의 무인들임을 알고 있었다.

다만 장성 이북 무인들 특유의 호방하고 거친 성정들이 보통 사람들 눈에는 마인처럼 느껴지는 것뿐이었다.

북방 무림 무인들이 거처로 정한 장원의 동쪽 끝에, 북방 무림인들 중에서도 한층 더 강렬한 기운이 뿜어내는 문파의 무인들이 머물고 있었다.

요동에서도 동쪽에 치우쳐 있어 북방 무림인들에게조차 변방 무림으로 여겨지는 이가검문의 무인들이었다.

그러나 비록 그들이 변방의 무인들이라 해도 감히 이가검문을 무시할 사람은 무림에 없었다.

본래도 유서 깊은 명문이기도 하거니와 특히 최근 들어 마련을 구성하는 마문 중 큰 세력으로 꼽히는 혼천마 모용의 일월문을 물리치기도 하여 당금 강호의 가장 뜨거운 관심을 받고 있는 문파가 이가검문이었다.

의천무맹에서는 십팔장문의 위치에 있지만, 십대천문인 대월문과 모용세가조차도 이가검문을 함부로 대하지 못했다.

현재 이가검문의 위상은 십대천문에 버금가고 있었다.

그 이가검문의 거처에 어둠을 뚫고 세 개의 그림자가 장원의 담장을 넘어 침입했다. 그리고 은밀하게 이가검문의 무인들이 머무는 거처를 향해 다가갔다.

장원의 경비는 장원 외곽의 경우 삼엄하기 이를 데 없었는데, 막상 장원 안쪽의 경계는 생각보다 허술했다.

그럴 수밖에 없는 것이 감히 의천무맹 십대천문 중 두 곳이 포함된 북방 무림인들의 거처에 함부로 침입할 대담한 인물은 강호에 없을 것이기 때문이었다.

마련의 마인들이라 할지라도 지금 장원을 공격하는 것은 죽음을 자처하는 일이었다.

그렇게 장원 내부의 경계가 허술한 덕에 은밀히 장원에 들어온 세 사람은 이가검문의 무인들이 머무는 거처 바로 앞까지 누구에게도 들키지 않고 쉽게 접근했다.

그리고 그곳에서 세 명 중 가장 작은 체구의 인영이 불쑥 어둠 속에서 나와 숙소 앞에서 번을 서는 이가검문의 무인 앞으로 다가갔다.

"누구냐? 걸음을 멈춰라!"

번을 서던 이가검문의 무사가 검을 들어 다가오는 인영을 세웠다.

그러자 작은 체구의 인영이 손가락을 입에 대더니 자신의 얼굴을 번을 서던 이가검문의 문도에게 자세히 보였다.

순간 이가검문의 무사가 화들짝 놀라며 급히 목소리를 낮춰

물었다.

"정말 아가씨이십니까?"

"맞아요, 오라버니와 숙부님이 오셨다고 해서 뵈러 왔어요. 두 분께 조용히 알려주세요. 다른 사람들이 모르게 뵙고 갔으면 해요."

"알겠습니다. 일단 안으로 드시지요."

"잠시만요. 같이 온 사람들이 있어요."

"누가……?"

"누구겠어요. 칠선문의 사람들이죠."

"아! 그렇겠군요."

그제야 이화검이 혼인을 했다는 사실을 떠올린 이가검문의 무인이 가볍게 자신의 이마를 쳤다.

그러자 이화검이 시월이 있는 담장 아래 어두운 곳을 향해 손짓을 했다.

그녀의 신호에 따라 어둠 속에 모습을 감추고 있던 시월과 무광이 미끄러지듯 이화검이 있는 곳으로 다가갔다.

"어서 오십시오. 뵙게 되어 영광입니다. 절 따라 오십시오. 안으로 모시겠습니다."

시월과 무광이 도착하자 이가검문의 고수가 재빨리 이가검문 숙소 문을 열고 시월 등은 안으로 데리고 들어갔다.

*　　　　*　　　　*

"뭐?"

"화검이?"

이가검문의 이인자이자, 장주 이장춘의 첫째 아우인 이장룡과 대공자 이해검이 놀란 눈으로 처소 경비를 서던 문도를 바라보며 물었다.

"예, 어르신! 아가씨께서 오셨습니다."

이가검문이 문도가 얼른 대답했다.

"어디 있는가?"

이해검이 자리에서 일어나며 급히 물었다.

그러자 문밖에서 낭랑한 이화검의 목소리가 들렸다.

"어딨긴 어딨어요. 여기 있죠. 큰오라버니 그동안 잘 지내셨나요?"

어느새 보고를 하던 이가검문 문도를 지나친 이화검이 거침없이 안으로 들어서며 만면에 웃음을 띤 얼굴로 이해검에게 물었다.

그리고 그녀의 뒤쪽에는 시월과 무광이 부드러운 미소를 지으며 서 있었다.

제 10장
—
또 새로운 인연

이가검문의 문도들은 거칠지만 과묵한 사람들이다.

그래서 북방 무림 무인들 중에서도 이가검문이 묵는 숙소는 다른 곳에 비해 조용한 편이었다.

그런데 갑자기 그 이가검문의 문도들이 묵는 숙소에 활기가 돌았다. 이화검의 방문이 만들어낸 변화였다.

이가검문주 이장춘이 세 명의 아들들보다 딸인 이화검을 아낀 이유는 그녀의 뛰어난 재능도 재능이지만, 고목 같은 이가검문에 생명력을 불어 넣어주는 그녀의 성정을 좋아했기 때문이었다.

그래서 문주 이장춘은 이화검을 떠나보낸 후 한동안 우울함에서 벗어나지 못했다고 한다.

"그래서 이제 아버지는 괜찮으세요?"

아버지 이장춘이 이화검이 떠난 이후 우울증에 빠져 있었다는 소리를 들은 이화검이 걱정스러운 표정으로 이해검에게 물었다.

"응, 걱정 말거라. 금세 나아지셨으니까. 너도 알다시피 본문의 남자들이 오랫동안 우울함에 빠져 있을 성격은 아니잖니. 그리고 강호의 정세가 급변해서 아버님도 널 그리워만 하고 있을 수는 없으셨으니까."

이해검이 웃으며 말했다.

"다행이네요. 그런데 일월문은 어때요? 또 도발하지는 않았나요?"

"음, 그때 이후로는 조용해. 수소문을 해보니 흥안령 서쪽으로 본거지를 옮겼다고 하더라. 하지만 언젠가는 다시 오겠지. 지난번 승부는 비무로 난 것이니까. 아버님도 그리 생각하시고 그에 대비하고 있단다."

"아마 분명히 다시 공격할 거예요. 그자가 약속 따위를 지킬 사람이 아니죠."

"후후, 맞아. 마련의 마인들에게 약속을 지키길 기대하는 것은 순진한 일이지."

이해검이 가볍게 웃음을 흘렸다.

그러자 시월이 걱정스러운 표정으로 물었다.

"일월문이 여전히 호시탐탐 기회를 노리고 있는데 숙부님과 형님께서 이곳으로 오신 것은 조금 무리한 선택 같습니다만."

"우리도 그렇게 생각했네. 그래서 많이 망설였지. 하지만 월문과 모용세가가 의천무맹의 이름으로 소집을 요구하니 어쩔 수 없었네. 그래서 문도들을 적게 데려온 걸세. 우리 두 사람까지 열 명 정도 나왔으니 사실 본문의 전력에는 큰 손해가 없네. 더군다나 지난번 승리 이후 요동 각 문파가 본문을 중심으로 단단히 연합을 했다네. 혼천마도 결코 쉽게 도발할 수 없을 걸세."

이해검이 시월을 안심시켰다.

"물론 어떤 경우라도 이가검문이 혼천마에게 당할 일은 없다고 생각합니다."

이가검문의 가장 큰 힘은 누가 뭐래도 검옹 천복의 존재였다.

그의 존재감은 지난번 비무를 통해 전 무림에 분명하게 알려졌다. 강호에선 그를 십대고수의 반열로 언급하고 있기도 했다.

당연한 일이었다. 혼천마 모용을 도주하게 만든 검옹 천복의 무공이라면 천하에서 열 손가락 안에 들기에 충분하기 때문이었다.

"맞아. 검옹 어른 때문에 우리도 편하게 출행할 수 있었네."

이해검이 순순히 시월의 말을 인정했다.

그러자 이화검이 화제를 돌렸다.

"북왕산으로 언제 가시나요?"

"음, 이틀 후에 떠나기로 했다. 그자가 항주 금가장의 금송 소저를 오늘 만나는 것 같더라. 참 건방진 행동이지. 자신의 사적인 일로 북방 무림 전체의 일정에 차질을 주다니. 애초에 그 일만 아니었다면 제남으로 올 일도 없었다. 그가 굳이 제남에서 잠시 전열을 가다듬자고 고집을 부려 오게 된 거지. 그때까지는 그자가 이곳에서 금송 소저를 만나려 한다는 것도 몰랐다. 월문신룡의 명성을 생각하면 참 부끄러운 일이지."

이해검이 북방 무림의 무인들을 이끌고 제남으로 온 월문신룡 백유검의 행동을 비난했다.

"본래 무공에 비해 성품이 부족한 사람이죠."

이화검이 차갑게 말했다.

그러자 시월이 입을 열었다.

"어쩌면 잘된 일일 수도 있습니다."

"어떤 면에서 말인가?"

듣고 있던 이장룡이 물었다.

"이번 천보밀동 소동은 누군가 파놓은 함정이 거의 확실합니다. 그러니 서둘러 북왕산으로 가는 것보다 조금 늦게 움직이는 것이 안전할 겁니다. 정말 큰일이 벌어지면 가장 앞선 자들이 가장 많은 피해를 당할 테니까요."

"음… 강호에 그런 소문이 있는 것은 알고 있네. 하지만 왜 이 일이 누군가의 음모라고 확신하나?"

이장룡이 물었다.

"처음 장보도를 얻은 개방의 토왕개 어른과 잠깐 만난 적이 있습니다. 그때 토왕개께서 당신의 손에 장보도가 들어온 경위와 그 사실이 강호에 알려진 시점을 생각하면 분명히 함정이라고 확신하셨지요. 그래서 장보도를 개방으로도 가져가지 않고 사람들을 피해 도망 다니고 있다고 하시더군요."

"아! 토왕개를 만났었군. 그가 죽었으니 죽기 전에 만난 모양이군."

"그분의 죽음이 확인된 것은 아니지요."

시월이 칠선문에 살아 있는 토왕개를 죽은 사람 취급하기가 마음에 걸려 부인하듯 말했다.

"물론 시신이 발견되지는 않았지만, 천애 절벽에서 바다로 몸을 던졌다니 살아 있기는 힘들 걸세. 아무튼… 그가 그렇게 말했다면 정말 위험한 상황이군."

토왕개와 별반 인연이 없는 이장룡은 토왕개의 생사에는 큰 관심을 보이지 않았다.

"그러니까 조심하세요. 북왕산에서 어떤 일이 벌어질지 몰라요."

이화검이 당부했다.

"음… 그렇다면 우린 후미에 머물러야겠구나."

이장룡이 이해검을 보며 말했다.

"그래야겠습니다. 아예 가지 않는 것이 좋겠지만 그 두 사람이 북왕산행을 포기하지는 않을 테니까요."

"그렇겠지. 월문신룡이나 모용무성이나 야심이 많은 자들이니. 천보밀동의 보물이라면 두 가문의 세력에 날개를 달아줄 재물들이니까."

이장룡이 대답했다.

모용무성은 모용세가의 가주 모용황의 큰 아들로 자타가 공인하는 모용황의 후계자였다.

하지만 동생 모용무룡이 호시탐탐 후계자 자리를 노리고 있어서 결코 안심할 수 없는 모용무성이었다.

그래서 그는 북왕산행을 결코 포기할 수 없을 터였다.

천보밀동의 보물 일부만 손에 넣어도 모용세가에서 그의 입지는 더욱 공고해질 것이기 때문이었다.

"기회가 되면 본문의 무사들은 아예 북왕산에서 물러나는 것이 좋아요."

이화검이 걱정스러운 표정으로 말했다.

"알겠다. 함정이 확실하다면 위험에 대비해야겠지."

"무슨 일이 생기면 무량포로 오십시오. 그곳으로 오시면 초원루라는 주루가 있습니다. 칠선문과 인연이 있는 곳이니 그곳 루주에게 제 이름을 말하면 저희들과 연락이 될 겁니다."

"주루? 칠선문과 어울리지 않는데?"

이해검이 의외라는 듯 물었다.

"그냥 서로 필요에 의해 인연을 맺은 곳입니다. 칠선문의 새로운 거처가 황해의 한 섬이라 초원루를 통해 강호의 소식을 얻고 있습니다."

시월이 대답했다.

"아, 그렇군. 그런데 그럼 초원루에 가면 술은 공짜로 마실 수 있는 건가?"

이해검이 묻는 순간 이화검의 호통이 터져 나왔다.

"오라버니! 아직도 술독에서 빠져 나오지 못했어요? 이런 위험한 상황에서도 꼭 술을 찾아야겠어요? 하긴 내가 검문을 떠났으니 누가 오라버니를 막겠어요. 언니도 그 일은 포기했으니까. 하지만 이번에는 절대 안 돼요. 알았어요?"

"아, 알았다. 그리고 내가 요즘은 술을 많이 줄였어. 숙부님께 여쭤봐."

"그건 맞는 말이다. 네가 검문을 떠난 후 오히려 해검이 술을 많이 줄였다."

이장룡이 이해검을 거들었다.

그러자 이화검의 매서운 눈으로 이장룡과 이해검을 번갈아 보며 물었다.

"그 말은… 나 때문에 큰오라버니가 술고래가 되었다는 뜻인가요?"

"아아, 그런 말이 아냐. 네가 떠나고 나서 정신을 차린 거란 뜻이다. 오해 마라."

이장룡이 얼른 손을 저었다.

"맞아. 네가 떠나고 아버님이 우울해 하셔서 내가 검문의 일을 돌보지 않을 수 없었다. 그래서 술을 줄인 거야."

이해검도 얼른 말했다.

"알았어요. 그러니까 여기서도 술 마실 생각은 말아요. 특히 월문신룡이나 모용 대공자는 어떻게든 자신들의 피해를 줄이려고 할 거예요. 그들에게 이용당하지 않게 조심해요."

"걱정 마. 나도 그렇게 호락호락한 사람은 아니니까. 더군다나 숙부께서 계시니 그들에게 이용당할 일은 없을 거다. 그나저나 그자는 참 무슨 장가를 그렇게 여러 번 가려 하는지 모르겠구나. 쯔쯔."

이해검이 혀를 찼다.

"월문신룡 말이에요?"

"그래. 아무리 무림 문파의 혼사가 정략혼을 통한 세력 키우기의 일환이라지만 그자는 혼사를 무슨 물건 사고파는 일처럼 생각하는 것 같아. 지금도 한창 금가장과 홍정중일 거다. 혼사의 대가로 서로 무엇을 줄 수 있는지에 대해. 하여간 나하곤 맞지가 않아."

"금가장에서도 이 혼사에 찬성을 하는 것 같아요?"

이화검이 물었다.

"글쎄? 아주 마음이 없었다면 금송 소저가 직접 여기까지 왔을까? 그래도 어느 정도 마음이 있으니 월문신룡을 만나러 왔겠지."

이해검이 대답했다.

"두 문파의 혼사가 성사되면 무림에 작지 않은 파장이 일 거다. 십대천문 간의 서열이 새롭게 재편될 만큼."

이장룡이 말했다.

"문제군요. 마련의 도발로 강호가 수년간 혼란에 빠져 있는데 그 와중에 권력다툼이라니……."

시월이 어두운 표정으로 말했다.

"그러게 말일세. 아마 그래서 마련의 발호가 수년 동안 이어지고 있는 것일지도 모르지. 십대천문 중 어느 한 곳도 앞장서서 마련 토벌에 나서고 있지 않으니까. 모두 다 자신들의 전력을 지켜서 이 싸움이 끝난 후 무맹의 권력 재편에서 손해를 보고 싶지 않은 거지."

이장룡이 걱정스러운 표정으로 말했다.

"검옹 할아버님도 이렇게 가다가는 어쩌면 마련에게 큰 기회를 줄 수도 있다고 걱정하시더군요. 마련의 만계지마가 무맹의 분열을 이용하지 않을 리 없다면서요."

이해검이 말했다.

"나도 사실은 그게 걱정이다. 만계지마 중산은 싸움터에서는 두려울 바가 못 되지만, 어둠 속에서 계책을 세울 때는 정말 무서운 존재니까. 후… 정신들 차려야 할 텐데."

이장룡도 길게 한숨을 쉬며 걱정을 했다.

*   *   *

시월과 이화검이 오랜만에 만난 이가검문의 식구들과 회포를 풀고 있을 때, 장원 밖 조용한 한 객잔에선 월문신룡 백유검이 한 여인에게 자신의 뛰어남을 드러내기 위해 노력하고 있었다.

문제는 그의 말을 들어주고 있는 여인의 표정이 그리 밝지 않다는 것이었지만.

"제가 본문의 고수들과 함께 죽인 마련 거마들의 숫자가 적지 않습니다. 그래서 장성 이북에선 마련의 마인들이 감히 분란을 일으키지 못하고 있지요. 그러니 소저께서는 장성 이북으로 가는 것에 대해 걱정할 필요가 전혀 없습니다. 지금 천하 무림에서 가장 안전한 곳이 저의 월문이라고 할 수 있으니까요. 하하하!"

백유검이 호탕하게 웃음을 터뜨렸다.

그러자 여인 곁에 앉아 있던 노고수가 입을 열었다.

"물론 잘 알고 있소. 월문신룡께서 그동안 벤 마두들의 숫자가 손으로 꼽을 수 없을 정도라는 걸 말이오. 젊은 나이에 정말 대단한 성과를 이루셨소이다. 다른 십대천문의 후기지수들이 모두 월문신룡을 우러러 보고 있을 것이오."

말을 하는 노인의 이름은 우사공, 항주 금가장의 삼대 장로 중 일장로의 자리에 있는 노고수다.

"어르신께서 그리 말씀해 주시니 몸 둘 바를 모르겠군요. 제가 이 말씀을 드리는 것은 제 공을 자랑하려는 것이 아니라, 혹 금 소저께서 장성 이북으로 가시는 것에 두려움을 느끼실까 하여 걱정할 필요가 없다는 뜻에서 드린 말입니다."

백유검이 짐짓 겸손한 말투로 말했다.

그러자 그의 말을 듣고 있던 여인, 항주 금가장주의 딸 금송이 차분하게 입을 열었다.

"북방으로 가는 것을 두려워하지는 않습니다. 저 역시 강호 정세에 어둡지는 않으니까요. 특히 이가검문이 혼천마의 일월문을 물리친 이후 북방 무림이 한결 안정되었다는 것도 잘 알고 있습니다. 다만……."

금송의 말이 이어지는 동안 백유검이 표정이 눈에 띄지 않게 변했다. 그녀의 입에서 이가검문의 이름이 흘러나온 순간이었다.

입가에는 여전히 미소를 짓고 있었지만, 눈에는 숨길 수 없는 적의가 드러났다.

하지만 그는 그 적의를 얼른 감추며 입을 열었다.

"물론 이가검문의 승리도 큰 영향을 미쳤지요. 그런데 그럼 달리 걱정하시는 것이 무엇인지……?"

"…제가 걱정하는 것은 두 가지입니다. 첫 번째는 비록 영웅은 삼처사첩을 거느린다지만, 월문신룡께선 이미 십여 년이나 함께하신 부인이 계시는데, 제가 월문으로 가면 그분과 과연 잘 지낼 수 있을지가 걱정이고, 두 번째는… 이 혼사는 누구나 알 듯 두 가문의 이익을 위한 것인데 과연 저희 금가장이 내놓을 것이 무엇이고, 받을 수 있는 게 무엇인지 그게 걱정이 되는군요."

조용하지만 자신이 하고자 하는 말을 대담하게 꺼내는 금송의 모습에서 백유검은 지금까지 자신이 떠들어댔던 너스레가 아무 소용이 없었다는 것을 깨달았다.

그리고 그 사실을 깨닫는 순간, 그의 얼굴에서 미소가 사라지고 눈빛이 냉정하게 변했다.

*   *   *

― 그 사람은 걱정할 필요 없소. 소저가 월문의 사람이 되는 순간, 소저는 나 백유검의 유일한 정실부인이 될 것이오. 그 사람도 이미 이 문제에 동의했소. 그리고 이 혼인으로 월문과 금가장은 아무것도 하지 않아도 큰 이득을 얻게 될 것이오. 두 가문이 사돈 가문이 되는 것 자체가 각자의 존재감을 두어 배 이상 키울 테니 말이오. 아, 물론 실질적인 협력도 기대하고 있소. 아버님께서 말씀하시길 개봉 정도에 양 문파가 힘을 합쳐 하나의 장원을 세우는 것도 좋을 거라 하셨소. 월문은 중원 무림에 교두보를 마련하고, 금가장 역시 하북 상권을 안정적으로 주도할 수 있게 말이오. 금가장은 자금을 대고 월문은 문도를 보내면 그 장원은 황하 인근 무림의 중심지가 될 것이오. 아, 만약 이번에 본문이 북왕산의 보물을 찾으면 굳이 금가장에서 금자를 내놓을 필요는 없겠구려. 하하하!

톡톡!

항주 금가장주의 금지옥엽 금송이 손가락으로 서탁을 두드리며 골똘히 생각에 빠져 있었다.

그의 앞에 있는 일장로 우사공 역시 마찬가지로 뭔가를 생각하며 침묵을 지키고 있었다.

그러던 중 문득 금송이 입을 열었다.

"그는 내일 떠난다고 했나요?"

"그렇구나."

"예상은 했지만 생각보다 더 무례하군요."

"월문뿐 아니라 북방의 무인들은 대체로 예법에 미숙하지."

우사공이 가볍게 미소를 지으며 말했다.

"일장로께선 어떻게 생각하세요?"

"쉽지 않군. 확실히 이득이 큰 혼사이기는 한데……."

우사공이 말꼬리를 흐렸다.

그러자 금송이 입을 열었다.

"그 이득을 월문이 독식하려 할 것 같다는 생각이 드는 건 저만의 느낌일까요?"

"아니, 나 역시 과연 월문을 믿어도 좋을지 확신이 서지 않는구나. 그런데 더 큰 문제는… 월문신룡 그 사람 자체에 대해 믿음이 가지 않는다는 것이다. 강호의 소문은 삼 푼은 진실이고 칠 푼은 과장되기 마련이라지만 직접 만나보니 영……."

우사공은 백유검에 대해 실망한 기색이 역력해 보였다.

"성품이 재주를 따라가지 못하는 사람인 건 맞는 것 같아요. 자신 곁에 십 년 가까이 머문 설 부인을 하찮은 존재로 말하는 것도 그렇고 또 개봉에 세우겠다는 장원의 무력을 월문 홀로 맡겠다는 것도 호의가 아니라 그 장원을 월문의 장원으로 삼겠다는 뜻이지요."

"…월문주가 욕심이 많다는 것은 알고 있었지만, 월문신룡까지 그를 닮았을 줄은 몰랐구나. 소문에는 대범한 성정에 호협한 사람이라고 했는데……."

"전 처음부터 그가 마음에 들지 않았어요. 그래서 애초에 이 혼사를 시작조차 하지 않길 바랐지요. 아버님 고집만 아니었다면……."

"그래서 그를 보고 결정하겠다고 한 것이냐?"

우사공이 물었다.

"네. 아버님이 고집을 부리시니 이 정도는 해야 할 것 같아서요. 또 그에 대한 제 생각이 틀렸을 수도 있으니까. 하지만 만나보니 더 실망이 커요."

금송이 냉정하게 말했다.

"그래서 이제 어쩔 생각이냐?"

"이 혼사를 거절해야겠죠."

"음… 여기서 네가 직접?"

"그게 확실할 것 같아요."

"그건 좀 성급한 것 같구나."

우사공이 말했다.

그러자 금송이 화난 표정으로 되물었다.

"그럼 장로님은 제가 그런 사람에게 시집을 가야겠어요? 제가 볼 때 이 혼사는 당장은 금가장의 명성에 도움이 될지 몰라도 나중에는 큰 손해가 될 것 같아요. 그들은… 아마도 절 월문의 안주인이 아니라 인질쯤으로 생각할 거라고요. 그리고 수시로 금가장에서 자금을 우려내려 하겠죠."

"오해를 했구나. 내가 이 혼사를 찬성한다는 게 아니다. 다만 그의 면전에서 거절하기 보다는 금가장으로 돌아간 후, 장주께서 서신을 보내 거절하는 게 좋을 것 같다는 거지. 굳이 이곳에서 그의 체면을 깎을 필요가 없지 않느냐. 북방 무림의 다른 문파들도 관심 있게 지켜보고 있는데."

"…그렇기도 하군요. 하지만 어쨌든 장로님도 아버님을 만나면 제 편을 들어주셔야 해요. 알았죠?"

"음… 그렇게 하마. 그를 만나보니 이 혼사는 확실히 위험할 것 같구나."

우사공이 고개를 끄덕였다.

어차피 오늘 헤어질 사람이었지만, 그래도 아침부터 찾아와 작별을 고하는 금송의 행동에 백유검은 무척 기분이 상했다.

하지만 그런 기분을 밖으로 드러낼 수는 없었다.

북왕산에서 천보밀동의 보물을 차지한다면 모르지만 그렇지 않은 이상 월문에게 금가장의 재력은 반드시 필요하기 때문이었다.

물론 금송을 만난 이후 그녀 자체에 대한 욕심도 생겼다. 이화검만큼은 아니지만 그래도 금송은 그 나름대로의 아름다움을 가지고 있었다.

이화검과의 혼사가 비참하게 틀어진 후 백유검은 십여 년 동안 같이 산 설우담에 대한 정이 완전히 사라져 버렸다.

그녀의 존재가 이화검과의 혼사를 그르친 결정적인 이유라고 생각했기 때문이었다.

그런 상황에서 차분한 성정의 수련꽃 같은 금송을 만나니 그녀에 대한 욕심이 불쑥 커진 것이다. 그녀라면 이화검에게서 받은 수모를 어느 정도 보상해 줄 것 같기도 했다.

그런데 그 금송이 자신의 생각처럼 쉽게 움직이지 않고 있었다. 겉으로는 순박해 보이지만 하는 행동은 이화검 못지않게 대범한 면이 있었다.

"며칠 더 대협님과 이야기를 나누고 싶으나, 대협께선 북왕산 일이 급하시니 훗날 다시 만나 뵙도록 하지요. 괜히 제가 대협을 뵙겠다고 해서 북방 무림의 고수들을 이끌고 계신 대협께 불편을 드린 것 같아 죄송해요."

떠나겠다는 말을 하러 온 금송은 처음부터 끝까지 차분했고 정중했다. 이른 작별 인사 역시 모두 자신의 탓이라고 말했다.

하지만 그러면서도 이 혼사에 동의한다는 말을 절대 하지 않았다.

"나로서는 무척 아쉬울 따름이오. 붙들고 싶지만 강호의 사정이 급박하니 소저를 잡을 수가 없구려. 그런데 떠나기 전에 이 혼사에 대한 소저의 생각을 듣고 싶소이다만. 너무… 급한 물음이겠소?"

백유검이 결국 먼저 두 사람의 혼사에 대한 욕심을 드러냈다. 그로서는 금송과의 혼사를 마무리 짓고 홀가분하게 북왕산으로 가고 싶었다.

"대협도 아시다시피 이 혼사는 결국 양 가문의 어르신들이 결정할 문제지요. 그러니 지금 제가 무슨 말씀을 드릴 수 있겠어요. 전 다만 아무리 정략혼이라 해도 혼인 전에 대협을 한 번 뵙고 싶었을 뿐입니다. 한 번도 만나지 않은 사람과 혼인을 하는 것은 너무… 비참한 일이니까요."

"…그래도 소저의 생각이 있을 것 아니오?"

백유검이 조금 더 적극적으로 나섰다.

그러자 금송이 고개를 저으며 말했다.

"글쎄요. 저로선 역시 그 질문에 대답할 수 없군요. 대협께서 말씀하신 여러 조건들을 아버님께 말씀드린 후, 아버님께서 결정하시면 그 결정에 따르겠어요. 그 말씀만 드릴게요."

생각을 읽을 수 없는 모호한 대답이다.

하지만 한 가지 확실한 것은 있었다. 금가장주가 혼인을 결정하면 어쩔 수 없지 따르겠지만, 그녀 자신이 이 혼사를 적극적으로 진행할 의사는 없는 것이 분명했다.

그리고 그건 그녀가 백유검에 대해 특별한 호감을 느끼지 않았다는 의미기도 했다.

백유검으로서는 기분이 상할 수밖에 없는 일이었다.

"소저의 뜻, 잘 알았소이다. 아버님께서 조만간 금가장으로 사람을 보낼 것이오. 그때 양 가문의 뜻을 확인하도록 합시다."

"알겠습니다. 아버님께 그리 전하겠습니다."

금송이 담담하게 대답했다.

"마음 같아서는 항주까지 모셔다드리고 싶지만 강호의 일이 급박하니 그리 할 수 없구려."

"본가의 무인들이 있으니 걱정하지 않으셔도 됩니다."

"음, 하긴 금가장 역시 십대천문의 일문이니……."

"그럼 저는 이만……."

금송이 자리에서 일어나 백유검에게 정중하게 고개를 숙여 보인 후 백유검의 처소를 나섰다.

"다음에 다시 만나기를 바라겠소."

금송이 먼저 나가자 금가장의 일장로 우사공이 백유검을 보며 말했다.

그러자 백유검이 얼른 우사공에게 포권을 해보였다.

"노사께서 장주님께 잘 말씀드려주십시오."

"알겠소이다. 북왕산에서 좋은 성과를 얻기 바라겠소."

"고맙습니다."

백유검이 다시 고개를 숙여보였다.

우사공이 그런 백유검에게 가볍게 고개를 끄떡여 보인 후 서둘러 금송을 따라 방문을 나섰다.

그렇게 두 사람이 떠나자 백유검이 갑자기 냉혹한 안광을 흘리며 중얼거렸다.

"건방진 계집 같으니……! 조신한 듯하면서 속으로는 날 시험하고 있었다는 거지? 누가 장사치의 딸이 아니랄까 봐. 하지만 그런들 별 수 있겠느냐. 대월문이 요구하는 혼사를 감히 금가장주가 거절할 수 없을 것이다. 나중에 네가 월문으로 오면 내가 그 도도한 버릇을 단단히 고쳐주겠다."

*   *   *

시월과 이화검은 무광과 나란히 서서 분주하게 움직이고 있는 북방 무인들을 먼발치에서 지켜보고 있었다.

오전부터 서둘기 시작한 북방 무림인들은 정오 무렵부터 장원을 나섰다. 그리고 북쪽으로 뻗은 관도를 따라 바람처럼 말을 달리기 시작했다.

오십여 명이 넘는 무인들이 무리로 움직이는 모습은 제남 인근에서도 쉽게 볼 수 없는 광경이라 그들을 구경하는 구경꾼들도 적지 않았다.

뿌연 먼지를 일으키며 관도를 달려 나간 북방 무림인들은 순식간에 사람들의 시야에서 사라졌다.

"우리도 이제 가요."

아쉬운 표정으로 이화검이 말했다.

그녀는 북방 무림에 속한 이가검문이 그들 무리에서 벗어날 수 없다는 것을 알면서도, 북왕산으로 향한 이해검과 이장룡의 행보가 못내 아쉬웠다. 어떤 핑계를 대서라도 제남에 남아 있든지 아니면 요동 이가검문으로 복귀하기를 바랐던 이화검이었다.

"너무 걱정 말아요. 별문제 없을 거예요. 다들 뛰어난 분들이니까."

시월이 위로하듯 말했다.

그러자 이화검이 고개를 저으며 말했다.

"누군가 작정을 하고 함정을 파면 어떤 고수라도 위험하죠."

"이미 위험을 알고 있으니 충분히 대처할 겁니다."

무광도 이화검을 안심시켰다.

"그렇겠죠? 함정이 있는 줄 알면서도 당하면 그건 바보 같은 짓이죠."

이화검이 기분을 돌리려는 듯 호탕하게 말했다.

"자, 그만 돌아가요. 사형들이 목 빠지게 기다리고 있을 테니."

시월이 웃으며 말했다.

그러자 무광이 맞장구를 쳤다.

"맞는 말이다. 부리와 무릉의 입이 댓 발은 나와 있을 거야. 서둘러 가자."

무광의 말에 세 사람은 말에 올라 무량포를 향해 달리기 시작했다.

*　　　　*　　　　*

타탁타탁!

작은 불꽃들이 허공으로 튀어 올랐다. 큰 바위를 등지고 노숙을 위해 천막을 친 시월 일행은 모닥불 주위에 둘러 앉아 깊어가는 밤하늘을 벗 삼아 두런두런 이야기를 나누고 있었다.

"이제 그만 눈을 좀 붙일까? 내일 아침 일찍 출발해야 저녁 쯤 무량포에 도착할 수 있을 것 같으니."

무광이 시월을 보며 말했다.

"그렇게 하세요. 마음 같아서는 밤새 이야기를 나누고 싶지만……"

"후우, 시간이야 남아도는 게 우리 칠선문 문도의 생활 아니냐."

무광이 가볍게 웃음을 흘렸다.

"그래도 이렇게 여행 중에 이야기를 나누는 것은 분위기가 다르잖아요?"

이화검이 무광에게 말했다.

"하하하, 그렇기는 하지요. 그럼 아예 밤을 새울까요? 어차피 걷는 것은 말이니까?"

무광이 이화검에게 되물었다.

"전 좋아요. 시월 당신은요?"

이화검이 시월을 돌아보며 물었다.

그런데 이화검이 물음에 대답을 하려던 시월이 갑자기 손을 들어 이화검과 무광에게 신호를 보낸 후, 훌쩍 몸을 날려 천막 뒤쪽에 있는 큰 바위 위로 올라갔다.

그러고는 잠시 후 바위 아래로 고개를 돌려 낮은 목소리로 무광과 이화검에게 말을 건넸다.

"누가 싸우고 있어요."

*　　　　*　　　　*

　무림에서 타인의 싸움은 모른 척 피하는 것이 위험을 회피하는 가장 좋은 방법이다.

　그러기 위해선 시월 일행은 서둘러 천막을 걷고 조용히 이곳을 떠나야 했다. 그것도 싸우는 자들이 자신들을 발견하기 전에. 하지만 시월 일행에게는 그럴 기회는 없었다.

　숲에서 벌어지고 있던 싸움이 순식간에 그들이 노숙하던 곳까지 이동해 왔기 때문이었다.

　미처 천막을 거둘 틈도 없었다.

　시월이 바위에서 날아내려 서둘러 천막을 거두려는 순간, 일단의 무인들이 시월이 올랐던 바위를 날아 넘어 그들이 노숙하던 곳으로 내려섰다.

　먼저 바위를 날아 넘은 사람들은 질 좋은 옷감으로 만든 무복을 입고 있었는데, 그 중 한 명은 젊은 여인이었다.

　그들은 바위를 날아 넘은 직후 시월 일행을 발견하고는 당황한 듯 재빨리 시월 등을 향해 검을 겨누었다.

　그런데 시월 일행이 그들에게 적이 아님을 말하기도 전에 이번에는 검은 옷에 검은 초립을 쓴 자들 십여 명이 바위를 넘어와 여인이 포함된 일행을 포위했다.

　그러다가 그들도 시월 일행을 발견하고는 당황한 기색을 보였다.

　하지만 검은 초립의 사내들은 이내 정신을 차리고 시월 등을 향해 날카롭게 물었다.

"뭐 하는 자들이냐?"

그러자 무광이 어이없는 표정을 지으며 되물었다.

"그 질문은 내가 하고 싶소만. 조용히 노숙하고 있는 사람들을 놀라게 한 것은 당신들이니까."

무광의 대답에 흑의인이 다시 입을 열려는 순간 먼저 바위를 넘은 사람들 사이에서 여인이 급히 입을 열었다.

"혹시, 칠선문의 대협들이 아니신가요?"

여인의 질문에 시월 등이 자신들의 정체를 알아본 여인에게 시선을 주었다. 그리고 잠시 후 이화검의 입에서 탄성이 터져 나왔다.

"아! 금송 동생이군요!"

이화검의 말대로 바위를 넘어 도주해 온 여인은 항주 금가장주의 딸 금송이었다.

시월 등도 바다 위에서 그녀를 만난 적이 있기에 뒤늦게나마 그녀를 알아볼 수 있었다.

"맞아요. 언니! 저 금송이에요. 아! 화검 언니를 여기서 보게 되다니! 정말 믿기지 않아요!"

금송이 환호성을 지르듯 말했다.

"나도 반갑기는 한데… 어떻게 된 일이죠? 송이 동생은 제남에 있다고 들었는데……."

"제남에 들렸다가 본가로 귀환하던 도중에 이자들의 공격을 받았어요."

금송이 검은 초립으로 얼굴을 반쯤 가린 살수들을 가리키며 말했다. 살수들을 노려보는 그녀의 눈에서 평소와 다른 분노와 살기가 느껴졌다.

"이자들이 왜 소저 일행을 공격한 겁니까? 강호에서 십대천문인 대금가장의 사람을 공격할 자들은 흔치 않은데… 혹 마련의 인물들입니까?"

이번에는 무광이 물었다. 그러자 금송이 고개를 저었다.

"모르겠어요. 날이 저물어 노숙을 준비하는데 갑자기 기습을 했어요. 이미… 문도들이 여럿 목숨을 잃고 우리만 겨우 살아남았지요."

문도들의 죽음을 알리는 금송의 표정이 침울하기 이를 데 없었다.

그녀와 장로 우사공을 포함해도 살아 있는 금가장의 문도는 겨우 다섯이었다.

금송의 대답을 들은 무광이 초립을 쓴 살수들을 향해 시선을 돌렸다.

"정말 정체가 궁금하군. 십대천문 대금가장을 공격한 대담한 자들이 누구인지."

무광의 말에 초립을 쓴 자들 중 우두머리로 보이는 자가 무겁게 입을 열었다.

"정말 칠선문의 무인들이냐?"

"보고 들은 대로."

무광이 짧게 대답했다.

"이 일은 칠선문과 상관이 없는 일이니 당장 이곳을 떠나라. 떠나지 않으면 어쩔 수 없이 너희들도 죽일 수밖에 없다."

초립을 쓴 살수가 차갑게 경고했다.

"그런 좀 어렵겠군. 몰랐으면 모를까. 알게 된 이상 금송 소저의 위험을 모른 체 할 수 없으니까."

"그 오지랖이 너희들을 죽음으로 몰고 갈 것이다."

살수가 협박하듯 말했다.

"칠선문에 대해 듣지 못했나 보군."

무광이 담담하게 말했다.

"물론 너희 칠선문에 삼십육마를 능가하는 고수가 있다는 소문을 들었다. 하지만… 너희들 중에는 그 고수가 없는 것 같은데?"

살수가 차갑게 말했다.

그는 시월 등의 나이로 보아 이가검문에서 화중마 백우양을 비무로 이긴 고수는 이곳에 없다고 판단한 것 같았다.

그 고수가 젊은 고수라고 전해지지만, 적어도 삼십은 훌쩍 넘었을 거라 생각하는 듯했다.

살수의 말에 무광이 가볍게 미소를 짓더니 손으로 슬쩍 시월의 등을 밀었다.

"엇?"

갑자기 무광이 등을 밀자 시월이 앞으로 두어 걸음 넘어지듯 나간 후 무광을 돌아봤다.

그러자 무광이 시월에게 말했다.

"사제를 만나고 싶어 하는 것 같으니 이 일은 사제가 맡아."

"사형도 참… 갑자기 밀어서 놀랐잖아요!"

"놀라긴 뭘 놀라. 어차피 사제가 해결해야 할 일 같은데. 자! 당신들이 만나고 싶어 하는 바로 그 칠선문의 고수가 바로 이 친구다. 화중마 백우양을 꺾은 사람!"

무광이 살수들을 보며 말했다.

순간 살수들은 자신들도 모르게 두어 걸음씩 뒤로 물러났다.

"정말이냐? 네가 바로 그 칠선문의 고수냐?"

살수들의 우두머리가 믿지 못하겠다는 듯 물었다.

"내가 그렇게 대단한 고수는 아니지만, 백우양과의 비무를 한 사람은 맞소."

시월이 담담하게 대답했다.

그러자 살수들이 잠시 머뭇거리더니 조금 더 신중해진 모습으로 물었다.

"정말 칠선문이 이 일에 관여해야만 하겠는가? 그렇다면 우리도 어쩔 수 없이 너희들을 죽일 수밖에 없다."

"그렇다면 어쩔 수 없이 싸워야겠구려. 나 역시 금 소저의 어려움을 모른 척 할 수 없으니. 싸워봅시다!"

창!

시월이 거침없이 검을 뽑아들었다. 시월은 애초부터 이 기묘한 대치가 대화로 해결될 일이 아니라는 것을 알고 있었다.

살수들이 단 세 명의 칠선문 무인들이 두려워 금송에 대한 공격을 멈출 리가 없었다.

더군다나 그들은 시월의 무공을 본 적이 없었다. 다만 강호에 떠도는 칠선문의 젊은 고수에 대한 소문을 들었을 뿐이었다.

그렇다면 그들은 시월의 어린 모습에 그 소문이 과장됐다고 생각할 수밖에 없었다.

"강호의 소문은 늘 과장되게 마련이지. 오늘 다시 한번 그 진리를 확인하게 되겠군. 너 같이 어린 자가 화중마 백우양을 꺾었다면 그건 운이 지독하게 좋았기 때문일 것이다. 그리고 오늘은 그 운이 지독히 없는 날이 될 것이다. 모두 죽인다! 오늘 우리가 한 일이 세상에 알려지는 일이 없어야 하니까."

살수가 차갑게 명을 내렸다. 그러자 십여 명의 살수들이 시월과 다른 일행들을 둥글게 포위했다.

"이 일을 누가 사주한 것인지 알 수 있겠소?"

시월이 자신을 향해 검을 겨누는 살수들에게 물었다. 생사결이 눈앞에 다가왔지만 전혀 긴장하지 않는 모습이다.

"살수는 죽더라도 의뢰인의 신분을 밝히지 않는다."

"그럼 어쩔 수 없구려. 정말 당신의 목숨과 의뢰인의 신분을 바꿀 수 없는지 확인하는 수밖에."

시월이 가볍게 걸음을 내디뎠다.

그러자 그의 몸이 갑자기 쭉 앞으로 밀려나가면서 순식간에 살수와의 거리를 좁혔다.

"놈!"

살수의 입에서 다급한 욕설이 터져 나왔다. 동시에 그의 좌우에 서 있던 살수들이 거의 동시에 시월을 향해 검을 뽑았다.

파파팟!

살수의 우두머리와 다른 두 명의 살수가 세 방위에서 시월을 찔러갔다. 그들의 검 끝에 서리는 푸른 기운들은 그들이 초보적이지만 검기를 만들 수 있는 무공을 가지고 있다는 것을 의미한다.

살수로서는 아까운 무공이다.

촤악!

세 개의 검이 자신을 향해 날아들자 시월이 사선으로 검을 그어 올렸다. 그러자 반월 모양의 검기가 활처럼 휘어지며 적들의 검을 향해 뻗어나갔다.

카카캉!

순식간에 시월의 검기와 세 살수의 검이 충돌하면서 강렬한 충돌음이 어둠 속으로 퍼져나갔다.

"윽!"

단 일 합의 격돌에서 양쪽의 무공 수위가 여실히 드러났다.

세 살수가 시월의 검기에 실린 힘을 이겨내지 못하고 다급한 음성을 토하며 뒤로 물러났다.

순간 시월이 허공으로 도약했다. 그러고는 빠르게 적을 향해 날아가며 검을 앞으로 찔러냈다.

파파팟!

어지럽게 움직이는 시월의 검 끝에서 작은 검기들이 일어나 유성처럼 세 명의 적을 향해 뻗어나갔다.

월문에서 배운 성하검을 변형한 초식이었다.

"헉!"

눈부시게 떨어지는 검기의 조각들을 마주한 세 살수 입에서 다급한 음성이 흘러나왔다.

그들은 시월의 검법에 놀라 합격술의 이점도 포기하고 각자 다급하게 검을 휘둘렀고 그런 살수들의 검과 시월이 떨쳐낸 검기들이 다시 한번 허공에서 충돌했다.

카카캉!

유성처럼 떨어지는 시월의 검기들이 살수들의 검에 막혀 요란한 파열음을 만들어냈다.

그런데 그 와중에 시월이 떨쳐낸 몇 개의 검기 조각이 살수들을 관통하듯 지나쳐 그대로 그들의 몸에 파고들었다.

퍼퍼퍽!

"억!"

"큭!"

시월의 검기를 허용한 세 살수가 저마다 비명과 신음을 토해내
며 뒤로 날아갔다.

쿵쿵!

살수들이 땅 위에 나뒹굴었다.

그중 두 명이 즉사했고, 그나마 시월과 대화를 나눴던 우두머리
만이 옆구리에 큰 부상을 입고도 숨이 끊어지지 않은 채 땅에 한
쪽 무릎을 꿇고 있었다.

그런 살수를 향해 시월이 재차 몸을 날렸다.

쐐애액!

시월의 검이 한순간에 허공을 가르며 살수의 머리 위에 떨어졌다.

살수가 자신의 몸을 지탱하고 있는 검을 들어 힘겹게 시월의
공격해 대항하려 했지만, 그의 검은 시월의 검과 충돌하는 순간
맥없이 그의 손을 벗어났다.

캉!

"욱!"

쿵!

자신의 손에서 검이 벗어나는 순간 살수가 신음을 토하며 그대
로 땅에 쓰러졌다. 시월은 살수를 더 이상 공격하지 않고 검을 쓰
러진 살수의 눈앞에 꽂은 후 적의 눈앞에 얼굴을 들이밀며 물었다.

"사주한 자가 누구냐?"

"사… 살려 주시오."

살수가 자신도 모르게 간청했다. 그러자 시월이 재차 물었다.

"청부자를 말해!"

"…월……."

혹시나 살 수도 있을지 모른다는 생각에 살수가 입을 열었지만, 너무 깊은 부상 때문에 목소리가 제대로 흘러나오지 않았다.

그러자 시월이 좀 더 고개를 숙여 살수의 입에 귀를 가져갔다.

"누구?"

"월… 문… 동별당……."

쿵!

살수가 시월만 알아들을 수 있는 목소리로 겨우 말을 이어가다 끝내 마지막 말을 다 마치지 못하고 정신을 잃고 고개를 떨궜다.

그리고 그 순간 시월 역시 살수의 말에 너무 놀라 황급히 정신을 잃은 살수의 멱살을 잡아들며 되물었다.

"누구라고?"

하지만 시월의 다그침은 아무 소용이 없었다.

살수의 우두머리가 정신을 잃은 채 죽어가고 있기 때문이었다.

『칠마선문』 6권에 계속…